平台家族

헬프 미 시스터

李書修・著
이서수

尹嘉玄・譯

專文推薦

（※依姓名筆劃排序）

李書修刻畫的小說人物，往往像隔壁家的鄰居——平凡的五官配上微長的臉型，偶爾在電梯裡或街道上遇見，會用無限平靜的表情頷首致意，然而內心卻是傷痕累累的那種人。這本書裡同樣會出現一些心有創傷的人，但是他們擁抱彼此、救援彼此，反而沒有選擇用無視傷口與痛苦的簡單方式來逃避，儘管在黯淡無光的日常裡，仍然堅持找出一小片粼粼波光。

——小說家 朴相映（박상영）

這是個假裝無害實則有害的世界！

《平台家族》是在講述生活在怪異世界——變化萬千世界與一成不變世界共存——的一群人，這些人都在各自的平台上焦慮不安地等待，他們要的不多，只希望能按照自己設定的方向跨出一步，輪流替換雙腳，一步一步嘗試向前邁進。然而，在平台世界裡永遠都要小心前方，因為看似安全卻很可能會一腳踩空。只要小心翼翼地跟著這些書中人物緩緩前行，便可發現李書修作者的專長就在於創造活在當下的角色人物，以及生動描述不同世代齊聚一堂的場景，還有每一位家庭成員的大小欲望。

——文化評論家 安瑞炫（안서현）

這部小說生動地描繪了平台勞動和共享經濟的現實，同時以女性主義的批判思維為基礎。小說以貧困家庭為題材，暗中映照了韓國女性的苦難景象，但不僅限於此，作者採取了與以往小說主要描寫個人瑣碎事件或散溢主觀情緒的情況不同的方式，試圖將事實和判斷不加區分地整體傳達給讀者。因此，相當客觀地呈現出不同性別、年齡和性格的家庭成員對外面世界的不同看法，讓讀者在小說中能夠如同身臨其境般地體驗複雜的情境，同時也能藉以全盤了解當代韓國社會存在的問題。

——政治大學台灣文學研究所教授 崔末順

這是一部深度思考當代勞動議題的小說，不僅透過虛構「姊妹幫」勞務派遣平台、呈現多元化的女性勞動面貌與處境，又讓「勞動」成為一個家族的維續要件，重思家庭角色與社群關係，讀來角色生動且立體，故事深刻卻不沉重。

——政治大學台灣文學研究所助理教授 陳佩甄

目錄

第一章

chapter 1

秀敬

「阿姨，為什麼妳都已經結婚，卻還是與父母同住？」

恩芝經常問我這類問題，叫人怪尷尬的。阿姨，妳為什麼整天待在家裡？妳的家人為什麼都不用工作？

秀敬遞了一根煮熟的玉米給恩芝，隨即走去餐廳，找張椅子坐下。這已經不是恩芝第一次詢問了，秀敬卻仍三緘其口，不曉得該如何回答才好，但又好像還是得說些什麼，所以只好短嘆，回答：「我也不知道。」

回完這句話之後，秀敬無法正視恩芝的雙眼。因為她其實心知肚明，為什麼大家都待在家中無所事事。

「我們看起來很奇怪嗎？」

恩芝思索著該如何回答，脫口而出：「沒差，反正我也滿奇怪的。」

秀敬沒有反駁。從她男友竣厚明明不在卻還一直跑來這裡作客來看，恩芝的確是個滿奇怪的人。恩芝和秀敬一起吃著零食，在秀敬家裡待了好長一段時間才離開。兩人出乎意外地合拍，非常聊得來。

「我是不是又變胖了？」恩芝很喜歡問秀敬同樣的問題，因為正值非常在意體重變化的時期，秀敬也很清楚，所以每次都會做出相同回覆：「沒有啊，還是一樣。」

恩芝歪著頭，一臉不相信，她把啃光的玉米放在盤子裡，轉眼間玉米粒已消失無蹤，徒留光禿禿的玉米梗。只要是秀敬給她的食物，恩芝都會吃得津津有味，但是每次只要看到恩芝不疑有他地接過食物吃個精光，秀敬就必須設法擺脫腦海中揮之不去的念頭：該不會連陌生人給的東西她也毫不懷疑地吃下肚吧……。

「阿姨，妳在想什麼呢？」

秀敬無法誠實回答。

*

一共有四人圍坐在餐桌旁吃著晚餐：秀敬、宇才、志厚、呂淑。

宇才環視桌上的小菜一輪，滿臉嫌棄，邊甩著手上的湯匙邊說：「怎麼又是豆腐。」

秀敬瞅了宇才一眼，「能不能少囉嗦，吃你的飯就好啊？」

傳統市場裡販售的豆腐只要一千韓元就能買到三塊，若要用較少的金額養活這麼多人，就只能選擇經濟實惠的食材。宇才明知這番道理，卻還是不免要抱怨一下小菜的菜色。

呂淑吃飯時老是喜歡配白開水，秀敬經常被吞米粒有如在吞藥丸的母親搞得自己好像也消化不良。

「怎麼不去醫院看醫生，幹什麼老是說自己不消化？」

「因為沒力氣咀嚼。」

「媽，那是因為您太少吃肉的關係，平時要多使用下巴才行。」宇才一邊看著秀敬的臉色一邊說道。

「是啊，因為我年紀大了。」呂淑回答得文不對題，接著便把碗裡的米飯分了一些給志厚。

十歲的志厚展現著超齡的成熟表情，安安靜靜吃著晚餐。這個家中，最擅長讀秀敬情緒的人非志厚莫屬；換言之，最常看秀敬臉色的人也是志厚。

宇才問：「志厚，你哥呢？」

「不知道。」

「該不會又在和一群壞朋友鬼混吧？」

上。

「幹什麼問孩子這種問題啦！」秀敬斥責宇才，順便夾了一塊煎蛋捲放在姪兒志厚的白飯上。

宇才的哥哥周才已經銷聲匿跡兩年了，至今從未與家人聯絡。周才的妻子約莫兩年前與他分道揚鑣，現在已經另組家庭，一年大概會連絡秀敬兩次左右，詢問孩子們的狀況，但也僅此而已，從一開始就別指望她會匯錢過來可能還比較好。她第二段婚姻的日子也過得不是很順利，當初和前夫周才分手的原因依舊重演，為了類似的問題苦惱不已。「麻煩告訴孩子們，我在加拿大過得很好。」現居踏十里洞的她，向秀敬再三拜託。雖然宇才說是因為過去妯娌關係本來就不錯，對方才會願意和前弟媳保持聯絡，但秀敬心知肚明，是因為她的孩子在這個家裡，擔心秀敬會不會欺負她的親骨肉所以才致電關心。

「至少買個冷凍肉也好吧？」宇才仍不死心，繼續向秀敬抱怨。秀敬一聽，將湯匙啪一聲放在桌上，宇才嚇得抖了一下肩膀。

是時候該讓這些人清醒了。在這有四名大人同住的家裡，竟然沒半個人在賺錢……。

當然，會變成這樣是有原因的，因為經歷了讓所有人都贊同先暫停工作的事件。然而，休息到現在也夠了，畢竟自己和呂淑都是在差不多的時期辭去工作，休息也滿四個月了，宇才甚至休息了四年，而秀敬的父親楊天植兩年前遭人詐騙，賠掉一間房子，如今就算強迫自己也好，是時候該重新振作了。每個人都該找份工作全力衝刺，而不是在家裡遊手好閒地吃著豆腐。

「媽，爸什麼時候回來？」

話才剛說完，門外便傳來有人在解鎖的聲響。玄關大門開啟，出現在大家面前的楊天植臉上滿是酒氣，他一把將手上拎著的塑膠袋放在餐桌正中央。

「這是什麼？」呂淑翻著塑膠袋，裡頭是外帶的麻花甜甜圈，原本滿心期待是炸雞的宇才，臉上立刻浮現失落的表情。

「超級好吃的東西。」

楊天植的外套散發著陣陣烤肉味，宇才用鼻子嗅了嗅，說：「你吃了烤肉？」

「沒，我只有喝酒。」

「空腹喝酒？」

「配餐廳老闆招待的大醬湯。」

「為什麼不吃肉？」

面對秀敬的提問，楊天植用手夾起一塊甜甜圈，回答：「因為只有我沒付會費。」

沒想到楊天植竟然是會看這種臉色的人。呂淑也和秀敬一樣感到意外，並以「何必說這種話顯得自己很窮酸」的眼神看著自己的丈夫。

秀敬反而認為這樣也好，她相信楊天植早已做好重返社會的心理準備，畢竟連敦親睦鄰的會費都付不出來，他應該會起心動念想要認真賺錢才是。

「爸，我們好該……」

秀敬話還沒說完，玄關大門就被猛力推開，所有人都受到驚嚇。原來是竣厚，晚餐時間絕對不可能出現的大姪兒。他似乎對於家人的目光統統聚焦在身上感到頗有壓力，於是連忙尷尬地低頭緊盯手機，默默走進客廳。

「你怎麼會在這個時間回來？」

「恩芝呢？」

「剛才來過，又走了。」

竣厚蹙眉，難道就這樣錯過了？秀敬把難得在晚餐時間露臉的竣厚叫上桌，「竣厚，來這裡坐，嬸嬸有話要對你說。」

竣厚走過去坐下，邊抖腳邊巡視桌上的小菜一輪，一副沒什麼值得吃的表情，皺緊眉頭。

秀敬思忖著為何這麼難找到機會說出自己想講的話，隨即便小心翼翼地開口：「我們……真的不能再繼續這樣下去了。」

所有人面面相覷，滿臉疑惑。

「是時候該出去賺錢了。」

現場頓時陷入一陣沉默。

「我已經沒事了，所以大家趕快想辦法出去工作賺錢吧。」

聽完秀敬說的這番話，所有人都面露錯愕。

秀敬早就料到會是這種反應，包括那些未能說出口、徘徊在舌根處的疑問。或許大家最好奇的問題是「真的沒事了？」；然而，秀敬並不想聽那些提問，也完全不想回答，她只想忘記，盡快遺忘。若要用一句話簡單說明自己之所以會叫大家出去賺錢的原因，那便是「在當米蟲時領悟到原來金錢才是最可怕的東西」。

這可是肺腑之言，對於秀敬來說，談創傷後壓力症候群或陰影都太不切實際，有些憤怒是會被迫平息，被貧窮現實搞得連顯露出來的機會都沒有。

秀敬明顯感受到靠她的老本度日的家人正在逐漸沉淪，即使不是現在，一年後情況也只會更糟。秀敬必須盡快重回工作崗位，然而，那個位子究竟在何處，是在「誰」的身邊……。秀敬想到這裡，連忙打住了老是往壞處想的不祥念頭。

宇才猶豫了一會兒，說：「可是秀敬，我一直都有在工作呢……」

所有人聽聞這句話都笑了出來，彷彿真心感到可笑似的。

*

秀敬一手拿著準備回收的燈管，獨自走在傍晚的街道上。舊衣回收箱在每個街角隨處可見，廢棄燈管的回收箱卻不見蹤影。她原本想打開手機上網查詢，卻還是打消了念頭，雖然這樣能馬上查到回收據點，但如此一來，就會影響久違的悠閒漫步時光。

秀敬選擇走進一條貫穿市場的道路，市場裡的店鋪早已打烊，整條街顯得格外清閒。搭著拱形屋頂、掛著燈具的市場道路，儘管在夜裡也十分明亮，再加上到處都有監視器，所以是令人放心的場所。

令人放心的場所，這對於秀敬來說可是至關重要，然而，隨之而來的念頭卻始終如一：

「這世上真的有令人放心的場所嗎？」

她認為家裡是安全的，所以幾乎足不出戶，那段期間，呂淑也選擇辭去工作，成天留在家裡陪伴秀敬。雖然呂淑說是因為和室長起了衝突才憤而離職，但是秀敬不信，就算追問呂淑究竟是為了什麼事情起衝突，她也避而不答。宇才和楊天植則本來就是主內的人，在這個家裡，秀敬一直是一家之主，而她也從未對此有過任何怨言。

不，還是誠實一點好了。

有時看到宇才在家不務正業的確會忍不住嘆息。然而，按照宇才的主張，就算自己繼續上班，在首爾也很難買得起一間像樣的公寓，這點秀敬也心裡有數，至今想法雖然沒變，不過已經無法再無限期等待宇才了。宇才已經脫離職場四年，說實話很難再回公司上班，而要應徵具備相關經歷的工作，他明顯經驗不足，但若是以新人身分應徵，又顯得年紀太大。可是他們也需要寬敞一點的房子，不是三十年的十五坪老舊公寓，而是至少六人同住不過於擁擠的那種房子。只要是能讓父母不必再蜷縮在狹小客廳裡打地鋪睡覺的房子，就算不是自己的也無所謂。

降低目標後內心變得舒服多了，也許這就是放棄反而能換得平和的時代，只不過這份平和並非白鴿紛飛、孩子們拿著五色汽球在草地上奔跑的那種，而是比較近似於內戰結束後，站在一片廢墟的村子裡觀賞日落。秀敬打算在這種奇特的平和中重新開始工作，其他人一定不知道她承受了多少痛苦才下定決心。

那天要是沒有喝下那杯飲料，秀敬的人生應該就不會是現在這個樣子，她應該會依然樂觀開朗地相信自己的能力。可如今，她已對自己失去任何信任，變成了儘管薪資微薄也一定要在安全場所穩定工作的人，重點在於「安全場所」；要是再貪心一點，會希望是在安全場所與

「不危險的人」一起工作，就算賺得不多也在所不惜。然而，究竟誰不危險實在無從辨別，秀敬早已有了永遠無法分辨的信念，因為一旦動了想要分辨的念頭，就會變得再也難以相信任何人。

其實活在充滿不信任的生活中，並沒有讓她感覺彷彿置身地獄，這樣做反而是極其理所當然的，應該緊握住不信任，放下信任才對，早該這麼做的。

有誰會相信，每天碰面、在公司面帶笑容、借雨傘給自己、幫忙撿起掉落的熱水瓶、時常說著玩笑話、擺出哭臉怨嘆工作量繁重、一起挑剔公司附近新開幕的餐廳，如此熟悉的同事，竟會在公司聚餐場合上趁所有人喝得爛醉時，把摻了唑吡坦[1]的飲料遞給秀敬，甚至還陪在一旁，直到她失去意識。然而，這種事情確實發生了，而且還發生在秀敬身上。秀敬每次只要想像那個沉沉睡去的夜晚，就會感覺腦血管腫脹，彷彿一施加壓力就會「砰！」應聲爆裂。

那個人到底是從何時開始隨身攜帶唑吡坦的呢？印象中，對方在講述遠赴異鄉留學的太太時，有提到自己正為失眠所苦，然後醫生開了這款處方藥給他，難道那時秀敬就該要嚴加提防？

那天的公司聚餐是臨時決定的，並非預定好的行程。究竟他是在什麼時候暗自擬定這項計畫的？從秀敬沒有婉拒組長遞來的燒啤[2]，繼續喝下第六杯開始？還是從秀敬在遊戲中認輸，哭喪著臉接過第八杯燒啤一飲而盡的當下？

那天，同事們的情緒都很激昂，秀敬與新合作的廠商簽下了合約，備受組長認可。那天也是公司的主力商品——廚房環保用品要在知名百貨商場鋪貨的日子，身為秀敬同事的他，同樣也比出大拇指，稱讚說一定是秀敬思慮深遠、處事仔細的緣故，並提到秀敬自帶能使人感到信賴的魅力。所有人都喝得醉醺醺，他也是。秀敬記憶中最後的畫面是停留在他緩緩走進洗手間的背影。

在如此歡愉的氣氛下，怎麼會心生那種歹念。

秀敬自然是難以理解，也無法選擇原諒。不論他做出任何解釋，都不想輕易饒恕。然而，他懇求秀敬原諒，執著地向她求饒。他的犯罪計畫最終由於汽車旅館女老闆報警——看他背著醉到不省人事的秀敬感到可疑——止於未遂。秀敬就連醒來後都沒能馬上意識到自己究竟發生什麼事，他跪在秀敬面前苦苦哀求，澄清自己絕非對她有非分之想，是因為秀敬看起來很疲累又已經睡著，所以才將她帶進汽車旅館休息；然而，秀敬體內驗出的唑吡坦並非秀敬所有，而

1 Zolpidem，是種Z-drugs安眠藥，其藥發時間約在三十分鐘之內，藥效維持兩至三小時。

2 以三比七的比例將燒酒和啤酒進行混合。

是他的，這點毋庸置疑。

秀敬擔心他會跑來公司尋求原諒，所以最後決定辭職。她不想再看到那張臉，也不想再聽到他的聲音。由於是平日就坐在隔壁的同事，所以打擊更大。秀敬一直忐忑不安，總覺得他隨時會跑來公司，秀敬希望自己再也不會被對方找到，也希望對方這輩子都不會知道她身在何處，可是只要繼續在那間公司上班，就永遠不可能擺脫對方，因為他非常清楚知道秀敬人在哪裡、在做什麼，上下班時間也一清二楚。

於是最終，秀敬仍舊選擇遞出辭呈。還記得當時組長的臉上竟然露出終於鬆了一口氣的表情，原本瀰漫在組員之間的緊張氣息與鴉雀無聲，也在那瞬間頓時消散。原來秀敬是冰塊，充滿著毒液的冰塊，正因為是那樣的存在，所以主管才會無法將其融化，也不能帶在身邊，讓自己也被活活凍死。秀敬是在離開那間公司後才領悟到這件事情。

遞辭呈的前一天，秀敬默默盯著組長遞給她的飲料，遲遲沒有從他手中接過，組長一臉尷尬地把手又收了回去。所有人面面相覷，默默觀察著秀敬的表情，距離感從那些眼神中悄然浮現，那個地方容不下秀敬，不能再待了。組長接過秀敬的辭呈，什麼話也沒問，只說了一聲：「辛苦了。」他對於秀敬將自己視為潛在犯罪者一事仍然耿耿於懷。

「克服」兩個字只存在於電影裡，現實生活中只有「隱忍」，咬牙苦撐，因為不能被那件事情給淹沒、因為不能不考慮生計問題，所以才選擇假裝遺忘，根本就沒有所謂的克服。

假如沒有需要撫養的家人……。

身為女性一家之主，秀敬從未對自己的角色有過任何怨言，然而，身為害怕性犯罪的女性一家之主，秀敬對於自己這樣的狀態感到十分不滿。她不停責怪因性別而未能克服風險的自己，因為與其去譴責她永遠都無法理解的加害者，以及加害者的瘋癲與暴力，倒不如責怪自己還更為容易。

秀敬讀著搜尋欄中輸入「安眠藥」後出現的一連串犯罪新聞，她發現原來隱藏在分享食物這項善舉裡的恐怖惡意隨處可見，諸如吃下補習班老師給的糖果後就不知不覺睡著的女學生、喝下試喝飲料後就昏倒的女居民、喝下面試官給的維他命飲料後沉沉睡去的女求職者、喝下男友給的酒後就失去意識的女性……有時甚至還會被拍下照片或影片。要是遇到這種情形，受害者所承受的內心煎熬就更令人難以想像。

這些犯罪的媒介是偽善，也就是讓對方認為自己是值得信賴的人。在經歷這件事情以前，秀敬從不曉得世界竟是如此險惡，就算知道也等於不知道。

要是重回那天，一定要拿刀殺了他，與其帶著憤恨過一生，倒不如去坐牢。

但是假如真的入監服刑，那又有誰能養我的家人呢？

秀敬走出市場，轉進小巷，今天應該是找不到燈管回收箱了。最終，她還是掏出手機上網查詢，原來在她剛才路過的居民中心附近就有回收箱，可惜沒注意到，擦肩而過。

她將廢棄的燈管放進回收箱，拍掉手上多餘的灰塵，回收箱裡裝滿著廢棄燈管，拿出來整理應該足足有兩箱之多。竟然有這麼多人將壽終正寢的燈管丟棄，再用全新的燈管照亮房間。

也許人生亦是如此，就像定期更換燈管一樣，在人生昏暗無光之際得重新點亮燈火才行。人生並非光的發射地而是反射地，而且那道光，那道光……究竟是什麼？膝下無子的秀敬無法像朋友們一樣馬上聯想到小孩，那我的光是什麼，照亮我人生的那道光……。

就是錢吧。

為了父母的醫療費，為了姪兒們的補習費，為了坪數較大的房子和均衡飲食的菜單，為了中型轎車和家庭旅遊，難道是為了這些？秀敬搖搖頭，但她心知肚明這是在自欺欺人，因為她其實就是渴望這些，現在又重新冒出渴望，如果不是為了這些，何必賺錢？

秀敬暗自下定決心，再試著跨出一步就好。

＊

呂淑呆坐在馬桶蓋上，不知是否打過瞌睡，雙眼帶著濃濃睡意。

「怎麼這麼晚才回來？」呂淑打了個哈欠。家裡一片寧靜，楊天植在客廳裡睡著，打著淺淺的鼾聲，宇才想必一定是在操作海外期貨。

「媽，妳躲在這裡做什麼？」

「因為一直聽見聲音。」

「什麼聲音？宇才發出的聲音？」

呂淑用一抹淺淺微笑代替回答。宇才往往都是跟著海外開市時間玩期貨，因為時差的問題常在深夜進行交易，而每當出現虧損時，就會放聲哀號。

「竣厚呢？」

「沒回來。」

「那志厚呢？」

「寫完作業睡覺了。也不曉得像到誰，真乖。」

宇才從小和相差十歲的哥哥兩人一起生活，吃哥哥為他準備的飯長大。聽周才說宇才小時候非常乖巧懂事，難道志厚是像宇才嗎？兩個都是從頭到腳找不到任何攻擊性的人，對凡事都很樂觀。

正當呂淑打算走去客廳時，突然轉頭望向秀敬：「宇才今天應該是損失慘重，聽他一直在慘叫……」

秀敬沒有回應，洗完手便走出洗手間，一臉陷入沉思地坐在餐椅上。她看見在客廳地板鋪著棉被酣然大睡的楊天植，呂淑悄悄地走了過來，坐在秀敬旁邊的椅子上。

母女倆望著熟睡中的楊天植身影，他是屬於睡眠很沉、不用特別放低音量也絕對不會被吵醒的那種人，幸好，若要在客廳睡覺，可不能像呂淑一樣對聲音敏銳。雖然志厚和竣厚爭相表示自己可以睡客廳，但是沒有一個大人會想占用正值發育期的青少年房間，就算宇才說要讓出主臥，楊天植也堅持拒絕。

呂淑提起：「現在連餐廳工作都找不到，我打聽過了，全被朝鮮族大媽們占據，畢竟她們工作能力好、工資低，我們自然不是對手。」

「不是朝鮮族，是在中國的同胞。」

「餐廳裡都稱她們是朝鮮族。」

秀敬沒有再多做回應，因為就算糾正這些細節，那些中國的同胞也不會把工作讓給呂淑。

「哪時候去的？」

「上週去問了幾家。」

「那之後有什麼打算？」

「只能再回去做打掃嘍，這把年紀又沒一技之長，什麼都沒有。」

秀敬想不到能回答什麼，她自己同樣也是沒有一技之長，什麼都沒有。母女倆怎麼會落得這班田地。

「我看小菜專賣店的客人還是絡繹不絕，現在大環境景氣這麼差，大家怎麼還捨得花錢買小菜？」呂淑看著自己滿布皺紋的手背和手掌說道，那是一雙匆匆一瞥就知道粗糙不堪的手，呂淑經常抱怨是被水害的，「妳看，水就是這麼可怕的東西，把我的手都搞成了這副德性。」

秀敬目不轉睛地看著呂淑的手背：「我們要不要也來開一間小菜專賣店？」

母女倆面露沮喪，畢竟兩人料理食物的手藝都不怎麼樣。

「很難吧，我們又不是對料理有天分的人……」

秀敬拿起手機，嘗試在搜尋欄裡輸入「打工」兩個字，出現一連串熟悉的打工職缺，其中以送貨員這項工作尤其吸引秀敬的目光。

「試試看送貨？」

「什麼？」

「就是像宅配司機一樣到處去送貨啊。」

「妳要怎麼做這種工作？」

「上面寫說可以開自己的車送貨，而且還可以自由安排時間。」

秀敬想起了上週在社區附近目睹的畫面，一名年約五十歲出頭的阿姨開著一輛載滿物品的汽車駛入這一帶，直到卸貨之前，秀敬都沒有察覺原來她是送貨員，心想怎麼會有人買那麼多東西，等到看見那位阿姨將包裹放在自家門口並走出公寓大樓，才意識到「喔～原來是來送包裹的」。

這是一份不必與人密切往來、只要把物品送到正確地址即可的工作，秀敬雖然對於送貨這項工作不很了解，卻先找到了明確的優點：不需要為了煩惱坐在隔壁的同事是哪種人而戰戰兢兢，也不需要參加公司聚餐、望著眼前的酒杯擔心害怕。

經過一番深思熟慮後，呂淑終於開口：「那就一起吧，不要自己一個人去送貨，我和妳一起。」

秀敬不發一語，最終以「知道了」做回應。從一開始秀敬就知道，呂淑不可能讓她獨自一人去做這份工作，因為她比誰都還要清楚，呂淑選擇離職、只待在秀敬身旁的原因。然而，呂淑並非袋鼠，秀敬也無法躲進她的育兒袋，最終還是得離開呂淑，獨自出門工作賺錢。雖然她明白那份護女心切的心，但是在這座城市裡生活不易，很快地，呂淑也得離開秀敬身邊，外出打拚賺錢，我們必須各自付出勞力來賺取各自的金錢。秀敬加強語氣補充：「只有第一天和妳一起喔！」

「為什麼？」

「等妳做完第一天就會知道，這不是什麼危險的工作。」

秀敬明明自己也不敢保證，卻說出了這句話。

*

「哇！是水梨果樹園。」呂淑邊拍手邊喊道。秀敬不明白水梨果樹園有何特別之處，所以不發一語，繼續開車。

「妳知道梨樹開的花有多漂亮嗎？」

「不知道。」

秀敬的回答顯得有些冷漠，此時她才意識到，原來自己比呂淑還要緊張。然而，呂淑毫不在意，繼續用手指著路邊興奮地說：「可以領養蠶寶寶耶！那裡有寫。養蠶可以賺很多錢嗎？

可以在家裡養嗎？」

「那種東西怎麼可能養在家裡。」

秀敬想起過去讀到的一則新聞——靠著養蠶取絲創造高收入的歸農人士的故事——該則新聞的底圖正是一座殖蠶農場，規模相當可觀；印象中新聞標題應該是「即將迎來熱中昆蟲蛋白質的時代」諸如此類的文句。當時和宇才分享此事時，他還興高采烈地表示要趕快買一些推動昆蟲食品產業的企業股票。看來不論是當時還是現在，宇才總喜歡把腦筋動到股票上，獲利卻極低，同樣也是令人百思不得其解。

「快到了。」

秀敬轉動方向盤，從左轉區開進一條泥土路，瞬間揚起一片塵土。路的盡頭有一間用三明治板搭建而成的物流中心，屋頂呈山牆形狀，兩側是高大的出入口，一眼望去就是個荒煙蔓草的地方。

「原來長這樣啊，」呂淑把臉湊到車窗上，「好像只有我們耶。」

的確如呂淑所言，四下沒有任何車輛進出。秀敬緩緩駕駛車輛，往物流中心方向前進，車子彷彿被吸入一座龐大又冷清的停機棚。

一名身穿螢光背心的員工跑了過來，揮動著手上的指揮棒，為秀敬引導方向。秀敬將車子停好之後環顧了四周。雖然停放著三、四輛汽車，但整體看起來就是個荒無人煙的地方，和想像中不太一樣。

「所以我們現在要怎麼做？」呂淑轉頭問秀敬。

「媽，妳先待在車上。」

秀敬走下車，看見遠處櫃台有兩名男子並肩而坐，兩人的筆記型電腦都開著，推測應該是這裡的管理人員。

「您好。」秀敬走向兩名男子，神情緊張地主動問好。一名男子看起來年約二十多歲，另一名男子則是四十五歲上下，兩人分別瞅了秀敬一眼，大約一、兩秒左右，從他們的態度明顯可以感受到，認識彼此的面孔一點也不重要。

管理人員確認完秀敬的身分、車種、用手機應用程式申請的物件數量以後，在便條紙上寫下一組籠車編號——裡面裝著秀敬負責配送的物品——遞給秀敬。整個流程花不到五分鐘，只要刷一下條碼、確認有無遺漏的物品，拿到出車許可，就能出發去送貨。一連串的過程看似簡單，連要找到提問的問題都很困難。管理人員正眼都沒瞧秀敬一眼，從眼神和態度中透露著對她絲毫不感興趣，不過秀敬早就對這份工作非常滿意。

秀敬手拿便條紙回到車上，卻發現副駕駛座空無一人，她環顧四周，發現呂淑站在其他車輛旁。她快步走上前，總覺得站在原地大喊「媽！」實在有些丟臉。

「媽，妳在這裡做什麼？」

呂淑用熱情歡迎的語氣回答：「這裡也有一位和我們一樣第一天來報到的同事喔！」

阿姨雙手戴著白色手套，一臉倦容，她駕駛的是一輛奧迪。秀敬睜大雙眼，仔細端詳著阿姨的轎車，車身光亮無痕，竟然開著如此昂貴的進口車出來送一件賺不到一千韓元的物品，呂淑毫不避諱地當著阿姨的面又補了一句：「她是因為覺得無聊所以出來送貨。」

阿姨看似有點喘，努力調整著呼吸，她望著堆放一地的宅配物品，看起來不是很多，但阿姨的頭髮早已凌亂不堪，語氣也略顯不耐。

阿姨丟出一句：「妳女兒喔？」並像是隨口問問、根本沒有要聽回答的意思，自顧自地緩緩走去撿物品。她拿起一件包裹，彷彿用盡渾身力氣，秀敬心想，動作那麼慢應該很難在今天內發車。

秀敬放著呂淑不管，尋找起自己的籠車，貼有管理人員寫給她的編號的籠車裡，裝著滿滿的物品包裹。她頓時心頭一驚，要是今天內送不完的話怎麼辦，有人遇過這種情形嗎，說不定我就是史上第一個送不完包裹的人……諸如此類的想法接踵而至。

重返車內的呂淑神情愉悅，秀敬正在刷條碼，中途伸展一下腰背，她問呂淑：「媽，妳是來這裡玩的喔？」

「那位阿姨說她也不認識任何人。」

「妳還真的是來交朋友的。」

雖然對呂淑來說，在職場上和同事拉近距離是她認為最緊要的事情，但是對秀敬來說，絲毫沒有這樣的打算，她只想好好做事，而且最好盡可能不與人交涉。

秀敬彎下腰，用手機裡的配送應用程式相機掃描發貨單上的條碼。

「那是什麼？什麼東西呀？」呂淑隔了一段時間才對此展現濃厚興趣。

「用這個來刷條碼。」

「讓我來試試？」呂淑伸出手，秀敬搖搖頭：「我來就好。」

「那我做什麼？」

「媽，妳……」秀敬環視周遭，該讓母親做什麼好呢？可以安排什麼事情給她做？呂淑眼看秀敬難以回答，便從腰包裡掏出一副橡膠手套，戴在手上說：「還是我去把那邊收拾乾淨？」

秀敬轉頭望向呂淑用手指向的地方，應該是有人不小心把咖啡灑在地上，可是也輪不著呂淑整理啊。

「妳去收拾那些幹什麼啦。」

「我怕有人會踩到啊……」呂淑支支吾吾，於是脫下手套，重新塞回腰包。究竟為何明明是來送貨卻要隨身攜帶橡膠手套，或許是長年從事清潔工養成的習慣，認為不論去到哪裡都會需要用到橡膠手套，抱持著只要是負責清潔打掃的人就該隨身攜帶的信念，並且明確預測那個位子就屬於自己，以及多做一點分外之事就能在主管心目中留下良好印象的過時思維，還有要使出渾身解數以示對組織忠誠的慣性態度。然而，那個名叫組織的地方是多麼難以預測，更何況這裡根本稱不上是組織，只是個隨時都可能與自己無關的地方。

「那妳不如弄這個好了。」

秀敬把手機交給呂淑，呂淑滿心期待地接過手機。這樣掃描嗎？還是要靠近一點？試試看拿遠一點？呂淑不太會刷條碼，最終，她以看不清楚為由，從腰包裡掏出老花眼鏡戴上。

「媽，妳看不清楚嗎？」

「嗯，不太清楚。」呂淑溫順地回答，最終好不容易刷到條碼，第一次成功，她轉頭對著秀敬露出了燦爛無比的笑容。

*

第一個配送地點是距離物流中心不遠的公寓社區，秀敬將車子停在社區出入口的柵欄機前，用力按下呼叫鈕。

「請問哪裡找？」

一時之間她還沒反應過來，慢了半拍才回答：「我是來送貨的。」柵欄隨即升起，在一旁屏息以待的呂淑這下才終於露出笑容，「他看我們是來送貨的就自動放行耶～」

雖然秀敬也這麼想，但她沒有喜形於色，反而有些心急。確認完地圖以後，她將車子停放在二〇三區地上停車場，這裡是有最多貨要送的一區。秀敬一拉起手煞車，就趕忙走下車。

「媽，妳不是看不清楚嗎，我來找包裹就好。」

呂淑早已將老花眼鏡掛在鼻梁上。

要送達二〇三區的物品總共有六件，其中一件卻不見蹤影，是八〇四號江美榮小姐訂的物品。秀敬在車內翻找許久，好不容易才找到。為了找出該件包裹，得先把大部分的箱子統統搬下車，秀敬這才意識到，應該先擬好配送動線，再依照送貨順序把物品載上車才對。

「媽，我真的太蠢，剛才怎麼沒先想清楚就直接把包裹胡亂載上車？」

「一開始沒經驗都會這樣。」

呂淑安慰秀敬，然後將包裹抱在懷裡，神采奕奕地往第四棟走去。

在脊椎關節醫院擔任清潔工之前，呂淑是在血腸工廠和明太魚定食專賣店裡工作，炎炎夏日還在沙灘上頂著大太陽撿過垃圾。當時呂淑一直嚷嚷著要和楊天植離婚，所以寄宿在海邊的朋友家，趁海水浴場開幕時去做淨灘的工作。要是當初秀敬沒有將她接回家，說不定如今早已離婚，定居在海邊的小漁村也不一定。

秀敬看著站在大樓出入口前按下對講機的呂淑背影，暗自心想，要是當時不去插手母親的離婚問題，尊重她的決定，現在的她又會過著什麼樣的生活呢？

*

發貨單上印著「不在時放門口」的字樣，這意味著一定要先確認收件人不在家之後，才能把東西放置在門口的意思，也是身為送貨員與客人之間應遵守的約定。

秀敬按下門鈴，等待了一會兒，門後沒有任何動靜。她將包著灰色袋子的便利袋放在門口，打開手機裡的配送應用程式，拍下照片。呂淑趁秀敬在拍照的期間一邊觀察別人家的大門，一邊喃喃自語，「哎唷，這戶人家怎麼放這麼多東西在外面……這是什麼，都枯了，是枯掉的盆栽……腳踏車放這裡是要大家怎麼走路啊……這邊這戶怎麼把門鈴整組拆掉了……妳不覺得好像有聞到狗的尿騷味嗎？」

有別於滔滔不絕的呂淑，秀敬緊閉雙唇，不發一語，直到最後才說了一句：「媽，有趣嗎？」

可能這句話在呂淑聽來有些刺耳，所以她只用尷尬微笑代替回答。

等待電梯的期間，自動感應燈熄滅了，母女倆呆站在一片漆黑中，靜靜地呼吸，那是身體開始感到疲累的徵兆。

「秀敬，妳看牠們在喝水。」

秀敬轉頭望向呂淑指的地方，兩隻鴿子在一灘積水前來回伸脖子。

「連鴿子都有喝水的時間，我們怎麼沒有。」

秀敬聽了這句話便脫下手套塞進口袋。她們才剛抵達第三個配送地點，是剛蓋好不久、非常乾淨，像大學校園一樣腹地面積廣闊的公寓。

「欸，這裡好像公園喔。」呂淑環顧四周說道。秀敬也深有同感，應該是附近最貴的豪華公寓社區。

「這種公寓一間賣多少？」呂淑用手遮擋陽光，仰頭看向公寓大樓的最頂樓。秀敬沒有回答，只是默默拎著便當往兒童遊戲區的長椅走去。要是告訴呂淑多少錢，她應該會吃驚到跌坐在地。

秀敬和呂淑並肩坐在長椅上，吃著她們的午餐。糯米椒炒小魚乾、蒸茄子、煎蛋捲、涼拌蘿蔔絲、泡菜，這是呂淑一早起來準備的便當。秀敬夾起一塊有胡蘿蔔碎末和蔥末、色彩繽紛的煎蛋捲放入口中，這是每個家庭成員都很喜歡的小菜。

「好吃嗎？」

秀敬點點頭。

「妳怎麼這麼安靜？」

「因為很累。」

秀敬剛說出口就後悔了，因為當初要嘗試做這份工作的人是自己。其實呂淑根本不需要在這種地方一起送貨，她做她擅長的事情還比較好。

「妳做得來嗎？」

秀敬放下便當，感覺喉嚨哽著了。

「當然。」

呂淑用充滿懷疑的眼神看向秀敬。

「妳也看到了，就算按門鈴也幾乎都不在家，不用與人說話、打交道，只要把東西送達就好，早該嘗試做這份工作的。」

「不覺得累嗎？」

「沒事，不累。」

「可是妳剛才不是說累到無法說話？」

「因為妳一直找我搭話很煩啊。」秀敬言不由衷。不過由於這種情形已經不是頭一回，母女倆早有默契不必費心勉強和解，直接以沉默換取空間，所有不愉快自然而然會成為過去式，毋須對那些傷人言語與厭煩態度賦予過多意義。

「多吃點，要吃光喔！」

秀敬繼續吃著自己的便當。

「妳知道枝心吧？」

秀敬點點頭。

「枝心難得聯絡我，問我決定不離婚後日子過得好不好。」

「她還住在那裡喔？」

「嗯，枝心說她之前身體不舒服。」

「哪裡不舒服？」

「還會是哪裡……」

秀敬沒再繼續追問，呂淑也沒多說什麼。

「我打算去找她一趟，順便看看海。」

「嗯，去吧。」秀敬說完就把便當盒蓋了起來。沒有配湯的便當吃起來乾乾的，難以下嚥。呂淑似乎也有同感，打了一個嗝，繼續說：「我也六十好幾了。」

「我也馬上要四十了。」

「哇，妳什麼時候變這麼老了？」呂淑像是真心感到好奇似的發問。秀敬一聽忍不住笑了出來。

是啊，又不是板著一張臉工作就能賺更多。仔細想想，今日的悲哀可能也不僅止於當日，看作是過去的悲哀越線、延續到了今日也無妨，因此，必須與這份悲哀劃清界線才是。

秀敬把便當盒整理好，放回車上，重新戴上手套。才一眨眼的功夫，呂淑突然驚呼：

「天啊！喂，我的戒指不見了！」

電梯裡、停車場、長椅下、洗手間裡的馬桶隔間和洗手台……任何能找的地方統統都找遍了，仍舊不見戒指的蹤影。那是一枚樸素的金戒指，沒有鑲鑽，表面布滿刮痕，也略帶凹痕。

「妳有摘下來嗎？」

呂淑搖頭。在她發現自己遺失戒指之後，整個人就像傻住一樣魂不守舍。

「再仔細想想，有沒有聽見戒指掉落的聲響？」秀敬翻找著呂淑的手套，然而，說不定戒指會乖乖躲在手套裡的那份期待感很快落空。兩人一臉茫然地坐在長椅上，也離不開那個社區。

「我應該把它調緊一點的，竟然惹出這種事端。」

「戒指很鬆嗎？」

「我最近有變瘦，所以戴起來有點鬆，但還是照樣戴著，想說只要用肥皂的時候小心一點就好。」

秀敬本想念她一頓，最後還是忍了下來。那是一枚十八K的金戒指，但不是婚戒，景泰藍婚戒早已被楊天植拿去當鋪典當，當作聘禮的手錶也是，至今仍未贖回，呂淑總是把「已經不奢求鑽石，希望至少能把景泰藍戒指贖回來」掛在嘴邊，但最終那枚戒指已經永遠沒機會贖回。多年後，楊天植才又買了一枚金戒指回來，那天他參加完公司尾牙、醉態滿面地返家，一把將金戒指套在呂淑的手指上，那是一枚毫不起眼的戒指，看在秀敬眼裡就是個破玩意兒。雖然秀敬對楊天植叨念不休，挖苦他好歹也應該買個紅寶石或珍珠才對，或者鑲著人造鑽石的戒指也好，但楊天植充耳不聞，當作沒聽到這些話。呂淑嘴角上揚，可能是難掩笑意，連忙用手摀住嘴。楊天植將金戒指套在呂淑的手指上後，就躺在地上酣然入夢。隔天一早醒來，他對於自己竟然花光所有獎金買了一枚金戒指給妻子一事感到懊悔萬分，但是因為以酒後犯下的衝動之舉來說，效果相當不錯，所以他選擇將錯就錯，自此之後，景泰藍戒指的「景」字就再也沒從呂淑的口中出現過。

「媽，妳仔細想想，戒指要是掉到地上會發出聲響。」

呂淑重新回想。

「沒聽見，不，又好像有聽見，不對，真的什麼聲音都沒聽見。」

秀敬嘆氣，呂淑連忙從長椅上起身，不能再把時間繼續耗在這裡。

呂淑抵達社區門口警衛室以後，毫不猶豫地拍打著玻璃窗戶。警衛見狀走了出來。

「我遺失了一枚金戒指。」

警衛一臉錯愕，嘴巴微張，小腹突出地站著，輪流看向呂淑和秀敬。

「要是您有找到戒指，可否麻煩通知我一下。」

呂淑掏出手機，準備詢問警衛的聯絡方式。

「您是這裡的住戶嗎？住幾區幾號呢？」

秀敬反射性地檢查了一下自己和呂淑的穿著。

「我們住在最後面那邊，大叔，要是您有看到戒指，可以麻煩聯絡我們嗎？」

「妳告訴我是幾區幾號的話，我會用對講機聯絡妳。」

秀敬連忙轉動腦筋，「因為平時家裡幾乎沒有人，不好意思給您添麻煩了，有看到的話再麻煩打個電話給我。」

警衛看著秀敬說話坦蕩，也不吞吞吐吐，才稍微收起對她們的疑心，問了一聲：「電話號碼是……？」秀敬連忙拜託警衛提供便條紙，並留下宇才的電話號碼。因為宇才是家中隨時都能接電話的人，也是無時無刻都待在家裡的人。

秀敬將便條紙遞給警衛，但是警衛連看都沒看一眼就直接塞進褲子口袋。

「妳們是怎麼把戒指搞丟的？」

呂淑默不作答，只露出淺淺微笑，那是她一貫的作風，只要遇到尷尬或為難的情形就會以這種表情糊弄帶過，但女兒秀敬一眼就能看穿。

秀敬發動車子，出發後對呂淑說：「媽，別太擔心，這裡住的都是有錢人，撿到戒指會歸還失主的。」

「秀敬啊，這妳就有所不知了，愈有錢的人愈誇張呢，要是被他們知道那是一枚金戒指，才不願意輕易歸還。」

呂淑說得斬釘截鐵，秀敬無從反駁。

自己怎麼可能曉得拾金不昧的人的心理呢，她又不是那種人，呂淑也不是，楊天植和宇才都不是，只有志厚，只有他會正直地將戒指歸還給失主。然而，秀敬不敢保證十年後的志厚是否依然會把拾獲的戒指歸還給失主，她甚至懷疑，那種人是不是十年後自己期望見到的志厚。

「所以妳就這樣回來了？」

楊天植雙手交叉在胸前，用凶狠眼神直瞪著呂淑。呂淑蜷縮著肩膀。

「能做的我們都做了。」秀敬吃著已經接近消夜的晚餐說道。呂淑則因沒胃口而坐在客廳地板上，不知所措地張動著腳趾。呂淑的襪子上有破洞，成天四處奔波自然會磨破。秀敬看著呂淑襪子上的大洞，舀了一杓米飯放入口中。

「妳這人到底把注意力放在哪裡，怎麼能把戒指搞丟！以後不准出去工作了。」

楊天植不停責罵呂淑，而在這段破口大罵的過程中，楊天植的面孔顯得愈發年輕，臉上表情彷彿本來就很想教訓呂淑一頓，忍耐許久正好逮到一件可以洩憤的事情而欣喜若狂。雖然遺失那枚金戒指的確令人扼腕，但他似乎更享受在藉由指責呂淑的失誤來彰顯自己的權威。秀敬吃完晚餐，順手將碗盤清洗乾淨，直到那時，楊天植還在不停謾罵呂淑。於是，秀敬不禁問楊天植一句：「爸，你找到工作了嗎？」

頓時陷入一片安靜。

尷尬的空氣從父女倆中間飄過。

秀敬將視線從默不作聲的楊天植身上收回，轉身去拿針線盒，準備縫補呂淑襪子上的破洞。

呂淑

吳慶子按下汽車遙控器，用下巴指向車子，「欸，上車。」

呂淑坐上副駕駛座，吳慶子似乎是從呂淑的側臉讀到堅毅的決心，忍不住詢問：「呂淑啊，妳終於要和老公離婚了喔？」

呂淑睜大眼睛，轉頭望向吳慶子，回答：「沒有啊。」

「那為什麼突然要我教妳開車？」

「我不是說了嗎，因為工作需要啊。」

「妳想當看護喔？」

「沒有，不是啦，還有其他工作。」

呂淑把打算做送貨員這句話吞了回去。

吳慶子的先生是高中教職員退休，而吳慶子則是在首爾和其他地方各有一棟房子。由於她的先生喜歡南海，所以在那附近買了一套公寓，但是因房價下跌，害她抱怨就算脫手也沒賺頭。吳慶子經常打電話向呂淑抱怨這些事，儘管她知道呂淑的經濟情況不佳、寄宿在大女兒家裡，也仍舊自顧自地說著。可能因為如此，導致吳慶子沒什麼朋友，而且仔細回想，呂淑和她成為朋友的契機也頗為奇怪。當時的呂淑在醫院擔任清潔工，而吳慶子是住院中的冒牌病患；那時正值中秋連假，每年此時病床上都會躺滿想要拿到偽造診斷書的各家媳婦，唯有吳慶子的身分不是媳婦而是婆婆。呂淑當初詢問她緣由，她毫不避諱地表示自己是因為和媳婦們相處太彆扭而躲進醫院，明明是不服輸的性格，卻又不能贏過兒子心愛的女人，所以乾脆在病房裡療養身心幾天再回去。

吳慶子發動車子，一邊喃喃自語，一邊出發上路。

「妳到現在還會自言自語喔？」

面對即使許久未見，再見面也依舊如初的吳慶子，呂淑早就敞開心房。吳慶子經常喜歡問一些沒什麼意義的問題，要是不回答她，她也會獨自呢喃。「呂淑啊，妳都不會感到孤單嗎？人生都不覺得空虛嗎？」每次接到這種電話，呂淑都會以「快去買一瓶馬格利酒來喝」做回應，並掛斷電話。

呂淑先起了個頭，問：「寶拉最近怎麼樣？」

寶拉是吳慶子很晚才生的小女兒。

「她最近沉迷於夜店，妳知道什麼是夜店吧？」

「就是聽音樂、跳舞的酒吧啊，我還沒那麼老喔～」

「知道啦，我們同年不是嗎～」

其實若要說得再精準一點，吳慶子比呂淑小兩歲，但是她動不動就想把自己當成是和呂淑同年的朋友。

「寶拉都在那裡跳一整晚的舞，說什麼要靠跳舞才能紓壓。」

「明明還是學生，哪來那麼多壓力？」

「現在一上大學就得面對壓力，因為畢業後就業的問題。」

「嗯，我也知道。」

「寶拉滴酒不沾，整晚只跳舞，是不是很誇張？」

呂淑猶豫著該不該回答。也許是察覺到呂淑的心思，吳慶子補充：

「但她不會玩得太過火啦，只是有點精力過剩，所以控制不了自己。」

「是啊，的確是那個年紀。」呂淑附和。但她回想自己二十幾歲的時候，卻找不到如此精力充沛的自己。呂淑在那年紀是以經理身分在城東區印刷廠打雜，也總是擺脫不了孤單的感覺。

「但還是不能放任她一直這樣下去啦。」

吳慶子默不作答，她注視著前方專心開車，應該不是沒聽見，看起來像是在思考該不該繼續放任女兒夜夜狂歡。

呂淑望向車子的側邊照後鏡，雖然知道要看這面鏡子來變換車道，但是她早已忘記如何實際執行。呂淑是在十七年前取得二類普通駕照，當時她和秀敬兩人一起報名，最終在場內技能考了四次、場外路考考了兩次的情況下，好不容易取得駕照，那份成就感自然不在話下。那是在她四十五歲，還無法想像自己會成為老人朴呂淑的年紀所達成的事。

「我開去那邊停一下。」

吳慶子將車子開進一座遼闊的地上停車場，可能是因為平日白天的關係，公園裡沒什麼人。吳慶子把車停在周遭空無車輛的區域，然後將排檔推入P檔，拉起手煞車，如此簡單的動作看在呂淑眼裡反倒顯得帥氣十足，她不得不承認，從現在起，吳慶子在她面前可以盡情耍帥。

「呂淑，我們先在這裡慢慢練習繞圈，因為要先熟悉車子，然後妳自然就會知道如何讓這輛車按照妳所想的方式移動。」

呂淑像個乖巧溫順的學生點著頭。

「這裡很空曠，不會撞到其他車，所以妳只管慢慢繞就好。妳還記得煞車和油門的位置吧？」

「當然。」呂淑的嗓音少了一份自信。

前一天晚上，呂淑向秀敬借了車鑰匙，嘗試重新坐上駕駛座。她低頭望向駕駛座下方，看見煞車和油門踏板，依照她的記憶，煞車是在左邊而非右邊。沒錯，這麼大一片的就是煞車，油門是比較小的。十七年前的記憶慢慢被喚醒，她想起鄰居激動抗議要她趕緊移車，害她慌忙坐上現代Verna駕駛座的那天。倉皇之際沒搞清楚煞車和油門就直接撞上圍牆，所幸沒把整片圍牆推倒，只出現了一些裂痕。但是楊天植在用水泥修補圍牆時簡直把她給罵慘了，嘲諷著實在不曉得她是怎麼考到駕照的，還咆哮著要她立刻把駕照退還給國家；呂淑沒有回嘴，只是默默幫他在水泥粉裡加水。後來補過水泥的地方又再出現裂痕，但是看起來愈加自然，也不再有人抗議圍牆出現裂痕，而Verna這輛車則成了楊天植專屬的堅固堡壘，甚至在決定賣掉這輛車時，還有一種未解的課題被永遠埋藏的感覺。

「先來換位子好了。」

吳慶子解開安全帶下車，準備和呂淑交換座位，可是呂淑還有些狀況外，感到不知所措。我現在到底在這裡做什麼？然而，當她一坐上駕駛座，這種感覺隨即消失。要達成某件事的感覺還不賴，那是她第一次，不，好像很久以前也有過這種感覺，甚至幾乎每天都曾有過這種感覺，只是現在已經丟給年輕人很久了。呂淑搖頭心想，不能再這樣下去了，不能就此變成老人，朴呂淑，打起精神來，妳還不老，要告訴自己還不老。

呂淑繫好安全帶，由於不曉得接下來該做什麼，所以只好兩手緊握方向盤，一動也不動。

「呂淑，座椅還好嗎？」

「妳是問什麼東西好不好？」

吳慶子耐著性子慢慢向她解釋，「妳踩踩看煞車。」

呂淑照做。

「怎麼樣？有沒有什麼感覺？可以馬上踩得到嗎？」

「好像可以。」

「那就好，現在調整一下側邊照後鏡和車內後視鏡的角度。」

呂淑按照吳慶子的指導重新調好鏡子的角度。多年前學習的知識正在腦中重新上演，是啊，我對這些內容有印象。

「都好了嗎？那現在來發動車子吧！」

呂淑聽聞這句話，不自覺地露出滿心擔憂的表情，她看向吳慶子，「這麼快？」這句話已經爬到喉嚨，卻又被她硬生生吞了回去。既然是要來練習開車的，當然要開，不然要調整座椅和照後鏡到什麼時候，就是要發動車子引擎緩緩開出去啊。

呂淑下定決心後，便按照吳慶子教她的方法啟動車子。隨著車體出現震動，引擎也被啟動，由於從指尖傳來的感覺還不錯，呂淑不禁揚起笑容。

「那就試著出發了喔！先放下手煞車，把排檔推入D檔。」

呂淑沒能順利地一次放下手煞車，所以有些驚慌，但最終還是成功放下，動作生疏地轉換著排檔。她想起練習場內技能考試時往返駕訓班五次的記憶，當時呂淑的店鋪周遭已開始都更，到處都懸掛著陰森帷幕、塵土飛揚。她打算用車子載滿內衣，在路邊擺攤販售，至少趁店鋪出租前先以這樣的方式做生意；然而，她也只有下定決心而已，最終並沒有實際執行。就在那段期間，店內幾乎門可羅雀，店鋪也慢慢走上關門大吉之路。

「好，出發吧！」

呂淑嘗試把腳從煞車板上輕輕鬆開，用驚奇的心情看著車子開始緩緩向前移動。

「妳輕踩油門試試看，別怕，沒事的。」

呂淑乖乖照做，隨著車子開始行駛移動，卡在呂淑心裡那塊猶如水蜜桃核般堅硬頑固的東西，感覺也鬆脫掉落。

「如何？有沒有覺得跟這輛車變得比較熟？」繞完停車場一圈回到原點後，吳慶子詢問。

呂淑點點頭。

「很好，就是這樣，要先熟悉車子才有辦法駕馭它。」

「慶子，妳不覺得我好像頗有開車的天分嗎？」

吳慶子咯咯笑著，這時，呂淑的手機震動了一下。

——媽，妳現在方便來一趟嗎？

是秀敬傳來的簡訊。

＊

秀敬倚著車門站著，她見到呂淑的身影便微笑招手。原本憂心忡忡的吳慶子這下也舒展眉頭，表情變得和緩許多。

「看來沒什麼事。」吳慶子連忙在呂淑的耳邊竊竊私語。呂淑點點頭，但究竟是真沒事還是裝沒事可能要再觀察看看才知道。那孩子的演技騙得了所有人，唯獨騙不過呂淑。

「媽，嚇著了吧？」轉眼間，秀敬已經用著開朗的表情向母親搭話。呂淑大聲回答：「沒有啊！」但是嗓音偏高，所以聽起來有些怪異，極度擔憂的真實心情一覽無遺。

「因為我突然貧血。」

這句話呂淑沒聽進去，她不斷觀察秀敬的表情。什麼事情使妳感到害怕，說來聽聽。呂淑暗自在心中盤問。

「不好意思，阿姨，我不知道妳們在一起。」

吳慶子揮手表示沒關係，隨即便對秀敬車子裡滿載的包裹展現興趣，她充滿好奇地詢問：「這麼多包裹真能在一天內配送完嗎？」秀敬仔細地解釋，一天要送比這些更多的包裹，才有辦法在扣掉油錢成本後還有賺錢。

此時，吳慶子的手機震動起來。通完電話後的吳慶子表示，寶拉可以接手幫秀敬送貨，提議先將車子停在這，三人一起到公寓社區外的店家小酌兩杯。

「寶拉要來？」

「嗯，我們走吧。正好一直想找機會請妳喝酒。」

吳慶子勾住秀敬的手臂，幾乎是連人帶拉的方式將她拖往社區正門，呂淑則是默不作聲地跟在她們後頭。

究竟是什麼呢？是什麼觸發了那孩子的恐懼？

呂淑環視寧靜安詳的社區，整齊有序的花圃和容易識別的標誌，適當高度的減速丘和圓滾滾的道路反射鏡，一切都在其該在的位子上，路上也只有不太可能懷有犯罪意圖的路人來來往往。

呂淑嘆了一口氣，那個傢伙也是住在這種公寓大樓，他一定也是帶著一張絲毫察覺不到犯罪意圖的面孔搭上電梯、向鄰居問好，以獨自撫養孩子的爸爸身分在所有人心中留下好印象吧。過去動不動就趁四下無人時性騷擾呂淑的那位室長，平時也以可靠的父親、丈夫、室長形象，在家人與同事之間廣受好評。

這些人怎麼都如此偽善、令人作嘔，難道都不會對家人感到羞愧……。

吳慶子回頭招手，催促著呂淑加快腳步，正當她們準備通過社區正門時，呂淑看見一名男子正站在促銷攤位前發送試喝飲料，她停下腳步觀望。

男子在小紙杯裡倒入飲料，抓著路過的住戶試喝，偶爾住戶們也會接過紙杯。呂淑心想，該不會就是那個吧，與此同時，她也對於會心生這種懷疑的自己感到無比驚訝。促銷試喝活動與那起事件毫無相關，就算被當成有被害妄想症也無可厚非。然而，懷疑之心仍揮之不去，呂淑仔細留意秀敬的視線是否有停留在那個攤位上，沒想到她正眼都沒瞧攤位一眼就經過了。呂淑重新邁開步伐，偷瞄著那些接過飲料的年輕媽媽們，內心其實非常想用嚴厲的眼神及搖頭向她們打暗號，她的指甲已經陷入掌心。

「呂淑啊，快跟上！」

呂淑加快腳步，然後逐漸將表情與心情轉換成秀敬熟悉的母親樣貌，並做出了適當的發言。

「欸，我們點一份韭菜煎餅來吃吧，裡頭有加一些甜甜洋蔥絲的那種。天氣怎麼這麼好啊，真不錯。」

秀敬盯著呂淑看了一會兒，露出果然不出她所料的表情，微微地搖了搖頭。

吳慶子走到掛著「奉子的狂歡馬車」招牌的小店前止步，煎餅的香氣從門縫間竄出，吳慶子回頭瞧了呂淑一眼，便朝店內直直走去。結束午餐生意的店家早已熄燈，在昏暗的環境下，斜陽從窗戶灑入室內，的確是滿適合喝酒的氣氛。圍著圍裙煎著煎餅的女老闆看見有客人上門，先是睜大眼睛，再連忙端了一瓶水壺上前招待。

「我們午餐時段只賣一道菜喔，沒關係嗎？今天是老泡菜燉鯖魚。」

「我們是來喝酒，不是用餐的，您在做煎餅嗎？」吳慶子興致勃勃地詢問。

「對，是韭菜煎餅。」

「那就給我們煎餅吧，還要配馬格利酒。」

女老闆點了點頭，轉身走回廚房。麵粉糊放入平底鍋的滋滋聲響聽起來十分響亮，秀敬拿起擺放在桌子角落的紙杯，倒入白開水，整間店瀰漫著韭菜煎餅的味道，香氣四溢。

「我就不喝了，等等還要回去工作。」

一轉眼，秀敬已經換上堅毅不撓的表情。

吳慶子則回應：「都說我們家寶拉會來幫妳送貨了。」

「寶拉怎麼可能送那些東西。」

「怎麼不可能。她整晚都在跳舞呢，體力比妳還要好喔！」

女老闆將馬格利酒和黃鋁碗端了出來，碗裡留有一些未乾的水滴，吳慶子直接朝地上甩乾。

「妳還沒和我一起喝過酒吧？阿姨我啊，其實是個很有趣的人喔～」

吳慶子在秀敬的碗裡倒入馬格利酒，秀敬原本只是低頭盯著碗裡的酒，最終還是拿起了碗，一飲而盡。呂淑本來也沒全然相信女兒已經沒事，但當她看見秀敬的舉動，不免還是彷彿心被挖空般，於是也跟著乾了一碗酒。吳慶子沒與人乾杯，而是獨自喝掉碗裡的酒。不久後，韭菜煎餅上了桌，吳慶子幫忙將煎到金黃脆薄的韭菜煎餅分成容易入口的大小，而那盤煎餅也很快被分食乾淨，吳慶子又加點了一份泡菜煎餅。

呂淑雖然從未期待秀敬會在這裡傾吐真心，但她又不免焦急，假如不趁這種場合，還有什麼機會能聽到女兒的心聲。畢竟兩人在家中只是每天碰面的母女而已，出門在外更是沒機會製造出這種場合。呂淑這時想起自己當初看到那些和女兒們把酒言歡的媽媽時，都因為看不慣這種相處方式而嘖嘖咋舌，暗自嘲諷著那些媽媽們盡教些好的給女兒，但如今她後悔了，感覺就算和女兒一起抽根香菸都無所謂。

一瓶馬格利酒很快就見底。吳慶子猛然起身，又去多拿了幾瓶馬格利酒，她熟練地搖晃著瓶身，為秀敬斟滿酒之後，說：「秀敬啊，阿姨我呢，沒讀大學。不對，應該說，沒能讀到大學，一直很想讀，但是不管我怎麼苦苦哀求，我爸就是不願意供我讀大學，叫我直接找個人嫁了。在我們那個年代，這是非常理所當然的事情，所以我還真的找個男人嫁了。結果呢，那個人就是我現在的丈夫。他從那時候就在當老師了，但就連退休後的現在，也老是在家對我下指導棋，現在連回來找他的學生都沒有了，所以這位老爺可能覺得有些寂寞吧。某天還突然跟我說，他那麼認真教書沒任何屁用，我就回他：『每個都出社會上班日子過得好好的，幹什麼這樣？』結果這人勃然大怒，對我說：『誰曉得他們是真過得好，還是到處招搖撞騙！』於是我說：『何必把好好的學生說成騙子。』他竟然嘆了一口氣，回我：『也要知道怎麼騙人才有辦法過得好吧，妳怎麼連這點道理都不懂。回想當初，我好像只有教他們為人要正直，所以現在才會沒有一個人回來找我吧，因為一定沒有人是正直過生活的。』」

說完這段話，吳慶子便問呂淑：「妳也這麼認為嗎？」

呂淑夾了一塊醃洋蔥放進口中，沒有回答。這問題顯而易見，為何要問理所當然的問題。

吳慶子繼續說：「有時我會覺得，秀敬和寶拉都很聰明、有自信，跟我們很不一樣。」她抽出幾張面紙，一邊按壓眼角一邊說：「我們很多時候都是選擇壓抑自己，沒辦法做自己想做的事，因為如果不乖乖聽話，就會被當成異類，所以只好惟命是從，人家叫我做什麼就去做，不然怎麼辦呢？可是有一天，寶拉卻對我說：『即便是在媽那個年代，也還是有女人滿懷自信地去做自己想做的事，有些人早上在工廠上班、晚上讀夜校，最後考上放送通信大學，也有人考插大，達成自己當初的夢想，甚至有人出國留學、成為藝術家，或者當女性學教授、政治人物等，都大有人在。』所以在她看來，都只是我選擇了這樣的人生，於是我對她說：『喂！是啦，都是我的選擇，是我太遜，遜斃了所以才會聽從我爸的指示，叫我別去讀大學就沒去讀，也聽我爸媽的話，和他們認可的男人結婚，然後結了婚以後，我也只選擇生小孩、顧小孩、做家事，這樣可以了吧？』結果寶拉當場愣住，妳知道她回我什麼嗎？她說：『媽，現在還不遲，妳還年輕。』」

呂淑和吳慶子相視而笑，竟然說我們還年輕……。

吳慶子說：「秀敬啊，千萬別氣餒，也別害怕，妳們和我們不同。我看寶拉是可以在夜店跳一整晚舞，隔天一早再喝咖啡寫報告，一本正經地做自己事情的人。於是我發現，原來我們是截然不同的人，她什麼事都能做得成，她不是我所熟悉的那種『女人』，所以……呂淑啊，那叫什麼來著？我們熟悉的那種『女人』叫什麼？」

呂淑瞇起雙眼，吳慶子已經喝茫，呂淑也醉意漸濃，只有秀敬還十分清醒。呂淑用雙手抱頭，陷入沉思，最後脫口而出：「我們是……老一輩女人，我們的女兒是……這一輩女人。」

「喂！」吳慶子哼地笑了一下：「又不是演歌的歌名，什麼老一輩女人、這一輩女人！」

＊

呂淑的右邊坐著秀敬，左邊坐著醉意朦朧、一臉呆滯的吳慶子。

送完貨的寶拉正開著車往公園來，吳慶子的車子已經被號稱是幼稚老爺的先生搭地鐵來開回家，他不停地叨念，讓吳慶子忍不住通話到一半就直接掛斷。「盡說些廢話！」吳慶子憤而起身，乾脆走去櫃台結帳。不論秀敬如何勸阻都於事無補。

呂淑本來看見夕陽都會感傷惆悵，但今天較沒了這種感覺，她用手機的相機功能拍下背對夕陽而站的秀敬和吳慶子，發現兩人意外有著微妙的相似之處。儘管五官無一處相像，但從兩人並肩而站的模樣來看，說是母女也毫無違和。兩人散發著相似氣息，「也許是因為秀敬身上沒有貧窮的氛圍……」呂淑盯著自己拍下的照片暗自心想。這是她的習慣，每次只要看著秀敬的照片，就會特別留意是否有流露出窮人家女兒的氣息，要是看不出來就會格外開心。某次，秀敬曾這麼問呂淑，究竟窮人家女兒的氣息是什麼，現在有誰還會穿破爛衣服出門，有誰還會因為沒錢吃飯而骨瘦如柴，光看外表根本看不出來，而呂淑也無從反駁，只能默認。

寶拉突然出現在呂淑面前，秀敬連忙起身，從寶拉手中接過手機。秀敬一邊確認手機裡的配送應用程式，一邊稱讚寶拉都沒有送錯，完美達成任務。寶拉看起來也不覺得疲累，呂淑望著寶拉不禁發出讚嘆，寶拉那毫不畏懼的態度，將她的人生與呂淑的人生徹底做出區別，明顯是兩種截然不同的人生。

四人一起朝停車場方向走去，途中，寶拉和吳慶子選擇抄捷徑，那裡有一座滑板公園，裡頭有各種斜度的坡道，好多年輕人踩著滑板滑上滑下。呂淑和秀敬並肩坐在長椅上，寶拉近距離觀賞著一名滑板青年，吳慶子則站在寶拉身後好奇地詢問各種問題。

「媽，今天對不起。」

呂淑沒做回應。對不起什麼？她強忍住想要發脾氣的衝動，到底為什麼要傳那種訊息？也強忍住想要追問到底的衝動。身上的酒氣已經逐漸消散，她開始頭暈腦脹，難以控制脾氣，正因為呂淑清楚知道自己的狀態，所以選擇閉口不語，只尷尬地撥弄著頭髮，心想髮量稀疏的髮旋應該又被風吹得開花了吧。其實真正會顯露出貧窮的部位並不是穿衣打扮和臉蛋長相，而是手背、腳後跟、髮旋等這些不容易被人看見的地方。呂淑嘆了一口氣。

「媽，我重新去了一趟昨天送貨的社區，他們說還沒找到妳的戒指。」

「妳去了警衛室喔？」

「我去管理中心，跟他們說明身分，然後說是送貨時不小心遺失的。」

「為什麼告訴他們？」

「為什麼要隱藏？」

呂淑無話可說。就在那時，她看見一名腳踩滑板騰空飛起的青年，沿著陡峭的斜坡奮力向上滑行，然後一躍而起，可以看見停留在空中幾秒鐘的青年側臉洋溢著燦爛的笑容。這名青年只要有心，應該就能飛在空中好幾回。呂淑的視線順勢停留在這名青年的身上，健康又無畏的身體，充滿活力與熱情的身體，不明白溼疹、關節痛、腰痛、五十肩為何物的身體，呂淑再低頭望向自己的手，她看見一雙滿布斑紋的手背，吳慶子曾說這樣不好看，建議她去打雷射，早知道就聽她的話了。

「秀敬啊，」

秀敬轉頭望向呂淑。

「妳現在做得很好，所以沒事的。」

秀敬低下頭，「但，還是要賺錢啊。」

「是啊，要賺錢。」呂淑也緩緩點頭。

轉眼間，寶拉已經站上滑板，滑板的主人用嚴肅又擔憂的眼神注視著寶拉的一舉一動。終於，寶拉開始用單腳滑行，而吳慶子則為她鼓掌，寶拉正在前進，站在滑板上加速；然而，不一會兒，身體便失去平衡，一屁股跌坐在地。青年追上前去，竟先確認自己的滑板是否安然無恙，並露出了安心的笑容。寶拉拍拍屁股，輕鬆站起身，然後就在那時，青年再次從跳台一躍而起，高高地懸在空中，看在呂淑眼裡簡直成了一張定格的背景照。呂淑驚嘆不已，天啊！這著實是她久未體驗到的感受，原來人可以飛那麼高……。

回家路上，呂淑在車內碰巧目睹了路燈同時被點亮的那一瞬間。

是啊，要及早把燈打開，趁還沒太暗之前。呂淑一邊暗自心想，一邊用力睜大雙眼，好讓逐漸襲來的濃濃睡意能稍微退散。

寶拉

寶拉是在馬格利店裡向秀敬學習如何使用配送應用程式的。其實沒遇到什麼困難，畢竟要先懂得如何操作應用程式，才有辦法勝任這份工作，所以打從一開始就是設計成簡單使用的介面，各大平台都大同小異。寶拉曾在選修課的課堂上發表過以平台勞動為主題的小組報告，雖然是規模逐漸壯大的新興行業，但那些無法被稱作是勞工的人，其生活卻是艱苦不堪。當寶拉提到這點時，學長還故意找碴。

「妳有親自做過嗎？」

「沒有。」

「我有，還滿值得去做的。」

「那我就跟大家報告，說這份工作很值得做嘍？」

學長不發一語，寶拉繼續追問：「學長，你會建議自己的弟弟從事這種職業嗎？」

學長一臉錯愕：「喂，我弟可是讀藥學系的。」

寶拉沉默不語，默默在文件視窗中輸入工作條件、工作環境、勞基法之問題點等等……。

秀敬將自己那支裝有配送應用程式的手機遞給寶拉，與她四目相交。先別開目光的是寶拉，她還無法直視秀敬的眼睛，與其說是幫不上忙的罪惡感作祟，更多是出於憐憫之心、心疼之情，並且對於會有這種感受的自己感到厭惡。

如今她不得不承認，秀敬姊姊克服得很好。當初聽聞秀敬幾乎足不出戶時，其實寶拉馬上就接受了這件事情，心想「是啊，的確會這樣，可能今年都會想要躲在家裡。」寶拉一直都滿欣賞秀敬的長相，平凡的五官搭配微長的臉型。寶拉雖然很難相信人、也不太願意跟隨人，但唯有秀敬會讓她暫時忘掉這種天性、輕易就能卸下她的心防。秀敬總是能一眼看出寶拉新添購的物品、永遠保持著短髮造型，以及貼在指甲上的骷髏頭貼紙，問著：「那是在哪裡買的？」「妳喜歡那種款式喔？」「為什麼喜歡？」於是寶拉就會轉移話題，藉此取代回答。她雖然很喜歡被秀敬關心，但與此同時也感到十分害羞。

寶拉對男人沒什麼興趣，也不敢肯定自己是否對女人比較感興趣，女人的確是比男人相處起來自在又無害，然而，這種感情能否連結到愛還是未知數。也許她會被歸類成帶著問號的人，但是寶拉太了解自己，一旦被那樣歸類後，就會立刻逃至別處，在她認為那就是自己、無可救藥的自己之前，先愛上那樣的自己。對她來說，為了找尋自我認同而展開的痛苦旅程並不存在，何來痛苦，簡直有趣極了。她一直都很努力朝這方向思考，畢竟是出生在接近二十一世紀的年代，如果仍然只能在有限的選擇中抉擇，豈不是太無聊乏味。

秀敬的體型和寶拉相似，不論是腿和手臂的長度，還是坐下來時的身高都差不多，所以寶拉坐上秀敬的駕駛座之後，幾乎不用再重新調整那些後照鏡。

看來我已經長到和姊姊差不多大了。

她把秀敬的手機放在架子上，點開配送應用程式，將地圖放大縮小，安排送貨路線。她對於秀敬教她的送貨方式毫無異議，先將包裹分類好再搬上手推車，推到電梯裡，用應用程式裡的相機拍照存證，再繼續到其他區送貨。這一連串的工作流程相當明確，只要腦中想著目標、身體勤奮奔跑即可，雜念也會自動消失。然而，很難認定秀敬是因為這樣的理由而選擇這份職業。

應該是因為關上的大門吧。

就算按門鈴也很難見到對方的臉，接過包裹後就直接關門消失的那些人，加上沒有固定的送貨區域，所以也不會與某個場域有所連結。

寶拉按照地圖上標示的送貨地點依序送完貨後，轉眼間，一個下午就過去了。寶拉確認完空無一物的後座，按照秀敬教她的方法，點開聊天軟體，在物流業者創建的群組裡回報包裹已全數配達完成。接著，她不經意地瞄到其他聊天室的訊息，都是一些關心秀敬是否安好的內容。

——最近好嗎？一起吃個飯吧。

——都在忙什麼呢，我可以請妳喝酒喔！

——看來妳在忙。

秀敬沒有回覆這些訊息。她只有傳訊息給家人，包括先生、父母、姪兒們，以及恩芝。

恩芝是誰？

寶拉開始讀起秀敬與恩芝的訊息內容，究竟這個可以直接稱呼秀敬為阿姨的女孩是誰？看大頭貼應該是國中生，她畫著十多歲女學生最流行的眼妝，瀏海也捲成圓弧狀，以下巴線條俐落明顯的角度拍了張自拍照作為大頭貼。她每週都會和秀敬聯絡兩、三次，算是頗為頻繁的互動次數。看起來也經常到秀敬家裡作客，這孩子到底是誰？寶拉突然一驚，意識到秀敬給她這支手機的用意應該並非讓她這樣偷窺隱私。

她放下手機，發動車子，心跳加速，不是因為窺探秀敬的私生活而感到罪惡，反倒意外地比較接近興奮期待之情。她從秀敬和恩芝的對話中，看見了過去與寶拉分享溫暖與關懷的秀敬，與此同時，她也發現自己已經很久沒用聊天軟體和秀敬聊天了。

寶拉從未見過秀敬的稜角——尖酸刻薄地去刺人、砍人、傷人的模樣，儘管秀敬經常把

「要存錢」掛在嘴邊，但也是出於為對方著想，並非滿腦子只知道錢；然而，吳慶子對寶拉說的卻是：「妳知道秀敬為什麼要出來工作嗎？為了錢，錢啊！聽說是因為姪兒把那傢伙痛打了一頓，為了付和解金給對方，把全部的積蓄都賠上了。」寶拉陷入沉思，最終回答：「如果是這樣，那應該是錢害得姊姊很痛苦吧。」

那時，寶拉和吳慶子面對而坐，母女倆喝著紅茶，突然想起過去到她們家作客的朋友，見到母女倆的下午茶時光不禁驚呼：「妳和妳媽真的感情很要好欸。」寶拉沒有搖頭也沒有點頭，每個月能有兩、三次下午茶的時光是因為有充分的餘裕才能享有，不論是時間上、心理上還是物質上都是。她們是如此富足，姊姊卻不能夠如此。

寶拉把車停進停車場，她需要更靠近秀敬，趁秀敬往另一個方向走遠之前。然而，隨之而來的念頭卻是……假若那個方向可以救贖姊姊，是不是應該讓她往那裡去才對？

*

寶拉站在一樓大門口按下門鈴。秀敬為了報答寶拉替自己送貨，說要請她吃一頓午餐，傍晚因為家裡人多，可能會不方便，寶拉一聽就馬上答應了。

寶拉搜尋了附近的甜點店，擔心空手去人家家裡不太好意思，所以特地買了盒綜合口味的馬卡龍。馬卡龍口味繁多，挑選時還費了一番功夫。雖然寶拉沒有很愛吃甜點，但她知道秀敬非常喜歡，不過那也是她婚前的事了，不曉得現在如何。寶拉邊走上階梯邊想，如今也都一把年紀，說不定已經不喜歡吃甜食——寶拉對於自己直接斷定秀敬已經一把年紀感到頗為震驚。

她想起與秀敬初次見面時的場景，秀敬目不轉睛地盯著正在閱讀的寶拉，問她在讀什麼，寶拉則是刻意擺出淡定自如的表情，將書封展示給秀敬看，那是赫曼・赫塞的《流浪者之歌》。這女孩真有趣，秀敬的眼神流露出這樣的想法。寶拉就是從那時起，每天為了假裝自己是大人而擺出一副孤傲的姿態，如今回想起來，也搞不清楚自己當初為什麼要那樣。她當時立志成為作家，但是每次只要有人問起將來的志願，她就會毫不猶豫地回答：「律師。」她在與人辯論時從未吃過敗仗，周遭大人和朋友們也紛紛表示：「妳真的非常適合當律師。」寶拉從未否認，還一臉聽膩的表情，甚至就連交情很好的朋友，都不曾表露出真心，她告訴朋友說：「我的夢想其實是作家，想要寫出像《流浪者之歌》或福爾摩斯系列這類書。」當時，她還找不出兩者之間的差異，反而認為它們都是在殷切尋找著某種東西。

秀敬面帶笑容，為寶拉打開自家玄關大門，寶拉則是將手中裝有馬卡龍的紙袋遞給秀敬，就在這個當下，有人立刻從沙發起身。

「她是恩芝，跛厚的女朋友。」秀敬介紹著。

「喔！」寶拉簡短回答，開始仔細打量恩芝。不曉得是不是故意選擇穿尺寸偏小的校服，裸露的大腿和緊身的襯衫看起來實在有些礙眼。有別於整個人顯黝黑的寶拉，這孩子像麵粉一樣白淨無瑕，笑起來眼睛還會瞇瞇的，眨眼時濃密的假睫毛也像鳥兒在揮動翅膀，看來是把所有時間都浪費在外表的女學生。

「那袋是什麼？」恩芝目不轉睛地盯著遞交到秀敬手裡的紙袋。

「馬卡龍。」

「有可可口味的嗎？」

「沒。」寶拉邊說邊走進屋內，到沙發上坐下。她認為秀敬不可能喜歡吃可可口味的馬卡龍，所以只有選伯爵茶、藍莓、地瓜、黑芝麻等比較像大人會喜歡吃的口味。她在店裡一邊心想說不定秀敬的確喜歡這些口味，一邊猶豫要不要先打電話確認，最後覺得這樣好像是在刻意裝熟，於是打消了念頭。

寶拉今天準備要對秀敬說的話可能聽在她耳裡不會那麼悅耳，甚至還會感到痛苦不適；然而，寶拉認為假如秀敬真想克服那起事件，就不應該從事這種平台勞動，而是要對其他工作展現興趣。寶拉打算今天試著說服秀敬改變心意，要是再繼續這樣下去——只要無人抵抗、無人展現，被踐踏的心又會被無限擱置。

「我來叫外送，妳想吃什麼？」

寶拉挑眉，「外送食物已經吃膩了欸。」

「我很喜歡吃外送食物，我們點披薩來吃吧，阿姨。」

恩芝用一臉無所謂的表情和沒大沒小的姿態對秀敬說話。

「妳幾歲？」

「十五。」

恩芝早已點開外送平台，開始挑選要吃的餐點。

「姊，妳喜歡吃什麼口味的披薩？」恩芝轉頭問寶拉。她一臉天真浪漫，寶拉不免擔心，今天能否順利將那些下定決心要說出口的話傳達給秀敬。而這位名叫恩芝的女孩，感覺其大腦結構應該是由假睫毛、唇釉、瀏海、男朋友等東西組成。

「隨便點吧。」寶拉將十指交扣，放在頭頂上，挺直著腰桿。

「哇，姊姊妳真的很瘦耶。」恩芝雙眼緊盯寶拉的側身說道。

「妳也很瘦啊。」

寶拉總是用同樣的話回應那些說她瘦的人，妳也很瘦啊、姊妳也很瘦、媽妳也很瘦。她不明白到底有什麼好執著於瘦不瘦的，就只是吃多少、動多少，不喜歡一餐吃過量而已，然後每週一定要有三、四天去夜店跳舞才會覺得通體舒暢，於是自然而然就瘦了下來，可是大家卻總是說得一副好像她有設定宏偉目標、投入極大努力一樣。

「姊，妳幾公斤？」

看來是打算正式開始一探究竟了。寶拉沒有回答，直接從沙發起身，在客廳裡四處徘徊。然而，由於屋內空間狹小，沒走幾步路就遇見牆壁，一個轉身也馬上就會看到房門。正當她站在房門前準備再度轉身時，突然有人從房間裡走出來。

「大叔……」

寶拉雖然稱呼秀敬為姊姊，卻不會稱宇才為哥哥或姊夫，她總覺得這種稱呼顯得過從甚密。寶拉初次見到宇才時，就察覺這人不是自己的「菜」，雖然他也不需要是寶拉的「菜」，但看在寶拉眼裡，這人實在不怎麼樣。

「寶拉，妳來啦？」

宇才略帶尷尬，但仍故作親切地歡迎寶拉來家中作客。他那身鬆垮到不堪入目的T恤和褲子，好吧，就當作是在家裡所以這樣穿，但這人又為何會在平日白天時段出沒家中？

寶拉重回沙發坐下，宇才搔著頭走進洗手間，小便聲響毫不掩飾地清楚傳了出來。

秀敬問：「不想吃披薩嗎？」

寶拉回答：「吃什麼都可以。」原以為今天只會和秀敬一起吃飯，沒想到卻是這種局面，她有些不知所措。最終，恩芝訂了一個夏威夷披薩。宇才走出洗手間，在腳踏墊上隨意踩了兩下，站在原地躊躇，後來才走往餐桌，跨坐在餐椅上。可能是因為許久未見，感覺直接躲回房間好像不太禮貌，但其實宇才趕快進房間還比較好。

「寶拉，妳最近還常去夜店嗎？」

宇才展現著不必要的關心，主動提問。然而就在寶拉開口前，恩芝就已經一把抓住寶拉的手臂尖叫：「姊！也帶我去夜店吧！」

寶拉實在不太曉得該如何帶一名十五歲未成年少女走入夜店，在這之前，她反而是先想到像恩芝這種小女孩在夜店裡容易遭遇到的事情，並對於腦海中會先浮現這種事情的自己感到厭惡。

「妳去拜託別人吧。」寶拉不是很想直接拒絕，才選擇這樣回應，沒想到聽見令她非常意外的回答。

「可是每次和男友去夜店都會被他監視著，超掃興的，感覺跟姊姊一起去會很有趣呢！」

「我只跳舞，沒空陪妳玩。」

恩芝嘟起嘴。

宇才問秀敬：「披薩什麼時候送到？」

「要等四十分鐘左右。」秀敬說完便拿了一個馬卡龍給寶拉，寶拉接過後拆開包裝，放入口中，比她想像中還要來得好吃。每個人都在安靜吃著自己挑選的馬卡龍，空間裡只聽得見包裝紙的沙沙聲響。

雖然寶拉始終無法理解披薩與鳳梨的組合，但她還是默不作聲地吃著；恩芝則是邊吃邊舔手指，全神貫注地在用手機聊天；宇才以搶食的速度吃著原本就所剩無幾的酸黃瓜；秀敬則是一邊大口吃著披薩，一邊配白開水。

寶拉留意秀敬的表情，好像心情不至於太差，但也不到非常好，彷彿沉浸在自己的思緒當中。她注視著秀敬雜毛亂翹的頭頂，宇才突然開口提問：「寶拉，妳沒談戀愛嗎？」

「沒有。」

「是故意不談嗎？」

「對。」

「為什麼？」

「沒興趣。」寶拉回答得簡短冷漠，宇才卻還是鍥而不捨地說：

「應該是還沒遇到理想型，遲早會遇見的，說不定下週就會對我說：『姊夫，我交男朋友了。』總之，切記千萬不要馬上就認定對方，要多交往幾個比較看看。平常是不是都沒有人對妳說過這種話啊？」

宇才似乎是認為自己很開明，滿臉自豪地注視著寶拉。寶拉嘆了一口氣，本來想要安分一點的，看來有些話還是得說清楚。

「有一定要談戀愛嗎？我一個人也過得很好啊。沒打算養貓養狗，也討厭種植盆栽，我只想一個人生活，這樣反而自在。」

宇才瞬間呆滯，滿臉錯愕地看著寶拉，後來才轉變成驚訝。他難道都沒遇過像我這種人嗎？寶拉摘掉披薩上的軟爛鳳梨，再拿起那片披薩。

「這樣不會孤單嗎？」

秀敬追問。出乎意外地，寶拉竟然沒能馬上做出回應，她陷入猶豫，秀敬的提問總是會讓她產生諸多不必要的思考，秀敬會知道嗎？她應該不知道，畢竟在秀敬眼裡，韓寶拉就只是個二十三歲喜歡去夜店的自信女孩，大概僅此而已，健康、嘴巴不輸人的那種女孩。

寶拉微微嘆息，自從開始進行生酮飲食後，便對碳水化合物產生相當大的抗拒，然而，由於幾乎沒有人討厭碳水化合物，所以每次與人共餐時，都會令她感到非常難受。雖然來秀敬家的路上並沒有預先想過這件事，但是油膩膩的披薩味、眼前白目又愚鈍的宇才，加上瘋狂自拍、打字聊天、獨自笑開懷的女國中生，這一切的一切都令她渾身難受。

「我要先離開了。」

寶拉連忙從位子上起身，宇才和秀敬錯愕地抬頭。

「寶拉，妳這麼快就要走啦？太過分了吧？」

雖然不曉得究竟是什麼事情太過分，但宇才的確一副受了傷的表情。他要是先把嘴角的洋蔥擦乾淨再說話，可能還比較會讓人心軟，但現在寶拉一心只想逃離這間房子。她快步走向玄關，一腳踩進運動鞋裡。

「等一下。」

秀敬趕忙衝進房間，隨手抓了一件外套披在肩上走了出來。

「一起走吧。」

寶拉還沒回過神，一起？去哪裡？秀敬輕推寶拉的背，帶著她往玄關外頭走。就在玄關大門即將關閉之際，還聽見恩芝對著寶拉熱情呼喊：

「姊！下次一起去夜店喔！」

＊

秀敬不發一語。寶拉好奇秀敬究竟是生氣了還是另有話要說，但她沒有主動詢問，只是默默地與秀敬並肩散步。

「往這邊直走就是漢江。」

兩人一同走往秀敬指的方向。她們穿過熙熙攘攘的市場，走在閑靜清幽的路邊，駐足在蠟燭工坊前，看著乾燥花香氛蠟燭課程招生公告，談到來上這種課的人應該內心也很平靜。途中，寶拉提議想買咖啡，於是外帶了一杯美式咖啡繼續散步。喝完咖啡後感覺腸胃舒服一些，生酮飲食帶來的副作用有點強烈，會出現雙手發抖、頭痛、肌肉痠痛等症狀，看來不能再繼續進行了。

「姊，妳有在寫日記嗎？」

「沒有，妳呢？」

「偶爾，對人感到失望時才會寫。」

「妳有對我感到失望過嗎？」

寶拉頓時語塞，但她為了掩飾尷尬，刻意放聲大笑，喝下幾口咖啡，接著發現咖啡杯裡竟插著塑膠吸管，她對此感到無比驚訝。因為寶拉每次只會去星巴克買咖啡，而在那裡一直都是提供紙吸管給消費者，如今也已經是理應提供環保吸管的時代。

「這是塑膠吸管耶！」

「應該是因為這家的咖啡比較便宜。」

秀敬立刻做出這樣的回應，反而讓寶拉更覺得尷尬。寶拉常去的星巴克咖啡價格是……她甚至每天都會點兩杯大杯來喝。她至今從未意識過那是比較貴的咖啡，因為鮮少會去其他咖啡廳消費，總覺得還是星巴克最舒服，也是她經常寫報告的地方，僅此而已——她曾經耳聞星巴克最早期在韓國開幕時，因為備受八〇年代生的女生們愛戴，進而蒙上某種汙名的消息，真不曉得怎麼會有這種事情。

「今天心情不太好嗎？」

秀敬試探性地詢問。寶拉沒有否認，也沒承認。心情確實沒有很好，但要是誠實說出自己是因為見到女國中生和宇才心情才變差的，秀敬聽了應該會很受傷。

「因為我有話要對姊說。」最終，寶拉只能用這句話來回答。

走出行人隧道後，迎面而來的是明媚陽光。出來散步的人們像被夾在曬衣繩上晾曬的衣服，心情愉悅地擺動著雙手，腳步看上去都十分輕盈。秀敬伸手指向能夠把漢江盡收眼底的寬敞木階，兩人並肩坐在那裡欣賞著江面風光。

寶拉告訴秀敬，波光粼粼或者水光瀲灩，這些成語都是用來形容水面波光閃爍的樣子，於是秀敬反覆默念，「波光粼粼、波光粼粼……」。

「好漂亮的成語，以後要是有生女兒，感覺可以取名粼粼。」

寶拉嚇了一跳。

「姊，妳不是頂客族嗎？」

「是啊，但是搞不好哪天會想生也不一定啊。」

如果是這種心態，豈不就不能自稱是頂客族嗎？然而，寶拉沒有對秀敬提出這樣的質疑，她認為自己的狀態一樣難以明確界定是否為疑性戀（Questioner）。其實一個人的自我認同說不定是分段式的，也就是經歷各種時期分成各種區段，而寶拉現在可能只是徘徊在疑性戀的區段，換言之，處於一種抗拒斷言自己就是喜歡某種特定性別的狀態。寶拉短暫思考了一會兒，究竟這種狀態能否作為自己暫時性的自我認同？最後，她決定要試著對秀敬坦白一些。

「姊，我其實每次交男朋友都會浮現一個念頭。」

秀敬沒有催促她趕快把話說完，只是一直注視著水光瀲灩的江面。

「就是……說不定我的男友是個怪人。要是透過朋友或熟人介紹認識的還好一些，不是的話我就會感到非常不安。雖然還是會努力去相信對方，但還是很難完全相信。」

「為什麼？」

「因為我不知道那個男人會對我做出什麼事，可能分手後會變成恐怖情人、跟蹤狂，交往時也有可能毆打我或者掐住我的脖子，每次只要腦中浮現這些想法，就認為還是不要談戀愛比較乾脆。」

「假如是因為這種原因而不談戀愛，那就滿有問題的喔！」

秀敬只有把話說到這裡，沒有繼續說下去。寶拉面露錯愕，她原本以為對話會一直延續，要是就此打住，感覺以後也很難再有機會重提。寶拉其實是不想留下誤會，她已經確信秀敬絕對是誤會了她的意思，誤以為是因為秀敬經歷的事情而使她無法談戀愛，但事實不是這樣的。

「姊，我和其他人不太一樣。」

「嗯，妳的確是。」

秀敬立刻表達認同。

「所以我才想說，既然很難相信男人，那要不要試著和女人交往看看。」

秀敬沒有回應，甚至面不改色。秀敬沉思許久，最後轉頭望向寶拉：

「妳剛才說的那句話是認真的嗎？」

寶拉不敢輕易回答，這句提問裡蘊藏著尖銳的東西，是在秀敬身上從未見過的稜角。

「寶拉，那種感情是無法這樣做選擇的，是自然用心去感受的。」

「當然，那種感情的確無法做選擇。」寶拉退一步附和著。然而她說謊了，她的確打算做選擇。

「姊，我想說的是，愛女人就會是更安全的社會這種論點實在很荒謬。」

「這句話滿奇怪。」

秀敬又再度展現了尖刺。寶拉終於不再語帶保留。

「姊，不是只有我奇怪，妳也很奇怪。我真的很可能會遇到怪男人，妳難道都無所謂？」

「不是所有男人都奇怪，是妳過度自己嚇自己。」

「自己嚇自己？妳說我？我看自己嚇自己的人是姊姊妳才對吧。為什麼突然決定要改當送貨員？」

「……我只是想要盡快有收入，總不能坐以待斃，活活餓死。」

「妳怎麼可能餓死？不是都已經結婚了嗎？」

「妳還真是天真，婚姻生活才沒那麼單純。」

「妳不覺得自己正在錯失重要的東西嗎？」

「我錯失了什麼？」

「那個人，他不是只被判處了易科罰金嗎？」

秀敬的表情頓時一沉。

「妳真的打算讓這件事情到此為止？」

秀敬移開視線，從她的側臉可以明顯看見錯愕的神情。

寶拉以自己在秀敬家親眼目睹的宇才，以及從吳慶子那邊聽來的消息為基礎，早已經掌握這家人的問題癥結點。他們打算讓那件事情成為過去，所有人都在演戲，裝作什麼事情都沒發生。只要不出現像寶拉這種外人重提那件事，彷彿就會真的像失憶一樣，以為從未發生過任何事似地活下去。然而，絕口不提其實就等於一直都有意識到那件事。

寶拉沒能把盤據於心的想法說出口，因為不論怎麼修飾，秀敬聽了都一定會受傷。寶拉希望秀敬不論住哪裡、做什麼工作，都總是能笑著生活，僅此而已，別無所求，但秀敬不帶一絲笑容。

對經歷過那種事情的人說要幸福，有什麼意義，有什麼幫助……？寶拉緩緩開口：

「姊，我們只要努力，就能改變世界。」

秀敬目不轉睛地看著寶拉，彷彿在問這句話是什麼意思。

「我的意思是，可以試著努力讓這個世界變得更好。我會抱著這種心願活下去，很多人也和我有一樣的想法。」

「很多人是在哪裡……？」

在Twitter上。寶拉本想這樣回答，卻還是把話吞了回去，總覺得秀敬不會理解。過了好一陣子，秀敬才又開口：

「寶拉，我現在忙著討生活，那件事情早已忘得一乾二淨，麻煩妳以後不要再提起了。」

寶拉在那瞬間對秀敬徹底失望，原來姊姊是離自己如此遙遠的人，寶拉對於自己過去時常擔心、想起這種人的時間感到不值。姊姊又可曾想過我多少次呢？她是否有想過，今天的對話對我來說何其重要，難道真的不知道說那種話會對我造成傷害嗎？寶拉暗自下定決心，從今往後，要將秀敬這個人放在心中最小的位置。

「我不希望因為自己而使妳變得負面。」

「姊，難道妳不知道此時此刻還有一大堆犯罪在發生嗎？」

「知道，但妳不會遇到那種事的，妳過好妳的人生就好。現在感覺我的人生彷彿影響到妳，所以很奇怪。我自己需要克服的事情不必變成連妳也得克服，妳會有其他事情需要克服，也會長成和我截然不同的人。」

「我早就長完了。然後啊，姊，就讓我說這一次吧。妳經歷的事情是任何人都有可能遇到的犯罪事件，我絕對不會袖手旁觀，當個冷漠的旁觀者，讓這裡變成輕易就能發生那種犯罪的社會。」

寶拉猛地起身，她漲紅著臉，秀敬則是出乎意外地維持著一貫心平氣和的表情。

寶拉站在陽光下，看著微微低頭、拖著腳步，行走在幽暗人行隧道裡的秀敬，她看起來就像個即將要遠行的人。寶拉很想要悄悄跑過去勾住她的手臂，然後放聲大笑，就像小時候那樣，然而，如今彼此不再是小朋友，都長成了討人厭的大人。秀敬也會這樣認為嗎？認為我這人有夠討厭，認為一定是因為我從未自己賺過錢、也不需要賺錢，所以才會說那些吃飽撐著的話，認為我還小、才二十三歲涉世未深所以才會如此憤慨。寶拉心想，即便秀敬這樣認為也無所謂，她只希望秀敬知道：

「這場鬥爭，是為了姊而奮鬥的。」

秀敬穿過人行隧道，回頭看了寶拉一眼，那張站在太陽底下望著寶拉的面孔，顯得有些無情。如今，是時候輪到寶拉跨進黑暗的領域了。

第二章

chapter 2

宇才

早上起床坐在書桌前這件事倒是和一般上班族沒兩樣，宇才是這麼認為的，光是起床這件事也滿需要勤勉誠實的態度。然而，與上班族的共同點僅此而已。他沒有月薪，也沒有超時工作可領的加班費，沒有一起工作的同事，也沒有需要接過酒杯應酬的廠商。宇才不曉得該如何定義自己。

全職投資者——曾經有人用這個職稱介紹自己，所以宇才也如法炮製，用這個頭銜定義自己，感覺聽起來是一份不錯的工作，但問題在於每次只要說出自己是全職投資者，就會隨之而來的一堆惱人且難以回答的問題。「所以你的投資報酬率是幾趴？」每當被問到這種問題，宇才都會眼神游移，雖然的確是全職投資沒錯，但實在沒創造出多少實質收益。所以我都在忙什麼呢。

秀敬大抵是溫和的性格，但是在面對金錢相關的事情時卻極其嚴格，屬於嚴以律己寬以待人的類型。正因為多虧有一位與自己性格恰巧相反的妻子，宇才才得以在這四年間以全職投資者的身分過生活。這段期間，都是由秀敬一肩扛起家裡的生計，她的責任心也比較重，所以在公司愈來愈有一席之地，只是萬萬沒想到原本都一帆風順，卻突然不幸碰上了那種事。

「假如當初投資有成，秀敬就不用去上班，也不會被她碰上那種事」，宇才每天都這樣懊悔萬分，感覺好像都是自己的錯。

帶領他通往股票投資世界的是他第一份工作的師父——韓組長。兩人難得碰面，如今對方已經晉升為次長，宇才自然會拿自身處境與對方作比較。

這可不行，他不想用如此狹隘的胸襟應付那段難得見面的時光，宇才轉了個念頭告訴自己，這是多麼難得的外食，已經有多久沒去餐酒館。如今，宇才也幾乎不再和朋友見面，就算見面也頂多只是在住家附近的便利商店碰個面，一起喝著一萬韓元就能買到的四罐罐裝啤酒，要是手頭比較緊，還會只買罐裝咖啡邊喝邊聊天。朋友們紛紛向宇才抱怨職場壓力、買房計畫的絆腳石，並對於太太似乎是為了請育嬰假而故意懷孕等問題感到憤慨，「明明我也很累，她卻只想著自己。」宇才每次聽到這些抱怨，都會切身體會自己與朋友置身在不同的世界，他只能默默喝著飲料，靜靜聆聽，於是對方會適時收斂，轉而詢問宇才究竟都是靠什麼錢來過生活，宇才則以長嘆代替回答，草草結束見面回家。

是啊，我是靠什麼錢生活至今的呢？

＊

「阿姨的布帳馬車」依舊如初，這地方是過去宇才經常和韓組長一起小酌的場所，包括字跡消失的模糊招牌、用銀色鋁箔墊包覆的座椅、性格豪爽的阿姨，統統都沒變。阿姨一眼就認出宇才。

「喔！你來啦？」

阿姨像是昨天才剛見過宇才似的熱情打招呼。緊接著，便為他端上小菜，用冷麵碗盛裝泡菜、蔥泡菜、醃紫蘇葉等，由於不是用一般小菜碟而是用真正的冷麵碗，所以每次都會多到絕對吃不完。

伴隨著開門聲響，用手臂在腰間夾著小菜桶的韓次長走了進來。他將小菜桶交給老闆娘，告訴她以後都會把剩餘的小菜打包。這是十年老主顧韓次長才享有的特權，他向宇才表示，這頓飯絕對不是什麼昂貴的一餐，然後再看著宇才的臉，認真問：「還是打包完讓你帶回去？」

「不不不，沒關係，次長您帶回去就好。」

「至少要帶一些小菜回去，才能少挨老婆的罵吧？」韓次長竊笑，宇才沒有回應。

「嫂子都還好吧？你那些姪兒呢？」

「他們都很好。」

韓次長並不曉得秀敬的遭遇，他連宇才的岳父岳母都一併問候，然後習慣地說了句：「看來你要加油了喔！」

「是啊。」宇才說完，面有難色地為自己斟滿酒杯。韓次長比四年前多了好多白髮，額頭上的皺紋也變深。

「當時那位新人如今還好嗎？」

「人家已經當上代理[3]了。」

也是，畢竟都過了四年。宇才離職前，韓次長招募了一名新人，而這位炙手可熱的青年面試當天還拿著冰美式咖啡出現，一臉悠哉地詢問宇才面試地點在哪裡。宇才當時瞠目結舌，暗自心想，這人難道是剛從國外回來？如今看來，應該是在高壓忙碌的職場裡適應得還不錯。

「過去這些日子你都在做什麼？」

宇才坦言，自己決心放棄當個全職投資者，「這圈子不好混，想找點其他事情來做。」

韓次長點點頭，一邊嚼著蔥泡菜，一邊問：「你現在幾歲？」

「四十。」

韓次長嘆了一口氣，說：「不容易，這年紀不容易。」

「只有一間公司給我面試機會，最終還是沒被錄取。」

宇才把就連秀敬都不知道的事情告訴了韓次長，「面試到一半對方突然問我會不會開車，原來不只要做經理的工作，還要幫他開車，忙的時候要一起裝卸搬運材料，也要做一些祕書性質的工作。但是年薪包含餐費只有三千萬韓元，而且這還沒扣稅喔。」

韓次長沉默不語，這金額比宇才十年前領的第一份薪水還少。當年，宇才在面試中表示，就算領兩千八百萬韓元他也願意接受，然而當時還是課長的韓次長卻看著他說了一句：「那點錢怎麼可能過生活。」宇才就是衝著這一句話，一口答應加入這間公司。雖然相較於大企業支付的薪水低很多，但他很感念韓次長說的那句話，以及設身處地為他著想的那份心意。在那之後，韓次長也經常在聚餐場合上塞三、四張萬元鈔票給宇才，叫他拿去和女朋友約會。韓次長自己則是從那時到現在一直都沒談戀愛，就算參加完相親聯誼，事後向女方提出約會申請也屢屢遭拒，不過他還是很樂觀開朗。

「早知道當時你說要離職，我應該挽留的。」

「您有挽留我，是我沒聽您的話。」

3 等同於主任的職位。

宇才想起了那天的記憶，韓次長是唯一知道他提離職的真正原因的人。宇才當時已經過了新手投資者手氣比較旺的幸運階段，卻仍加碼投資金額，不過也依舊維持著高報酬率。唯一令人擔心的是，他都喜歡玩非常短期的投資，但他不太在乎這個問題，因為只要把錢投進去，放幾個月就會自動變出幾百萬韓元，所以宇才認為只要加碼投資，一個月內就能輕鬆賺七、八百萬韓元。離職前一天，韓次長和宇才面對而坐，小酌閒聊。

「宇才，你知道嗎？沉迷股票和賭博的人都有一個共同點，他們往往忘不掉大賺的那一次。雖然也不會忘記那些慘賠的經驗，但是發大財的那次絕對不會忘，所以才會老是想要重新回到那一局。」

「可是我連賠錢的記憶都記得一清二楚。」

「不，朴宇才，我很了解你的狀態，像你這樣子的人我看過太多，你現在早已忘光賠錢的記憶，只記得那唯一一次贏錢的記憶。就是因為忘不掉，所以才會動了想離職的念頭，奉勸你最好再仔細想想，考慮再三。」

假如當時宇才有聽取韓次長的建議，結果是否就會有所不同了呢？

韓次長幫宇才的酒杯斟滿燒酒，問：「你老實說，當時是不是被張壽王帶壞的？」

宇才想起了遺忘已久的那個傢伙。

「您好，我是張壽王。」

張壽王的外貌比想像中還要年輕，當時宇才三十三歲，自從任職於建設公司的分包商以後，短短三年就成了公司裡小腹微禿的「老鳥」。

「二十多歲時，我輾轉於建築工地，只要存點錢就會投資股票，輸錢就再去工地打工，反反覆覆了十年。直到某天，我自己悟出了一套方法。」

張壽王坐在烤肉店的火爐前，宛如準備拓展勢力的邪教教主，說得一副煞有其事。被視為成功螞蟻[4]的人事單位崔課長，則是半信半疑地問：「那你應該也輸很多錢吧？」

「當然，我還曾輸光所有財產。在這裡先提醒各位，我的投資方法不適合想要一次賺大錢的人。」

「可是我想要一次賺大錢耶？」崔課長又馬上反問。

「那您應該和我不太合，我偏好當沖[5]。我會要各位選擇機構投資者也感興趣的股票投

4 在韓國股市，小型個人投資者（散戶）被稱為「螞蟻」。

5 當日沖銷，指的是在當天完成買賣股票的交易，賺取價差。

資，賺到一點點錢就立刻退出，而不是選擇穩定的龍頭股。用這種方式不斷重複操作。」

當時還是課長的韓課長仍面帶狐疑，張壽王觀察著他的臉色，繼續說：「我能夠承諾各位的有兩點。第一，為您挑選絕對會上漲的股票；第二，為您提供自動買賣程式。」

韓課長追問：「自動買賣程式是什麼？」

「就是字面上的意思，您只要設定好出售價格，應用程式就會自動幫您以該價格賣出。上班族往往會在得脫手股票時突然碰上要開會的情形，或者因為上級主管交辦事項而導致錯過賣出的絕佳時機，這款程式就是為了有效避免這種情況產生。我所提供的這款程式是可以為各位挑選上漲股買進，並依照各位設定的價格賣出。」

韓課長興致勃勃，說出在心中醞釀已久的話：「請問您要是時間允許，不曉得能否為我們安排一場講座？剛好最近天氣不錯，可以在大成里那邊訂一間別墅，我們聽完您的講座還可以順便一起踢個足球，您看如何？」

張壽王努力控制住不自覺上揚的嘴角，「沒問題，當然好嘍！」

三週後，他們一群人聚集在大成里附近的一棟別墅，參加這場工作坊的人員共計七人。張壽王身穿灰色西裝，還打了領帶盛裝出席，光是那身裝扮就能一眼看出他是這個圈子的新人，但是大家都沒有調侃他，畢竟張壽王的手中可是握著能成為長壽蟻的祕訣。

講座安排在一間可以容納團體合宿的溫突房[6]。隨著白板裝設完畢，張壽王像等待已久似的迫不及待地從椅子上起身，他還自備了麥克風，但這時人事單位崔課長竟拿出錄音機問：

「可以錄音吧？」

張壽王的表情瞬間垮了下來，「不行喔，這本來是要付一百三十萬韓元才能聽到的VIP會員專屬課程。」

獲得免費聽取一百三十萬韓元講座機會的男人們紛紛瞪向崔課長，他滿臉尷尬地將錄音機收進了口袋。

「那麼，講座即將開始。首先，在此向各位問好，我是長壽的螞蟻——張壽王，很高興認識大家。」

張壽王九十度鞠躬，出席的七人為他獻上熱情掌聲。宇才馬上打開筆記型電腦，韓課長與崔課長雙手交叉於胸前，準備專心聆聽。張壽王從股票基礎理論講起，到圖表分析、交易量分析方法、落底與回彈等，快速做了一輪簡單說明，白板上畫著滿滿的曲線圖。雖然大部分都是股票理論中常見術語，但大家還是認真聆聽，畢竟都特地遠道而來，還是要專心聽課才不浪費

6 朝鮮半島傳統的一種居室取暖與休息睡眠的房屋建築設施。

時間。張壽王開始重點說明自己過去所選的股票帶來多少獲利，這才是出席這場活動的人最想聽到的資訊。

「你們看，有沒有很準？」張壽王指著圖表上的紅色箭頭說道。他選的每一檔股票的確都有漲，聽起來頗具可信度。

「來，核心在於假如想要一次賺大錢，就很可能一次輸到脫褲子。風險一直都存在，所以才會有那麼多失敗的螞蟻。我賺得不多，但也賠得不多，各位知道螞蟻和蚱蜢的故事吧？我會像故事中的螞蟻一樣，每天搬運一點點糧食，讓自己每天獲利一點點。好，那麼重點來了，各位要仔細聽好，我的做法是這樣，每天讓自己獲利三趴就好。至於要選哪一檔股，我會幫各位，專門選不論是機構還是散戶都會蜂擁而上的強勢飆股，而非龍頭股。我會透過徹底分析交易量選出這種股票。那麼各位要做的事情是什麼呢？就是每天買下這些股票，獲利三趴後毫不留念地脫手，絕對不能猶豫，否則就會完蛋。要當長壽的螞蟻，就千萬不能忘記這一點。每個月開市二十天，週一至週五，那麼各位算算看，一天三趴，二十天就是幾趴？沒錯，六十趴！一個月就能賺六十趴的意思啊各位！」

「怎麼可能每天都只賺不賠？」

對股票沒什麼好感的黃秀燦板著臉質問，一副彷彿想著「你覺得這合理嗎？」的表情。

「是的，不可能每天賺錢。我們又不是機器，自然不可能每天都只賺不賠。因此，我們可以把每日平均投資報酬率設定在兩趴就好，不要三趴。那麼一個月可以提高多少投報率呢？」

「四十趴。」韓課長回答。他一臉認真。

「是的，四十趴。那如果我們一整年都在重複進行這樣的操作，四十乘以十二，是多少趴？」

「四百八十趴。」崔課長回答。他的認真程度也不亞於韓課長。

「沒錯！就是四百八十趴。假如各位現在投資一億韓元，那麼一年後就會拿到四億八千萬韓元！」

現場一陣沉默，每個人都默不作聲。張壽王環視了一圈，說：「而且！不只這樣喔！我還建議各位使用複利投資法，把每天賺到的兩趴或三趴的錢，再繼續投資，那麼是不是就等於利滾利？一旦套用複利效應，各位啊，仔細聽好了，等於你現在投一億進去，一年後就能拿回至少六～七億啊各位！」

阿姨端著醬油蟹和拳頭飯走來，放在餐桌上。

宇才雖然很想把自己之所以走到這般田地怪罪於當初被張壽王詐騙，但他心知肚明，這麼做也只是在往自己臉上吐口水，讓自己更難堪而已。
「次長，我其實並不是因為沉迷股票而選擇離職。」
「那不然你為什麼要離職？」
「要是繼續待在那間公司，就需要安排祕密基金或上酒店，但我很討厭搞那些狗屁倒灶的事情。」
宇才在中小型建設公司工作六年的這段期間，因每天頻繁的加班、聚餐而比當初進公司前胖了整整十五公斤，身體健康也亮起紅燈。況且在職涯發展上還看不到未來，要麼不是因為聽從上頭指示設立祕密基金而搞到要吃牢飯，要麼就是拒絕做這些骯髒齷齪的事自行打包退出，只能二擇一。還有上酒店的習慣也令他非常看不慣——雖然他向秀敬隱瞞了此事。
韓次長不發一語，只是認真吸著蟹腿裡的小碎肉。
「崔副社長不是有來過我們公司嗎……」
「的確有。」
「我就是在那時下定決心要離職的。」
韓次長沒有追問理由。他正忙著把醬油蟹的醬汁淋在拳頭飯上，然後像是乞丐附身般狼吞虎嚥，瞬間就吃光。

參加大成里研討會回來半年後，韓課長一直對張壽王死纏爛打，好不容易免費取得了自動買賣程式。然而，也不曉得怎麼回事，獲利並不如預期，韓課長也開始逐漸對張壽王起疑，「這傢伙感覺有鬼。獲利不高的時候都不會公布在社團裡，只有獲利好的時候才公布，不知情的人看了豈不是以為這傢伙永遠都在賺錢。」

那時，宇才根本沒空理張壽王，因為他認為自己已經對股票有一定程度的了解，打算用過去存下來的薪水投資，使其翻倍。而他自行估算過，投資報酬率還不錯，雖然比張壽王主張的投報率低一些，但也有到人人都會稱羨的程度。然而，因為工作繁忙，能夠專注在股票的時間十分有限，他對於這樣的情況不甚滿意，彷彿金礦握在手中卻沒有時間提煉的感覺。最終，他決定離職，並立下了成為全職投資者的計畫。

他先是向公司請了為期一週的蜜月旅行假，然後用賣掉製藥股賺到的錢和秀敬到東歐旅遊。他們坐在布拉格的自助式餐廳，享用著各式各樣的火腿與起司，宇才感覺自己和秀敬彷彿是世界上最幸福的一對佳偶。他向秀敬承諾，以後每年都會帶秀敬來布拉格，因為他已經嘗到甜頭，靠投資股票確實讓他賺到了這麼多錢。

正當他們夢想著幸福未來時，一名白髮蒼蒼的外國人走進餐廳。男子身穿西裝外套，看起來穩重有格調，但一邊的袖子空空蕩蕩。宇才仔細觀察著男子的手臂，並對秀敬說：

「秀敬啊，我們公司裡有一名傳說人物。」

「傳說？」

「嗯，那個人之所以成為傳說，是因為某次下雨天在工地裡，機器設備突然停止運作，而機器只要停止運作一天，就會衍生出可觀的費用。正當大家都因為害怕過電而躲得遠遠時，那個人卻親自出馬重新啟動了機器。他把公司的錢視同自己的錢一樣節省，結果呢……這人從此就失去了一隻手臂。在這個業界，很難找到不敬佩他的人。但是秀敬，我一直都覺得這件事情很詭異，究竟為何要對一位下雨天冒著過電危險也要為公司重啟機器的人，給予至高無上的尊敬。我們不妨試著冷靜思考，別說每個人都應該這麼做，也別說如果是妳也會這麼做，不要激發出某種誇張又不合理的英雄之心，也不要想作是一幕催淚的韓劇場景。妳不覺得這真的是一件非常奇怪的事嗎？下雨天不就是應該要遠離有過電危險的機器嗎？管他施工成本增加或減少，任何人都絕對不應該在下雨天貿然伸手觸摸有過電危險的機器，公司也不應該變相鼓勵這種為公司犧牲一隻手臂或性命的人，甚至應該要設立這樣的內規才對——公司承諾支付員工正當的勞動報酬，並且竭盡所能防患於未然，員工雖須履行工作職責，卻必須在可能發生事故之所有情況下選擇安全第一。然而，在崔副社長進公司時，會長甚至特地送到門口，還親自向員工介紹他。副社長身穿西裝外套，一隻袖子是空的，朝員工們微笑示意，看起來謙和有禮，所以每個人都對他讚譽有加，自嘆不如。但是呢，不可否認那種光環的確還是來自那隻空無手臂的袖子。副社長回去以後我不禁心想……公司究竟是個什麼樣的地方，假如是可以將員工的一隻手臂與數千萬韓元放上天秤衡量的地方就叫做公司的話，妳不覺得反而應該要趁早離開才對嗎？」

當時秀敬是基於什麼樣的想法選擇支持宇才離職的呢？

「因為年輕吧，」韓次長說：「因為年輕所以做了錯誤判斷。」

韓次長接連喝下兩杯酒，最後將酒杯放在桌上，陷入長考。

「不過啊，宇才，你會輸錢也是沒辦法的事情，散戶怎麼可能贏得過系統呢。這個市場就是以壓榨剝削螞蟻的機制在運轉，你也知道，『勢力』們多會動腦筋，你只是上了他們的當而已，不要太難過。絕對不是因為你太愚蠢才變成這樣。」

宇才沒有反駁，韓次長的這番話聽在宇才耳裡擺明就是因為自己太笨才會落得此下場。所有人都知道的掏空螞蟻結構唯有宇才不曉得，還天真地以為自己能夠贏得了他們。這個圈子裡的失敗者最終也只會陷入勢力陰謀論，不可能不這麼想——因為那些傢伙扒光我的皮又吸乾我的血，自然不可能是蠢貨，也不可能只有一人，等於是上了整群人的當，那還能怎麼辦。

結束這場飯局，宇才準備起身離開時，已經醉意甚濃。在韓次長的央求下，兩人又去了KTV，兩個男人勾肩搭背地高唱著獵鷹樂團的〈Love All〉，直到走出KTV才發現，這首歌是當初參加大成里研討會時，所有人搭肩高聲齊唱的歌曲。然而，如今已經感受不到當時悲壯的希望，很想愛一切的一切卻已經沒有那樣的資格，徒留難過與苦澀。

宇才在返家的公車上思考。

我到底有沒有資格說愛我的家人。

*

客廳傳來楊天植的陣陣鼾聲。

楊天植和宇才都是無憂無慮的人，兩人也都有純真的一面。在這個家裡，女人的生活能力比較強、不容易上當受騙；男人則是比較容易被詐騙的類型，宇才和楊天植也心知肚明。儘管如此，他們仍對於這樣的角色平衡感到滿意，直到秀敬遇上那起事件。

宇才直到現在才好不容易平息心中的那股殺意。要不要宰了他，這樣的殺人模擬每天都會在腦中反覆上演數百回，如今也不再去想了。認為一切都是因為錢的念頭變得愈發強烈。

只要錢賺得夠多，秀敬就不用出去工作，我也能立刻去毒打那傢伙一頓。

竣厚就是沒有經過這些盤算，一股腦地去找那傢伙算帳，出手毆打他，所以才要付和解金。秀敬解掉畢生積蓄用來付和解金時，她哭了。宇才和秀敬一起走回家的路上，甚至還踩到和人類糞便一般大的狗屎。

不過那時他還是很有把握能讓秀敬重拾笑容的，可如今已經不得不承認那個方法是行不通的。秀敬躲在家足不出戶的幾個月，宇才損失的金額是……。

他已經知道，天底下沒有輕鬆又能快速致富的好康。他當初認為，雖然是小錢，但是因為能馬上賺到，就沒有多想，直接先加入會員。在根本不曉得自己究竟同意什麼內容的情況下勾選了同意，還填入個人資料，連同證件認證也一口氣完成。

其實只要下定決心，職業上的自我認同很容易就能改變。宇才用無奈的心情打開電腦，原本猛烈運轉的啟動聲響、親自製作的買賣提示音，統統都不復聽見，房內一片寂靜，想買一間房子的夢想也默默進了墳墓。

宇才想起被擠放在狹小屋內生活的家人，不禁嘆氣。然而，為了無從改變的現實而陷入痛苦，只是對身心百害無益的行為，倒不如統統放棄還比較乾脆。

是啊，放棄一切吧。

重新開始寫程式，不要害怕初始值。

宇才從椅子上站起身，拉開窗簾，敞開窗戶。無法密合的木製窗框因為年久失修使得打開窗戶時還得花一番功夫。宇才看著外頭交錯糾纏的電線、高壓電纜、鄰居放置的垃圾，深吸了一口氣，他像是吸入清爽空氣似的，露出開懷笑容。

天植

楊天植年輕時是在染色工廠工作，那是一間專門染軍服的工廠。工廠內部地板有一條狹窄的水道，總是流著刺鼻難聞的廢水。社內食堂只有提供很稀的湯品和清淡的泡菜，幾乎沒有其他小菜，就算有，也是令人避之唯恐不及的難吃小菜。要是沒有下班後去燒肉酒鋪吃烤豬皮或烤豬雜的樂趣，絕對是份很難做下去的工作。

燒肉酒鋪老闆每次只要見到楊天植，就會熱情招呼著：「美男常客又來了！」並主動送上招待的豬皮，將其放上烤盤。同事們紛紛調侃，叫他不要過度膨脹，而當時還是年輕小夥子的楊天植，則是害羞地紅著臉傻笑。可能因為同事們清一色都是醜男，所以長得還算眉清目秀的楊天植才會脫穎而出，但當時的他也暗自立下了個一生都想要守護的信念。

喔，原來我是美男。

後來親戚介紹一名女子給他認識，他沒看上，反而被女子的朋友呂淑吸引了目光。然而，呂淑似乎不認為楊天植是美男，所以從未說過類似的評價，最後是他忍不住主動詢問呂淑，對他的長相評價如何。

「就是有眼睛、有鼻子、有嘴巴啊。」

這是什麼意思？

楊天植難以理解呂淑的回答，究竟是對他的長相多麼不予置評才會說出這種答案。楊天植的外貌看在呂淑眼裡，似乎只是不好不壞、沒什麼好評論的普通水準而已。這傷透了他的自尊，所以打電話回老家，抱怨起自己有個想要共度下半輩子的女人，但是有點傲嬌、自命不凡，讓他不免有些擔心；楊天植的母親聽聞此事哼地笑了一聲，告訴他等生完孩子，妻子就會乖巧順從，不用太過擔心。結果楊天植聽信了母親說的這番話，和呂淑步入婚姻，雖然最終證明老母親說的話並非事實，但他也從未後悔和呂淑結婚。

如今，楊天植成了兩名女兒的父親，直到四十五歲為止，只要聽到有人用美男來誇他，內心都會喜孜孜的，甚至到了五十歲都還會期待被人稱為美男。然而，到五十五歲左右，他開始對這份信念產生動搖。在那間燒肉酒鋪聽完一輩子分量的美男後，他開始懷疑自己說不定根本稱不上是美男。因此，當他與多年未見的前同事見面時，有意無意地提起了這個話題。

「你們還記得那間燒肉酒鋪老闆嗎？每次見面都叫我美男啊，不是嗎？」

友人滿臉通紅，醉醺醺地看著楊天植的臉說：「什麼？你說誰是美男？」

「我啊，我！」

楊天植在酒醉微醺的狀態下，儘管已經有些精神恍惚，還是決定務必得問個清楚。「當時那位大姊一定是對我有意思吧？」

朋友哼地笑了一聲，「當時你我都沒什麼看頭，怎麼可能看得上你？」

楊天植沉默不語。朋友從烤盤上夾了一塊肉放入楊天植口中，他也很自然地張口接過，一邊心想「看來這傢伙真的喝茫了，這是在幹什麼呢，有夠肉麻的」，一邊也夾了一塊肉塞進對方口中。朋友看起來已經有點茫了，這的確是久違的聚會。

「天植啊，我打算回鄉下了。」

「鄉下哪裡？」

「潭陽。」

「丹陽？」

「不是丹陽，是潭陽！」

然而，聽在楊天植耳裡沒有分別，都像丹陽。

「為什麼要去那裡？」

「因為在這裡混不下去啊。」

「那邊就能混得下去？」

「我打算賣鯽魚餅，專賣給那些來賞竹林的觀光客。」

「賣什麼？」

「鯽魚餅。」

「你為什麼要賣鯽魚餅？」

楊天植眨了眨眼，前同事明明在首爾有一間公寓，還有個公務員兒子。

「我要離婚了。」

「為什麼要離婚？」

「因為一起生活不下去啦，所以離婚。」

「誰？你？」

「不知道。」

朋友酒過三巡之後突然哭了起來，嚷嚷著自己好孤單。他邊哭邊用手背擦拭眼淚，想努力忍住，但那模樣看上去很像在用力擠出眼淚，十分滑稽。楊天植拿起餐廳提供的溼手帕幫他胡亂擦臉，等他停止哭泣後，再夾了一塊烤肉放進朋友口中，然後一臉同情地看著他。朋友的淚已乾，一邊嚼著烤焦的肉片一邊說：「天植啊，你一定要對老婆好喔。」

「我當然對她好。」

「真的要。」
「真的有。」
「……我其實並不愛她，是失誤。」
「你說和你太太在一起是一場失誤？」
「不是，我是說別的女人。」
楊天植頓時酒意全消。
「你外遇了？」
「不是外遇喔～天植啊，真的不是外遇。」
「所以是戀愛？」朋友瞪了楊天植一眼。
「臭小子，我不是說了嗎，是失誤！」
「喂，你這人喝醉啦？好好說話！」
「外遇是戀愛啊，但我不是外遇也不是戀愛，就只是不小心的失誤。」
楊天植感到一陣天旋地轉，桌上擺滿著燒酒瓶。外遇是什麼，戀愛是什麼，失誤又是什麼。
「天植啊，心動是剎那間的事情，你也一定要切記。」

朋友又夾了一塊肉放進楊天植口中，他乖乖張口接過後，正好與一對回頭看著他們倆竊笑的情侶四目相交。他的直覺告訴他，這對男女一定是在嘲笑他們，喝醉的兩名大叔在互相餵食烤肉，看起來或許很可笑吧。那瞬間，楊天植終於領悟到自己不再是美男，如今，已經不能再說，不，是不能再堅稱自己是美男了。

竟然成了年輕人的笑柄。

楊天植滿臉不悅，搖晃著朋友，叫他醒一醒。朋友轉眼間竟坐在一旁打起瞌睡，為了叫醒他，楊天植又用溼手帕粗魯地擦著朋友的臉，再將他帶離餐廳。兩人要好地一同去洗手間解尿，還一起走到路邊攔計程車。朋友一屁股坐上人行道緣石，揮手叫楊天植先走。

「我要在這裡休息一會兒，你先回去吧。」

「睡這裡小心會中風喔！」

「夏天無所謂啦，回去回去。」

「你什麼時候回丹陽？」

「下週。」

「不過我說慶哲啊，夏天賣什麼鯽魚餅啊？」

聽到這句話的曲慶哲瞬間瞪大眼睛，似乎是被楊天植一語點醒。

「臭小子，仔細想想清楚吧！」

楊天植回到家，洗把臉，對著鏡子照了許久，鏡裡映照出一名有眼睛、有鼻子、有嘴巴的老男人，楊天植發現連自己唯一僅存的信念也已經蕩然無存。他不再是美男，而從那時起，他便開始對家人自嘲：

「我不管去到哪裡，總是會聽到有人叫我美男。」

家人放聲大笑。一開始，他是為了逗家人笑才這麼說，不論是不屑的哼笑或是捧腹大笑，只要看到家人笑開懷的模樣都會令他感到開心；後來則是慢慢喜歡這樣自嘲的自己，每當說出這句話，心情都會異常開朗，彷彿活得亂七八糟都還是有張贖罪券一樣。然而，自從被詐騙賠掉房子，他就再也說不出這句話。小女兒會責罵他：「到底是哪裡來的自信？」楊天植不知道怎麼回答，也不可能再用「我不管去到哪裡，總是會聽到有人叫我美男」這句話來逗樂小女兒。呂淑也同樣不再說話。楊天植為了安撫焦慮不安的呂淑，說：「他們說擁抱風險才叫投資，我們一輩子沒能買下一間公寓，就是因為從未擁抱過風險。妳就信我一回，有錢人都是這樣在操作的。」呂淑採信了楊天植的說法，但不久後，他們也失去了所有財產。後來，兩人落得了無家可歸的下場，只好寄人籬下，搬進大女兒的家裡同住。小女兒獨自住在套房，是一名上班族。她一聲不響地遠走高飛，去了澳洲，只留了話說不知何時會回來；但如果不想成為非法滯留者，遲早有一天還是得回來。根據秀敬的消息，小妹似乎是在那裡交了男朋友，「所以是和老外交往喔？」楊天植瞪大眼睛問，秀敬則選擇避而不答。竟然挑了個洋人女婿。不過後來楊天植心想，不論是哪一國的女婿，可能都比宇才好。

宇才雖然人很好，但實在太不會賺錢。楊天植每次看到宇才，心裡都不是很舒服；然而，他知道宇才每次見到他一定也是相同感受，所以盡量不形於色，只不過偶爾還是會忍不住脫口而出：

「你每天待在家裡不覺得無聊嗎？」

「怎麼會無聊，我又不是在鬼混。爸會無聊嗎？」

「哪會，我也沒在鬼混。」楊天植說完就低頭滑手機。楊天植的工作名義上是「追蹤騙子」，但實際上要找出那群把錢騙去海外的人，談何容易。對方也是一家人，一對兄妹和他們的堂弟。楊天植想像著他們在菲律賓每一餐都吃奢華大餐的畫面，也想像飽餐一頓過後，兄妹倆朝著喝得爛醉的堂弟開槍，私吞所有贓款，宛如黑色電影中的一幕。

「這是相當有可能的事，他們之間應該沒有信任可言。當初搞出這種事情的人怎麼能這麼沒良心，最終他們一定會黑吃黑，起內鬨。」楊天植每天獨自犯著嘀咕，志厚每次聽見都會回應：「爺爺，別擔心，他們遲早會被逮捕的。」

在楊天植看來，志厚似乎也暗自夢想著哪天一定要報仇。他一方面擔心這孩子小小年紀，內心藏著這種黑暗情感是否恰當；另一方面看著志厚眼神銳利地望著虛空，轉動著手裡的鉛筆嘆氣，不禁讓他想起黑色電影裡的一幕，想像著那些騙子遲早有一天會跪在這聰明伶俐的孩子面前求饒。

啊，還是別看電影好了。

楊天植在家裡整天看電影，都是一些三十多歲時常看的香港黑色電影。看完之後他會把自己的人生和那些逃之夭夭的騙子套入電影情節當中，再加以想像，讓自己的人生與騙子的人生以拮抗的方式轉換場景。在心情好的時候，楊天植會想像那群騙子當中有人被算計中槍，進而導致計畫失敗，身分曝了光，還被刑警逮個正著；而假如他心情不好，就會想像那群騙子在菲律賓打著高爾夫，坐在擺滿整桌海鮮的奢華餐桌前，或者乘坐高級進口車走進擁有豪華游泳池的豪宅裡，展開極其奢豪的日常生活。只要有一邊不幸，另一邊就會是安穩的，用目測就能精準標示占據在直線上的幸福與不幸之長度。

「有兩個專有名詞叫做antagonist（反派）和protagonist（主角）。」

楊天植的朋友權鶴琪說道。權鶴琪的夢想是成為「在忠武路拍電影的人」，整天嚷嚷著電影人一定要仿效莎士比亞，老是愛說些別人一點也不感興趣的奇特發言。他告訴楊天植：

「antagonist就是那些騙子，protagonist是你，這樣就會比較容易理解。」

「天植啊，再繼續這樣下去你的心會生病喔，忘掉吧，趕快忘掉。」

然而楊天植反而下定決心，絕對不會遺忘，然後喝下馬格利酒。

「我現在只想著一件事。要是我哪天氣到體內都爛掉了，怎麼可能好死，一定是病死，那我會生什麼病，肯定是癌症吧。那麼，假如被醫生宣判時日無多，我就當場立刻買機票搭飛機去菲律賓，親手把那些傢伙給宰了。反正我都是即將要死的人了。」

「天植啊，假如醫生說你來日不多，那到時候你就不得不改變了。」

「改變？怎樣改變？」

「你會饒恕他們。」

「神經。」

「你會為了活久一點而選擇饒恕。因為要是繼續怨恨他們，病情就會加速惡化，所以你會選擇原諒。」

「不可能。」

「我爸就是這樣。」

「什麼？」

「我說我爸當初就是這樣，最終他還是選擇了原諒。」

「我可不會這樣。」

「天植啊，你之所以會失去全部的財產，是因為韓國人的怪異習性。」

「什麼？」

「韓國人的習性是會把畢生積蓄全部投資在不動產。你就是因為這樣才會破產。」

楊天植沒有反駁，然而，這並不表示認同權鶴琪說的這番話。權鶴琪是容易傷感的人，他似乎認為自己的年紀還不到六十，楊天植問他為什麼要這樣，他說他早已停止計算年齡。

「因為很奇怪，我對於自己竟然已經到了那把年紀感到很奇怪。」

權鶴琪坦言，距離夢想已經非常遙遠的自己，其實不曉得剩餘的三十多年該如何活下去。楊天植驚訝地問：「鶴琪啊，你打算活到一百歲？」

「我不是不菸不酒嗎？還是乾脆從現在起學抽菸、狂喝酒？」

「為什麼？」

「活太久也要花很多錢啊。我當初是認為要活得健康才能少花點醫療費，所以選擇不菸不酒，但是現在反倒擔心自己會不會活太久。你還有娶妻生子，我可是什麼都沒有欸。本來還想著總不可能過了六十歲都還沒對象吧，結果還真的沒有。」

權鶴琪用一輩子販售壁紙、幫人貼壁紙辛苦攢下來的錢，買了一間老舊平房。他在陽台種植觀葉植物，在院子裡整理菜園，偶爾也會在血腸湯飯專賣店見見朋友，喝瓶馬格利酒，而這個時候每次都會提到莎士比亞，所以大家都認為他是個怪咖。但是不知從何時起，楊天植反而認為和不會談論金錢、小孩，只談莎士比亞的權鶴琪相處起來更加自在。

「為什麼你這麼喜歡莎士比亞？」

「因為他講的是宿命。宿命和命運不同，命運是可逆的，宿命不可逆，只能接受。」

「那你為什麼交不到女朋友？」

「我只遇過一個差點就要結婚的對象，最後是我沒好好把握她，然後就再也沒遇到了。一個都沒有。」

「竟然有這種事？」

「就是有這種事。」

權鶴琪停頓了一會兒，接著說：「所以我才愛電影啊。在電影裡都會出現我這種角色。」

權鶴琪搖搖頭，喝下馬格利酒，又繼續聊起了莎士比亞。權鶴琪總是會搶著付酒錢，當然，楊天植雖然認為自己並非因為這種理由而願意聽他說話，但站在權鶴琪的身後時，不免會苦思到底該向他道謝，還是鼓勵他現在認識女生還來得及，抑或是勸他乾脆回家好好睡一覺。最終，楊天植什麼話也沒說就解散了，也沒揮手道別，就只有簡單說一句：「走嘍！」各自轉身返家。

*

秀敬遭遇那件事情時，楊天植難忍心中的鬱悶與憤怒，氣到怒火中燒，感到痛苦煎熬。他能做的事情幾乎是零，踆厚毒打完那個傢伙回家，緊握著紅腫瘀血的拳頭時，楊天植反而先擔心起和解金的問題。當然，那是一件人神共憤、天理不容的事情，但不論如何已經避免最糟的情況，所以楊天植只想當作不幸踩到狗屎，盡快忘記這件事情比較實在。你說怎麼能這樣嗎？因為要是不這樣想他真的會被活活氣死，氣到感覺心臟要炸裂。

秀敬躲在家中足不出戶的四個月間，曾因過度換氣而被送進急診室兩次。楊天植也有好幾次睡到一半感覺吸不到空氣而突然起身，雖然他沒有在家人面前表現出來，但其實痛苦到覺得自己要是再繼續這樣下去真的會死。有過幾次這種經驗之後，他自然產生了要先把自己的狀態顧好的念頭。要是去醫院會衍生出醫藥費，去急診室也會先叫你做各式各樣的檢查，說不定還會發現一些隱藏疾病。對於早在很久以前就解掉保險的他來說，不想再搞出一些會造成秀敬負擔的情況。他絕不允許自己的情況演變成那樣，所以才會從那時起不停勸自己，就當作是踩到狗屎吧，既然最後沒事就該感到萬幸，像這樣不停洗腦自己。直到某天才發現，原來家裡每個人都在這麼做，但是他無從判斷這樣究竟是好是壞。

如果要讓女兒的心裡舒服一些，就需要另外再找個房子，但他實在沒有把握。假如呂淑重新去做清潔工，可能有機會實現，但是她會不會再重操舊業也是個未知數。呂淑之前負責清潔打掃的醫院，已經透過清潔服務公司雇用了清潔員。隨著勞工最低薪資調漲，院方就凍結了發包單價，而清潔服務公司則選擇以減少工時的方式替代，導致員工一天能賺到的薪資變少，工作量卻一點也沒減少，最終只有身體變得更辛苦。周遭大樓的清潔工或警衛也遭遇相同情形甚至直接被裁員，所以呂淑也說她找不到可以訴苦的對象。她因為沒有得到最起碼的保護裝備就得去清理那些沾滿血或膿瘡的紗布、針頭，所以總是戴著兩、三層手套工作；也經常因為流汗或溼氣，導致手指甲下方的皮肉腫脹或者指肉脫落。楊天植不想再斥責呂淑，他認為是時候該將追蹤騙子一事交由警方處理，專心追蹤自己與呂淑的生活費才對。

楊天植試著撥打電話給每一位認識的人。然而，每個人不是因為糖尿病和高血壓罹患其他併發症，就是因為腦出血而陷入昏迷，或者正在接受抗癌治療，不然就是退休後因為手頭不夠寬裕而苦惱不休，抑或是和孩子們斷了聯繫而接受憂鬱症治療等……。楊天植在電話裡反而成了安慰他們的角色，他們則認為楊天植身體沒什麼毛病、也不用付貸款利息十分令人羨慕，也真心好奇怎麼能和女婿的關係如此要好。楊天植笑而不答，但他其實只是非常久沒做健康檢查，所以不曉得哪裡有毛病而已，說不定體內早已出現異常；貸款利息也是要有貸款資格的人才會有的債務；和女婿關係要好則是因為岳父和女婿都沒在掙錢。這些話都已經爬到喉嚨，卻又被他硬生生吞了回去。在這個家裡，女人更會賺錢養家，楊天植果斷認定，要透過這些熟識的人找工作是不可能的了。最後他決定打電話給過去一起工作的同事——很久以前在家具行一起工作的同事，名字早已忘記，但當時是稱呼對方為金課長。

金課長過分熱情地回應了楊天植的電話，並表示自己至今還在上班，所以隨時歡迎他來辦公室坐坐。次日，楊天植就馬上前往金課長任職的公司。

（株）大碩食品。

鐘路的中心地帶清溪川旁，一棟老舊大樓地下室裡，歪歪斜斜地掛著一面方形招牌。楊天植來回確認了好幾次才決定走進地下室。他推開半透明的玻璃門，一進去就看見一名年約五十五歲的女子從位子上起身。那是一間目測可能連六坪都不到的狹小辦公室，室內一隅有紙箱層層堆疊至天花板，從紙箱縫隙間可以隱約看見金課長的臉。

二十年未見，金課長還是一眼認出楊天植，兩人開心地握手寒暄，遲遲沒有鬆手。這時，金課長突然問楊天植喜不喜歡吃泡麵。

「泡麵？」

「對啊，常吃嗎？」

「滿常吃的。」

「你都吃哪一款？」

「辛拉麵。」

楊天植回答時，突然想起最近其實更喜歡吃安城湯麵而非辛拉麵，但不重要，所以他也沒有再多做解釋。金課長沉默了一會兒，從抽屜裡拿出一本小手冊。楊天植注視著手冊，上面印有泡麵的照片。

「這是什麼？」

「我們公司的產品，馬鈴薯泡麵。」

「喔？那我下次要買來吃吃看。」

「這款在超市裡買不到，因為物以稀為貴。」

金課長先賣了個關子，接著說：「這是用江原道新鮮採收的馬鈴薯製成的麵體，沒有經過油炸，是以烘烤而成。我們有出杯裝也有袋裝，不添加任何化學調味料，只用鯷魚粉、昆布粉、明太魚粉、薑黃粉，總之對身體好的統統都加進去了。單價雖然有點高，但這也是無可厚非的。我們的生產量不大，所以無法鋪貨到超市，只有熟人才吃得到的高級泡麵，有錢人都吃這種，只有庶民才吃一般市售的泡麵。」

楊天植聽完這一連串的說明仍搞不清楚狀況。金課長如今已是分社長，鐘路這間就是緊握在他手中的分店。

「因為競爭激烈，所以候補名單多達數十張，但我和你比較熟嘛。」

楊天植兩眼眨呀眨。

「你家那邊有療養院嗎？」

「不知道，怎麼了？」

「我們這款泡麵在療養院很受歡迎，賣得很好。畢竟是健康的食品，這可不是什麼泡麵，是保健食品啊，保健食品！」

金課長把堆積在一旁的紙箱搬移至桌上，已經是用繩子捆好方便隨時拎走的狀態。

「登記流程我會自己看著辦，你只要把一些文件傳給我就好。今天先回去和家人試吃看看，大家一定會說超級好吃。你打電話來的時間點真的很好，剛好是我們公司知名度最高的時候，一開始在宣傳品牌比較辛苦，現在只要說出大碩食品馬鈴薯泡麵，大家馬上就知道是哪一款，所以容易許多。」

不過楊天植卻是第一次聽聞大碩食品馬鈴薯泡麵，所以還有點狀況外。難道是自己太孤陋寡聞？

「文件什麼時候可以傳給我呢？」

「我回家再傳給你。」

楊天植隨口承諾。正當他提著那箱泡麵從椅子上起身，準備離開辦公室時，又突然轉身回頭問：「對了，你是要哪些文件啊？」

「還能有什麼，就是一些謄本、身分證、存摺影本諸如此類的。你也知道的啊，一開始都會需要提供這些資料。」

楊天植沒有再追問究竟是要開始做什麼，就直接走出那棟大樓。雖然紙箱不重，但是體積較大，所以拎著走會有點麻煩。

回到家的楊天植將泡麵紙箱放在客廳一隅，等待所有家庭成員回來，並且配合他們回家的時間及早倒入開水泡好端上餐桌。出乎意外的是，金課長給的是杯麵而不是袋裝泡麵，所以倒入熱水沖泡就好，不至於麻煩。

呂淑、秀敬、宇才、志厚四人滿心期待地等著泡麵悶熟，好不容易過了三分鐘，大家開始一同試吃。

每個人都不發一語，安靜吃著自己的泡麵，呼嚕呼嚕吸著麵條，咕嚕咕嚕喝下湯頭。最終，秀敬率先打破沉默：「這就是知名泡麵？」

「很有名。」

「在哪裡很有名？」

「聽說有錢人都吃這款，他們不吃我們平時吃的那些泡麵。」

「聽誰說的？」

「金課長。」

呂淑放下筷子，說：「我活到這把年紀，還是頭一次吃到這麼難吃的泡麵。」

接著換宇才放下筷子：「爸，這不叫泡麵，一點泡麵的味道都沒有。」

「那你吃到了什麼味道？」

面對楊天植的提問，反而是志厚代替宇才回答：「爺爺，這款泡麵有紙的味道，我有吃過紙，味道真的跟紙一模一樣。」

秀敬從位子上起身，立刻將杯麵回收，唯有留下楊天植面前的那杯。

「爸，你真打算賣這個東西嗎？」楊天植遲疑了一會兒，的確不好吃，而且是非常不好吃。

「如果不要把它當泡麵，當保健食品來吃的話應該還可以吧？」

「這比保健食品還難吃。」宇才說完，便從櫥櫃裡拿出安城湯麵。秀敬在鍋裡裝了一些水，放上瓦斯爐，再從冰箱拿出青蔥和雞蛋，準備煮泡麵。楊天植低頭望著剩下的馬鈴薯泡麵。

給我這些到底是要請我吃，還是要我幫他丟掉？

雖然他吃得一肚子氣，但家人的反應更令他失望。雖然還沒把謄本、存摺影本等文件傳給對方，但他的確動過要賣這款泡麵的念頭，還以為自己能重返社會而小小期待了一下。他其實也不奢望能藉此大富大貴，只求能賺到每個月的房租就心滿意足。回家路上還張望許久，仔細查看周圍有沒有療養院。那段期間腳步是輕盈的，腦袋也清爽無比。他想像的畫面是家人圍坐在一起一邊吃著泡麵一邊讚嘆說：「原來有錢人都吃這種東西喔？是我們太孤陋寡聞，竟然只知道吃安城湯麵。」

楊天植重新拿起筷子，將麵條吃個精光，就連湯也喝到一滴都不剩。「我們的口味已經被那些調味料養壞了，所以才會不懂這款泡麵的美味，清淡中又帶有底蘊的那種滋味。有錢人的味覺本來就和我們不一樣，比起刺激性的味道，更容易對滋補身體的東西有反應。」

然而，沒有一個人真的在聽楊天植說話。

楊天植默默走到客廳，將那箱泡麵扔去陽台，再拿起手機，將金課長設定為拒接號碼。而就在此時，金課長剛好傳了一封簡訊來。

——要是覺得口味太清淡，可以加點辣椒粉和牛肉調味粉會更好吃。

楊天植瞬間血壓飆升。

這該死的傢伙……原來他早就知道。

他明知這款泡麵吃起來是什麼味道，卻還送給楊天植一整箱，叫他帶回去和家人分享。楊天植認為倒不如坦白告訴他絕對別吃，只要想盡辦法賣就好，到療養院胡亂宣傳這是含有野生松茸、紅蔘、色木槭樹液、Omega3等對身體好的東西都無所謂，要是這樣他可能還不至於顯得這麼可憐。

*

那天晚上，楊天植在客廳喝著馬格利酒，又再度煩惱起自己該靠什麼維生。就如同找不到那群騙子的行蹤一樣，家庭生活費的行蹤也是渺茫無望。

楊天植牽著志厚走回家的途中，在四下無人的巷子裡發現一輛被人隨意丟放的電動滑板車。

「要試試看嗎？」

志厚張大眼睛，嘴角泛起笑容。

「要！我看過班上的同學和爸爸兩個人一起騎一輛經過。」

楊天植將電動滑板車立好，先將一隻腳踩了上去，他觀察了一下車體結構，似乎和腳踏車一樣在把手上裝有煞車的裝置。這玩意兒一看就知道怎麼騎。他找到了一點自信，感覺頗有把握，然而，不論另一隻腳怎麼滑，這輛滑板車仍靜止不動。楊天植有些錯愕，不曉得該拿這車如何是好。志厚向楊天植伸出手，說：

「爺爺，手機給我。」

楊天植乖乖將手機遞出去，志厚迅速下載了一款應用程式，告訴他需要提供駕照。楊天植從皮夾取出駕照，志厚又順利通過了身分認證流程，還將楊天植的簽帳金融卡一併登記完成。楊天植納悶，這孩子究竟是怎麼知道要如何處理這些事情的。他知道對於志厚這種年紀的孩子，手機是最有趣也最好玩的玩具，儘管心知肚明，卻仍無法買來送給他，所以總是對此感到遺憾愧歉。

「班上已經有很多人有手機了嗎？」

「我沒有也沒關係，反正YouTube上的那些影片都只是set好的。」

「set好的？那是什麼？」

志厚沒有回答，帶著一臉略顯成熟的表情，用手機對準滑板車上的QR碼進行掃描，於是伴隨著清脆的啟動聲響，滑板車也變得能夠移動。楊天植操作著把手，確認加速方法與煞車的制動力，他騎了三公尺左右便從滑板車上跳下。他手心冒汗，雙腿也不停顫抖。

「爺爺，你怎麼了？」

「這玩意兒本來就這樣嗎？」

「哪裡有問題嗎？」

「本來就跑這麼快嗎？」

志厚搖頭大喊：「你騎得一點也不快啊～」

不可能，速度明明快到感覺隨時會在路邊摔個狗吃屎。

楊天植緩緩拖著滑板車行走，可能是因為電動馬達的關係，車身還挺重的。感覺像是在拖著一個溝通不良、對它有敵意也不曉得該拿它如何是好的人前行，卻又不得不倚靠在它身上，著實有些為難。

明明沒走幾步路，楊天植的腦中就已浮現雜七雜八的念頭。上週他才剛看過一名和自己同輩份的男子騎著這種滑板車經過，可能是還沒退休，對方一席正裝打扮呼嘯而過，襯衫衣角還隨風飄蕩，看上去挺帥的。楊天植初次看見電動滑板車時，還認為那是年輕人才會騎的玩意兒，所以連正眼都懶得瞧一眼。但他事後回想，不禁對於那一瞬間的自身態度感到羞愧，原來人就是這樣變老的，於是下定決心，遲早一定要騎騎看，只不過他萬萬沒想到，原來這玩意兒跑得這麼快。

「爺爺，載我載我！」

楊天植猶豫了一會兒，查看一下巷內，確定四下無人後，讓志厚站上滑板車，緊貼在他身後。

「抓緊我的腰。」

志厚乖乖照做。

「爺爺，出發吧！」

楊天植微微轉動把手，就在此時，滑板車直接往前暴衝。雖然只是一連串緊急發動與緊急煞停的過程，但更大的問題在於，周圍怎麼會這麼多人！轉眼間，楊天植已經衝出了杳無人跡的巷子，為了避免撞上行人而差點摔車。志厚嚇得放聲尖叫，楊天植因為不平整的路面不斷按著手煞車，志厚最後仍從滑板車上摔了下來，他對楊天植發了好大的脾氣。志厚可是從未對任何人發脾氣的孩子。

「爺爺！你還是下來好了。」

楊天植把滑板車交給志厚，志厚騎了上去，直接穿越人潮揚長而去，瞬間消失在楊天植的視線範圍。過不久，志厚又重新出現在楊天植面前，精準地將滑板車停在他前方，說了一句：

「沒壞啊！」

志厚仰頭直盯著楊天植。楊天植悶不吭聲，比了個手勢要志厚下來，然後將滑板車拖行至一根電線桿前，停放在那裡。

「回家吧。」

走回家的路上，各種負面想法盤據楊天植腦海。

難道是我老了，連個滑板車都不會騎。

他見到的男子分明和自己同輩份，怎麼能騎得那麼駕輕就熟。楊天植思索著該名男子有、自己卻沒有的東西，接著又突然覺得，說不定恰巧相反也不一定，是對方沒有、自己卻有的東西，諸如尚未繳清的健保費、嘮叨不休的妻子、從不展現尊敬之心的子女，以及……懼怕。

楊天植嘆一口氣，時代早已將他拋諸腦後，飛也似的前進。掃描QR碼也是好不容易才剛學會的……他又再度「唉」地長嘆了一聲。

他想起和呂淑一起去儂特利速食店時發生的事情。他們雙手垂放在身旁，無力地站在自助點餐機前，明明已經向女兒和女婿學過如何操作，但是因為都不在身邊，所以那些教過的知識也連帶一起消失無蹤。楊天植尷尬不已，索性將點餐的任務直接丟給了妻子，獨自去找位子坐下，不過呂淑也立刻跟了上來。

「你怎麼就直接入座了？要先點餐啊。」

「妳點吧。」

「我不會。」

「為什麼不會？」

「那你去點啊。」

最終，楊天植從位子上起身，走到自助點餐機前。呂淑還是很講義氣地走了過去，站在身旁陪著他一起操作機器，兩人都在混沌不清的腦海中努力尋找女兒和女婿指導過的記憶，按照他們所教的方法伸出手指，緩慢點了一下螢幕，於是畫面轉換，顯示著店家的推薦餐點。

「我要點一杯可可。」

呂淑直接開口說出自己想要的餐點，但是螢幕上卻不見可可的蹤影。

「妳都這把年紀了還喝甜的幹什麼，喝咖啡就好。」

「現在喝咖啡晚上會睡不著嘛。」

楊天植瞪了呂淑一眼，與此同時，赫然發現後方已經有長長人龍等著要點餐，放眼望去都是跛厚那個年紀的孩子在面露不耐地嘆氣等待。楊天植緊張地咽了一口口水，心想為什麼他們身後要排這麼多人。楊天植告訴自己絕對不要有壓力，然後開始用手指滑動螢幕，但是不論怎麼尋找，都找不到單點咖啡的頁面，應該要選單點品項，只有單獨顯示咖啡的照片才對，螢幕上卻全部都是附有漢堡的套餐照。最終，楊天植直接選了一開始看到的照片，呂淑見狀吃驚地喊：「為什麼要選有漢堡的？」

「我要吃。」

「你不是剛剛才吃過晚餐！」

「又餓了。」

呂淑用不可置信的眼神直盯著楊天植，但他選擇忽視，連忙按下結帳鍵。為了尋找結帳鍵也花了不少時間，於是畫面轉入結帳頁面，不過眼前呈現的卻是一堆方框、方框又方框，一堆方框裡又寫著一堆字。為了解讀那些文字又花了一段時間，到底是要我做什麼……櫃台員工為什麼都只杵在那裡，呆呆地望著我。楊天植本來對自己頗有自信，認為自己看起來沒那麼老，但是此時此刻，他寧願自己看起來老一點，要是有人願意出手相救該有多好……。他偷偷回頭張望，發現排在後面的年輕人清一色都在低頭滑手機，沒有人注意到楊天植在為不知如何進行最後結帳所苦。楊天植稍微感到安心，接著便準備將信用卡插進機器，然而，不管他怎麼弄，卡片就是插不進去，難道是因為簽帳金融卡的關係？可是上次明明可以用啊，真是怪了。楊天植繼續嘗試將卡片硬塞進機器，就在此時，突然有隻手伸了過來。原來是隔壁同樣在用自助點餐機點餐的小姐，她在楊天植使用的那台機器畫面上迅速點了某個鍵兩下，然後卡片才得以放入。楊天植小聲地對隔壁小姐說了聲謝謝，一眨眼的功夫，對方也消失無蹤。好不容易完成點餐後，楊天植重回位子坐下。

他整個人暈頭轉向，搞不清楚什麼是什麼，也不知道自己點了什麼，總之最終結帳金額是七千八百韓元。他看著收據下方印的取餐編號，趁呂淑在注視著櫃台上方電子菜單時嘆了一口氣，望向人行道上來來往往的路人。放眼望去至少有四分之一的路人和自己年齡相仿，等於有百分之二十五的人都和我一樣是上了年紀的人，但這個社會為何已經變得如此先進又快速。過去仍需臨櫃點餐的時期，店員還會告訴客人與其這樣點不如點套餐會更划算，也會介紹一些促銷商品給客人，要是向店員多要一根吸管馬上就能拿到，拜託店員多給一個紙杯也會立刻隨餐附上。如今已經無法再提出這種要求，連說一聲「你好親切」、「謝謝你」的機會都沒有，真懷念以前可以與店員交談的點餐方式，感覺自己也像個正當、時髦的客人，現在反倒像不配來這間店消費的不當、老土客人，老是會不自覺地看那些站在櫃台的店員臉色。

「我們的餐點好了。」

呂淑從位子上起身，領回一份漢堡套餐。漢堡肉很厚實，還夾著不知道是什麼東西的炸物，醬汁淋得到處都是，幾片起司夾在裡面，實在不合楊天植的口味。楊天植吃著連名字是什麼都不知道的漢堡，不停打著飽嗝。由於是在已經吃飽的狀態下又吃油膩的漢堡，所以不禁納悶起自己到底是在做什麼，呂淑則是望著套餐附的那杯可樂頻頻嘆氣。楊天植本來是不喝可樂的人，但那天不得不喝，因為餐點實在太油膩了。

楊天植一語不發地走在前頭，志厚默默跟在後頭。一名背著正方形後背包的男子與楊天植擦肩而過，他仔細注視著男子背包上印的品牌標誌，詢問志厚：「他是哪裡的員工？」

「專門幫大家外送的。」

「送什麼？」

「食物。」

「所以那個包包裡裝有食物喔？」

「對，我朋友的媽媽也在做那個。」

「那是什麼？」

「外送啊，用走路的方式外送。」

瞬間，楊天植停下腳步。

「靠走路外送食物？」

「對啊，只在同一個地區範圍裡徒步外送。」

楊天植心跳加速。他無法騎腳踏車或機車等二輪車，自從去年騎著腳踏車在熟悉路段差點被卡車衝撞之後，心裡就留下了陰影。真的是千鈞一髮之際，與卡車剛好擦身而過。楊天植事後回想，要是直直撞上那輛卡車，一定會出現一筆天文數字的醫療費用，讓他感到驚險萬分。所以自此之後他就再也不騎二輪車，用適當的速度行走反而更使他安心。

「任何人都可以外送嗎？」

「應該只要下載手機應用程式，進行一些認證步驟就可以。」

楊天植從口袋裡掏出手機，那是宇才硬著頭皮買給他的新型二手手機，因為長年使用的手機已經徹底故障無法使用。

與其在家遊手好閒，不如出來走動；與其出來走動，不如順便幫人外送。而且原本難以適應先進社會的自己，說不定也能趁此機會進步轉變。是啊，趁這機會多認識這個地區也滿好的。除了志厚的學校、市場、地鐵站和超市以外，楊天植幾乎沒去過其他地方，連哪裡有什麼都不太清楚。自從賣掉車子就已經很久沒有開車，如今連手機畫面裡的字都看不太清楚，反正只要隨身攜帶老花眼鏡應該就不成問題。

「志厚啊，那你幫我下載看看。」

「下載什麼？」

「外送啊。」

「爺爺，你要做外送？」

「怎麼？你覺得我做不來嗎？」志厚停頓了幾秒才回答：「不會啦，爺爺你也可以的。」

聽聞這句話的楊天植深受感動。

「不過，爺爺，你的網路數據使用量有多少G？」

楊天植眨了眨雙眼。

「連無線網路不就好了？怎麼了？」

「你要調高數據用量方案才行，然後重新學習如何使用手機應用程式。我可以教你，別擔心。」

楊天植不得不承認，因為有孩子們，這世界才得以變得美好。如此年幼的孩子竟然可以給人莫大的勇氣，鼓舞人心。

楊天植突然更改路徑往超市走去，他想要買一包烏龜玉米餅乾給志厚。

數位勞工夫妻檔

秀敬一直對於坐在副駕駛座的宇才頗為在意，究竟為何突然要跟著一起出來工作？由於事發突然，所以連拒絕、阻止的機會都沒有。就在秀敬準備走出家門時，房間門突然打開，宇才一身運動服衝了出來，兩腳直接塞進運動鞋裡，說：「帶我一起去。」

宇才莫名其妙坐上了秀敬的車。秀敬不免好奇，他不玩期貨，跑來我車上做什麼。

「最近不玩期貨了喔？」

「不玩了，已經很久沒玩。」

宇才最近每晚都會外出，凌晨才返家。秀敬完全能猜到他出去做什麼，所以沒有多問。可能工作得不是很順利，宇才睡到一半經常說夢話，甚至還會說到驚醒，也會把牙齒咬得嘎吱作響。秀敬經常需要把宇才搖醒，所以她自己也已經很久沒睡好了。宇才身上隱約飄散的車用除臭劑和菸味，都使秀敬變得十分敏感。那些夜晚，日復一日地累積在她和宇才之間。

「你不玩期貨了？」

宇才沒有回答，過了好一會兒才終於開口。

「妳知道寶碩吧？」

黃寶碩，宇才最要好的朋友。秀敬已經認識他十年了，這十年來，黃寶碩從來沒有從事過一份工作。他哲學系畢業，短暫寫過小說和詩篇，三十五歲那年決定收山，突然出版了一本詩集，最近熱中於在父母的房子裡開設替代空間（Alternative space）還是什麼鬼東西的。秀敬離職前有見過他，他當時正準備開店，為了節省成本，還在中古市場添購了一堆桌椅和辦公用品。秀敬和宇才當時還幫他開車載送那些物品，事後他也有請兩人去炸雞店喝啤酒，以表感謝。當時他們才詢問他究竟是開什麼店，然而，得到的回答卻是「為了活化地區社會的小型共同體而創立的一間非營利小店」，兩人再追問究竟是什麼意思，也只得到同樣的答案，秀敬就沒有再繼續問下去了。

「寶碩說，我要怎樣成天面對那些喝醉的客人做代理駕駛，叫我倒不如嘗試看看妳的工作。」

秀敬默不作聲，她無暇猜想宇才做代駕時經歷了哪些。雖然秀敬從事宅配送貨這份工作還沒遇過什麼奇怪的客人，但是因為停車問題而被找過多次麻煩，客人對她直接用平輩口吻說話的情形也司空見慣。不過這些事情還在她能忍受的範圍內，反正都只是人生中的過客，不需要有太深的交集，她喜歡這樣的認知與共識都明擺著顯露在彼此的表情當中。總是深鎖的大門、無人應答的門鈴、一接過包裹就馬上轉身回屋內的人們……搭電梯送貨時，住戶小朋友還會看著抱滿包裹的秀敬低語呢喃：「有我們家的包裹嗎？」秀敬本想搭話，詢問小朋友家住哪裡，卻打消了念頭。畢竟讓小孩對送貨員失去警戒也不曉得是好是壞，孩子們也只是純粹想領回自家包裹而已，要是這份純真被有心人士惡意利用就不好了，所以她沒有特別向孩子們示好。就算是在同一層樓出電梯，也一定是在家門口才將包裹遞交給小孩，或者直接按下他們家的門鈴，這時小朋友才會詢問秀敬：「這是我們家的包裹嗎？」秀敬則是確認完戶號以後再交給小朋友。每當接過包裹的小朋友毫無戒心地按下自家密碼鎖時，秀敬都會連忙轉身刻意迴避，然後暗自替孩子們擔憂，「不能這麼沒有戒心呢……」

「工作辛苦嗎？」

「接到奧客就會辛苦，接到優客就會歡樂。」

宇才邊說邊打開音樂，隨即傳出節奏輕快的偶像團體歌曲，他馬上轉成山迴音的歌曲，懷念的主打歌一首接著一首播放。宇才和秀敬聽著〈回想〉一同低聲哼唱，這首是宇才每個週末早晨都會在家大聲播放的歌曲，楊天植覺得太悲傷所以不喜歡，呂淑則是沉浸其中細細品味，竣厚只要一聽到就會馬上抗拒地戴上耳機，志厚則是用純潔無瑕的稚嫩嗓音跟著哼唱。由於一家人一起聽著同一首歌曲的週末風光看起來還挺熱鬧溫馨的，所以秀敬望著吸塵器的吵雜聲響緩緩越過老舊門框，暗自心想，感覺一家人繼續一起這樣生活下去、長長久久好像也不賴。

「哦！健康院前面拴著兩隻狗。」宇才喊道。秀敬回頭查看，發現一隻黑狗和黃狗被栓在街道邊，表情看起來有些淒涼。宇才搖下車窗，對秀敬說：「應該是看門狗吧？」

秀敬不明白宇才為什麼要這樣問，所以選擇沉默。誰知道呢？究竟是看門用的狗還是另有目的帶回來的狗。

「一定是看門用的狗。」宇才用但願如此的口氣說著，隨即搖上了車窗。

秀敬在左轉區轉動了車子的方向盤，瞬間揚起一片塵土，灰濛濛的視野逐漸清晰，一棟灰色的物流中心出現在面前。宇才將上半身向前傾，靠近車子前擋風玻璃，他數了數排隊準備進入物流中心的車輛，驚訝地喊著：「竟然有奧迪車！它後面還有幼稚園娃娃車耶！」

偶爾跟著秀敬出來送貨的呂淑已經對奧迪阿姨的處境多少有些了解。她的孩子們都遠在國外，先生退休後目前正在外地重新開始工作，而她自己則是為了貼補公寓貸款利息而出來做這份工作。說不定奧迪阿姨也知道呂淑的處境，大家都是手頭拮据的人……可能已經被這樣歸類了吧。

秀敬突然幻想一家人站在列車月台上，雖然不曉得各自是否懷有明確堅定的目的意識，但至少都是抱持著要搭上列車的熱望。然後等列車一進站，就一股腦地擠上去，連這輛列車要前往何處都不知道，先上再說，反正一定會被帶往某處。

每當進入這座宛如一艘廢棄潛水艇的物流中心時，秀敬都會感受到一股近似於水壓的壓力。然而，今天因為有宇才同行，那份壓力感覺變得比較小，原本像是行走在深海地底的步伐也變得輕盈許多，看來和宇才一起分享同一支氧氣瓶行走也不賴。

假如我們說一家人現在都在破浪前進、做得很好的話，宇才，大家一定會嘲笑我們吧。

秀敬注視著前方車輛一閃一閃的雙黃燈，暗自心想。那就像身陷泥淖的人朝天空發射的信號彈，請先，（閃），救我，（閃）。

＊

「東元公寓，一〇四區，一一〇二號，姜成運先生訂購的白色循環扇一台。」宇才逐字念出抱在懷裡的大紙箱上貼著的發貨單，說：「看來姜成運先生已經開始準備迎接夏天了，動作真快啊。」

「因為已經六月啦，天氣很快就要轉熱了。」

宇才聽完秀敬的回答，轉頭望向後座滿載的礦泉水，「原來夏天大家都會叫水來喝喔。」

「那些水只要搬個幾次，手腕就會開始痠痛了。」

「那妳還能繼續做這份工作嗎？」秀敬沒有回答，宇才又重新換個方式詢問：「這份工作適合妳嗎？」

秀敬依然保持沉默。

她其實也問過宇才同樣的問題。宇才呆坐在電腦螢幕前，盯著海外期貨視窗時，秀敬望著宇才的側臉，同樣問過：「這份工作適合你嗎？」「昨天賠錢，前天也賠錢，上週也沒有獲利，還能繼續做這份工作嗎？」雖然她當時是用溫和的語調和表情詢問，宇才仍當場僵住，現在的秀敬亦是。

你應該知道，當某個人在從事某份工作時，不一定是因為那份工作適合自己，也不一定是因為覺得能繼續做下去；而是因為還承受得了，只是基於這個理由所以繼續。秀敬默默在心中回答。

沒有指定的配送地區，沒有會認出自己的警衛，也沒有需要互相問候的顧客。雖然會記得定期訂購氣泡飲的顧客，但是其他客人幾乎都記不得。每個人都訂購各式各樣的物品，大部分的名字也都大同小異。值得留下記憶的特徵往往不在顧客身上，而是顧客的住家；比方說，客人在附註欄裡備註「請將東西放在消防栓裡」，但是實際打開消防栓卻發現裡面堆滿雜物，找不到任何位子可以放置物品；或者勾選親自碰面取貨卻發現門鈴被拆掉且門上張貼著「禁止敲門」，導致不知該如何通知包裹送達的住家；抑或是包裹上寫著三〇一號，實際去看卻發現是沒有標示戶號的多戶型住宅，所以假如從半地下層算起是一〇一號的話，客人填寫的三〇一號實際上應該是四〇一號才對。諸如此類難以按照顧客要求方式送達貨物或難以得知正確地址的住家，都會讓秀敬留下深刻印象。秀敬很喜歡這點，記住的不是人而是住家。雖然住家是無法構成複雜人際關係也無法傷害他人的非生物，但仍像有生命的人一樣有著各自的外型、個性、特徵，飄散著獨特氣味或氛圍。秀敬是與場所建立關係，而非某人或其難以掌握的心思。

雖然她認為，比起心理上的辛苦，身體上的辛苦都還算能忍受，但是手腕究竟能為她撐多久是一大問題。等到炎炎夏日，礦泉水的配送需求量會與日俱增，她的手腕很可能變成要做一休二才有辦法勉強運作。自從做這份工作以後，她開始切身體會自己的身體就像機械般精準運作，也像機械一樣經常會出現故障。好比跑完車道的賽車要立刻駛入維修區進行檢修一樣，她也是下班後一回到家就一定要冰敷和休息。除此之外，她也為了增加蛋白質攝取量而吃水煮蛋。「聽說肌力來自於蛋白質。」呂淑自從聽見秀敬低喃這句話，就經常煮水煮蛋給她吃。

「目前為止還滿喜歡這份工作的。」最終，秀敬給出了這樣的簡短回答，而宇才也沒再繼續追問。

他們走進第一個配送地點，那是剛落成的高級公寓社區，也是呂淑遺失戒指的地方。最終，她們沒有接到拾獲戒指的通知，呂淑也老早放棄，楊天植則是每次只要看到呂淑那隻滿布皺紋、徒留戒指印痕的手，就會忍不住對她發脾氣，也絕口不提要再買一枚新戒指送她。

秀敬瞧了自己手上的婚戒一眼，那是一枚鑲有芝麻大小鑽石的金戒指。當初在買這枚戒指時，從沒料想過會迎接現在這樣子的未來。

*

宇才抱著紙箱下車。秀敬從後座取出物品。如今，她已經熟知如何按照配送動線將貨物載上車，再依序卸貨。宇才把秀敬遞給他的物品一一堆放在手推車上。

「把低樓層的東西放最下面。」

秀敬把自己的方法傳授給宇才，宇才也乖乖照做。兩人拖著手推車往一〇四區走去。正當他們搭上電梯依序送貨時，宇才指著電梯門上方說：「這裡都有標示數字耶。第三棟在左邊，第四棟在右邊。」

「幾乎每個社區大樓都會標示。」

多虧標示，才能讓他們在電梯門一開啟的時候，不用思考要往左還是往右就能直接前往目的地。這是在做送貨員之前從來都不曉得的事情，有些標示只會被需要的人看見。

宇才會趁秀敬把物品放在住戶門前拍照記錄的期間，按住電梯的開門鍵，等著秀敬回電梯。有些發貨單上雖註明「不在時放門口」，卻仍需確認收件人是否在家，所以會花點時間，但宇才仍會按住電梯開門鍵，等待秀敬完成。等兩人重返一樓時，要是一出電梯就發現有住戶在等著使用電梯，他們就會低頭快步離去，畢竟沒有住戶會喜歡電梯被送貨員占用。雖然有時會遇到幫忙按住電梯等他們搭乘的好心住戶，但也只是少數，十個當中只有一、兩個吧。

宇才回到車內，臉頰略微泛紅，「我應該能勝任這份工作。」

秀敬繫好安全帶，說：「每天做還是會感到厭倦。」

宇才似乎沒有把秀敬說的話聽進去。

「我每天玩期貨，都只有坐著，所以腰變得愈來愈差，代駕也是坐著的工作，所以滿累的，看來偶爾要穿插一點這種送貨的工作才行。」

秀敬本想問他有沒有打算丟丟看履歷，最後卻作罷。她想要放手讓宇才自己去嘗試，因為宇才也是以這種方式對待秀敬。秀敬突然對於兩人之間的感情感到狐疑，要是一般夫妻，都會推彼此一把、鞭策對方、嘮叨不休才對，但是他們之間不存在這種互動。雖然不曉得對方的內心在想什麼，不過秀敬認為宇才心情似乎滿好的，他是在開心什麼呢？

「秀敬，我們什麼時候吃午餐？」車子才剛出發，宇才就一臉天真地詢問。

*

他們來到之前與呂淑一起吃便當的長椅，這次是和宇才並肩而坐。秀敬突然有一種彷彿是在邀請家人輪流來體驗自己的工作的感覺。

兩人坐在六月日正當中的太陽底下，打開呂淑一早為他們準備的便當，裡面有玄米飯、煎蛋捲、炒海帶絲、醬煮黑豆、炒小魚乾和蘿蔔葉泡菜。

「哇，這麼豐盛。」

宇才可能是餓著了，居然沒有抱怨無肉可吃。

「不錯嘛，感覺好像是來遠足的。」

秀敬沒有回應，呂淑一開始也像遠足一樣興高采烈，等到送完一區的貨以後就瞬間無力。和呂淑相比，宇才體力較佳，所以看起來還沒有感到疲累，但是到了傍晚應該就會累到不想說話。秀敬今天總共有百件左右的物品要配送，由於無法一口氣全部載上車，所以她打算分成兩批配送。她將剩下一半的物品堆放在物流中心的籠車裡，再貼了一張寫有自己名字的字條在籠車上便離開現場，所以今天下班前一定要拚了命地奔跑送貨，但又不得不帶著一臉悠哉的宇才一起工作，著實令她感到有些為難。

「一起送貨很不錯吧？」宇才笑著問。

秀敬點點頭，反問：「代駕做得如何？那些醉客不會刁難你嗎？」

「的確有那種人。」宇才停頓了一會兒，看起來像是在苦思該不該說，最終他還是開了口：「上次遇到一位大叔對我不斷咆哮，說我停車技術不好，明明停得很好，卻老是要找我麻煩。他喊到整個社區的人都聽見，引來了一堆住戶圍觀看熱鬧，結果發現沒什麼好戲可看，又都掉頭回家，除了一個人以外，就是住在他家隔壁的鄰居阿姨。阿姨表示自己實在忍無可忍，還向大叔抗議。後來才知道原來這位大叔每次只要叫代駕，就會不斷辱罵對方不會停車，喜歡莫名其妙對人發脾氣，拿代駕當出氣筒，實際上明明都停得很好。那位阿姨說她被吵得睡不著覺，不堪其擾，老是這樣的話就要報警處理，但是大叔還是不斷咆哮，最後還真的把警察叫了過來。」

「然後？」

「警察很快就到了，但是沒想到鄰居們三三兩兩走了出來，都在包庇那位大叔，說沒什麼事，請警察回去，然後還勸那位報警的阿姨，鄰居之間應該以和為貴，不宜這樣處理。我在一旁看著，最後就離開了。那天被大叔罵到臭頭，聽了太多髒話，搞得我頭暈腦脹，心煩意亂的。」

秀敬不曉得該回什麼，選擇靜靜待著。

「不過那位大叔還是有付錢啦。要是連錢都不付我可能就會揍他了。」

「你不會揍人的啦。」

「不，我會揍人。」宇才嚼著炒海帶絲，然後又強調了一次，「我現在會揍人了。」

空氣頓時凝結。

宇才的腦中一定也想起了同一個人——竣厚出手毆打的那個人。秀敬好討厭這種時不時會冒出來的記憶，穿梭在日常生活當中，工作到一半、吃飯到一半都會突然想起，明明都已經是過去的事，卻仍如此清晰。

「其實啊……我每次被喝醉的客人叫去代駕時，都會想像。」

「想像什麼？」

「我一抵達現場，發現原來是那個傢伙叫的代駕。」

接下來的內容不用多說，秀敬也大概能猜到宇才在想什麼，他一定在暗忖倘若某天以這種方式與對方相遇要如何替秀敬報仇。秀敬什麼話也沒說，假如兩人真的狹路相逢，宇才會怎麼做呢？可想而知宇才一定會在開車期間不斷思量著要不要宰了對方，然而最終還是沒有任何動作，安安靜靜地將車子開到對方家門口，將他放下車，收完錢就默默離開。

「海帶絲有點鹹，應該要再多洗幾次去掉多餘鹹味的，最近丈母娘做的菜好像都偏鹹。」

「可能天氣熱的關係吧。」秀敬一邊附和著刻意轉移話題的宇才，一邊咀嚼口中的玄米飯。她的視線停留在滑梯下的幾隻鴿子，今天地上沒有水窪，牠們會在哪裡喝水呢？

「吃完要麻煩兩位收拾乾淨喔！」突然有人向他們喊道。

秀敬轉頭一看，發現是管理員。

「不然會引來好多鴿子。」

「好的，沒問題。」

秀敬確信對方認得她的臉。因為她之前也來過好幾次，在這幾乎沒有小孩的遊戲區裡獨自吃著便當，所以管理員應該對她有印象。秀敬頓時感到不是很自在。

「是妳認識的人嗎？」

「不是，不認識。」

秀敬放下筷子，米飯還剩下一大半。宇才觀察了秀敬的臉色，小心翼翼地問：「沒胃口嗎？要不要幫妳買杯麵？」

「不用啦。」

秀敬彎起膝蓋，轉身而坐。宇才將便當整理好，停頓片刻。「秀敬啊。」

「幹什麼？」

「不用太拚也沒關係。」

「什麼？」

「我說妳現在做得很好。」

秀敬維持靜默。

「所以我們現在做得很好嗎？」

「是啊！」

「是嗎？」

「是的。」

宇才說得斬釘截鐵。後來他從長椅上起身，伸了個懶腰。

「寶碩叫我們下班後去他店裡一趟，剛好今天開幕。」

秀敬睜大眼睛，「他還真打算開店啊？」

「是啊，連物品都搬進去了。」

「那我們不能用現在的速度工作了。」

宇才一臉吃驚：「我們送得很慢嗎？」

「比我自己一個人送貨時還要慢。」

宇才不論去哪裡步調都非常緩慢，也老是會忘東忘西，遺忘物品，所以秀敬都要追著他的屁股緊跟在後，處處留意。

「慢一點不行嗎？」

「不行啊，這樣就無法去寶碩的店了。」

「那要開始用跑的嘍？」

「我剛才算了一下，我們一小時只送了十二件包裹。」

「這樣不算多嗎？」

「不多。如果換算成時薪，連一萬韓元都不到，更何況我們是兩個人在送，那麼一個人的時薪是多少，你自己算算看。」

宇才的臉上閃過一絲驚訝。

「原來要這樣計算喔？」

「當然。」

秀敬從長椅上起身，這可是基本中的基本。每個送貨員的時薪都是自己決定的，用跑的時薪會增加，用走的會減少；忍住尿意時薪會增加，常跑洗手間會減少；餓肚子時薪會增加，吃飯會減少，要是還買外食吃，時薪就會變得更少。秀敬把沒有告訴呂淑的時薪計算方法以及如何提高時薪的方法傳授給宇才，而從下一個配送點，宇才就改成用奔跑的方式送貨。

「這是我畢業後第一次這樣奔跑欸！」

宇才氣喘吁吁地說著。秀敬本想告訴他，儘管如此還是沒有達到最低薪資，但她最後還是選擇把話吞了回去。

「做代駕比這個好太多了。」當宇才終於脫口而出時，秀敬沒有做出任何回應。雖然對宇才來說可能的確如此，但對於秀敬來說則未必，因為不曉得會被醉客如何對待或遭遇意外。過不久，宇才又說：「這樣想想，沒什麼人請我去代駕的日子也幾乎賺不到錢。」

「那種日子多嗎？」

「多啊。」

宇才隔了一會兒說：「玩期貨的時候今天是負的，隔天是正的，最終等於還是零，我很討厭這樣。但是後來發現代駕其實也是，有時候是零，有時候有收入，無法抓個平均，所以很難當成全職。」

「這工作也是啊，要送的物件數量每次都不固定，不是我申請多少就有多少，沒貨的日子甚至還會裁員。一開始還很喜歡他們給我一堆要送到公寓大樓的貨，現在反而不喜歡。送公寓大樓更慘，多的是超過三十層樓的公寓，要是碰上住戶使用電梯的尖峰時段，等電梯就得白白浪費至少十分鐘，那麼等於時薪又減少了。」

「原來如此，看來要好好計算時間才行。」

「時間就是金錢，所以自然會想要用跑的，而不是用走的。」

「我也覺得等待時間好痛苦，但又不能接那種賺沒幾毛錢的代駕路程；找洗手間也是一大麻煩，尤其因為是深夜所以更難找。」

宇才和秀敬沉默片刻。可能這段分享彼此工作甘苦談的對話真的顯得非常淡然客觀，但其實他們是夫妻，兩人也是事後才意識到這點，所以都思考著這樣真的可以嗎？是不是至少要有一人從事正職，或者萬年約聘都好，再不然只是一般約聘人員也行，是不是至少要有一人從事像樣一點的工作才對……。一個是有人群恐懼的三十九歲，一個則是履歷斷層的四十歲，其實仔細找找應該還是有可以從事的工作才對，但是現在兩人都已經暫時搭上了不知開往何處的列車，秀敬思考著這段「暫時」能夠維持多久。

宇才說：「我們兩個都是平台勞工。」

「什麼？」

「寶碩說的，以手機應用程式為基礎，將人與工作進行媒合，所以叫做平台。」

「他有興趣喔？」

「沒有，他叫我千萬別碰，說這不是什麼好工作。」

秀敬情緒激動地反駁：「他應該沒資格說這種話吧，又沒靠自己的雙手賺過錢。」

「所以他現在要自己賺了啊。」

「就是那個什麼共同體的非營利小店？」

「不知道，我也不清楚他到底要開什麼店。但也很難說，說不定賺很大呢。」

「絕對不可能賺錢。」秀敬本想這樣回答，最終還是吞了回去。世事難料，說不定真的比宇才和秀敬做的工作都更有賺頭。

直到下午四點，氣溫仍居高不下，秀敬把八箱碳酸飲料送至蒸氣房（也稱汗蒸幕）以後，就衝進了一樓超市，買了兩支正在做促銷活動的甜筒冰淇淋。宇才也正好從附近商店送完貨回來，他興高采烈地接過一支冰淇淋。

秀敬和宇才站在超市旁一起吃冰淇淋，提著菜籃的人進進出出，超市對面有理髮廳、美甲店、餃子專賣店，蒸籠炊煙裊裊升起，身穿道服的孩子們騎著腳踏車從店門前呼嘯而過。明明是社區的日常風景，看在秀敬眼裡卻是一幅勞動現場。

「宇才，你知道做這份工作什麼時候最開心嗎？」

「等貨都送完的時候才剛好下雨嗎？」

「這的確也會開心，但現在更開心。像這樣吃著冰淇淋忙裡偷閒時，就會覺得這似乎還是個讓人值得活下去的世界。」

宇才用驚訝的眼神轉頭望向秀敬，說：「這麼誇張？」

「你之前工作都沒有遇過這種開心的時刻嗎？」

「當然有嘍。比方說，我都已經開到議政府那邊去了，結果剛好接到一個需要代駕的客人是要往我們家方向的。」宇才咧嘴笑著補充：「感覺那天就彷彿被畫下了一個非常完美的句點。」

「我們好簡單喔，竟然會因為這種微不足道的小事而感到滿足。」

「這樣會很奇怪嗎？」

「這就是我們撐下去的方式吧。」

「至少還有在賺錢啊。」

「因為當米蟲太丟臉。」

「我現在已經不丟臉了。」宇才一邊舔著包裝紙上的巧克力，一邊說著。

*

黃寶碩的店設在一棟精美的商業大樓裡，就位在二樓。他不停炫耀著有許多親朋好友特地前來道賀，明明平日是滿拘謹的人，今天卻顯得異常興奮。秀敬抵達時，還有兩名賓客也在，她們都是黃寶碩的朋友。一個是大學同學，現為小說家，另一個則是小說家的朋友，沒有特別表明自己從事什麼工作，兩人手上都拿著紅酒杯。每一扇窗的窗台上都點著蠟燭，還將室內燈光調暗，呈現隱密又浪漫的氛圍。不過秀敬對於這種氛圍感到不甚自在，因此，在遞出裝有啤酒的塑膠袋給黃寶碩時，也暗自思量待個一會兒就要趕緊閃人。

「我買了啤酒。」

秀敬帶著比真實心情還要燦爛的笑容，選了一張空椅坐下；宇才則是將抱在懷裡的幾包零食放到桌上，亮面的塑膠包裝在起司拼盤旁閃爍。秀敬看了一眼笑容尷尬的宇才，這時，明顯帶有濃濃酒意的黃寶碩拿著兩杯紅酒走來，分別遞給秀敬和宇才。

「紅酒是誰帶來的？」

面對宇才的提問，黃寶碩回答：「這是我們店裡賣的。」

「你的店有賣紅酒？不是說非營利店家嗎？」

聽到秀敬這麼一說，黃寶碩面露苦笑。「即使是非營利店家也依然是店家啊，還是得賣點東西吧。」

「那會賣得比較便宜，只賺取微薄利潤嗎？」

「秀敬小姐，我們還是要賺到店面的管理費和生活費，才有辦法繼續營業啊。」

秀敬心想，那就根本不是什麼非營利店家了啊，但還是選擇把心底話留在心底。

兩名女子目不轉睛地盯著秀敬，後來小說家先開口問寶碩：「你和他們是怎麼認識的？」

「我們從小就是朋友，國小同學。」

宇才補充：「寶碩當時可是全校會長呢！我的話就只是一般普通學生，不是什麼班長、副班長，六年也從來沒當過什麼娛樂部長。」兩名女子露出淺淺笑容，「寶碩以前很有女人緣喔！好多女學生喜歡他，每次只要參加作文比賽，就一定會橫掃所有獎項……」

盡是一些吹捧黃寶碩的話。雖然不曉得過去他到底有多厲害，但如今早已不是那樣的人。

秀敬開始推測兩個臭男生之間出現過什麼對話，搞不好這兩名女子（或者其中之一）是黃寶碩想要追求的對象也不一定。秀敬雙手交叉在胸前，喝了一口紅酒，喝太多的話下巴附近會長痘子，所以她平時不愛喝紅酒。

秀敬緩緩從椅子起身，感覺空氣有點悶，她推開背後那扇窗，涼爽的風也隨即吹進店內。她才剛坐下，黃寶碩就馬上問：「今天也有去送貨嗎？」

「嗯，今天是和他一起去的。」

「我剛才有告訴她，說我們是平台勞工。」

宇才向黃寶碩說著，小說家也對此話題很有興趣。她看起來和秀敬的年紀差不多，可能是剛做完美甲，紫色指甲油顯得格外有光澤。秀敬看了看自己的指甲，自從三十歲以後就再也沒留長過。煮飯時不會覺得很麻煩嗎？算了，最近還有多少人會親自下廚，不過要是從事送貨工作的話，那種指甲就肯定不太方便了。

「勞動契約上是以什麼名義呈現呢？」

面對小說家的提問，秀敬選擇反問：「您指的是開始工作前，要先勾選同意的服務條款嗎？」

「上面應該是寫私人業者吧？」

「是寫委外配送業者。」

「這就是問題所在。」小說家將視線移至黃寶碩和另一名女子，「現在這種勞動型態已經非常廣泛，不論是送餐、代駕，還是送貨……」

黃寶碩緊接著說：「最大的問題點就在於，把勞工稱之為業者，雇主則稱之為仲介，表示他們只是仲介所以不用負任何責任。他們不再直接雇用勞工，甚至跳過派遣，現在是直接用手機應用程式或網站等平台來指派工作。請問妳知道這叫什麼嗎？」黃寶碩說到最後一句時直接看向秀敬。秀敬搖搖頭。

「叫做Cyber-Proletariat（數位勞工）。」

秀敬點點頭，原來如此，原來我是數位勞工，宇才也是數位勞工。不過話說回來，這個單字的發音舌頭不會打結嗎？Proletariat，Cyber-Proletariat，秀敬在心中反覆默念。

「至少現在還來得及，一定要改變才行。要知道自己不是業者而是勞工，對方也不是仲介而是雇主，否則根本無法申請職災，作業成本也都得自行負擔，哪有這樣的？根本是現代版的奴隸啊！這跟重回工業革命時代沒兩樣，完全就是奴隸，一定要讀書才有辦法翻身。」

宇才沒回應，秀敬也是。都當著他們的面說他們是奴隸了，還能回什麼，難道要說「對」嗎？

秀敬心想，假如至今還任職於公司，是否就能輕鬆認同黃寶碩說的這番話？答案應該是肯定的。畢竟又不是自己親身經歷的事情，可能就只是回想起經常叫外送的店家，然後發現當時那名外送員看起來有點疲累，或者想起颱風天還叫外送好像的確有些罪惡。是啊，那些人的情況確實不是很好，保險費也要自己出，摩托車也要自己買。秀敬可能還會認為自己根本不可能有機會從事這種工作，然後對黃寶碩說的這番話深表認同，大張旗鼓地喊著：「的確要改變，這種產業日漸擴大，如今就和我們生活中不可或缺的基礎設施一樣重要。」其實黃寶碩說的都對，秀敬也心知肚明，只是她一點也不想要在這種場合與初次見面的人高談闊論這項議題。

秀敬認為自己不應該對認識十年的黃寶碩和今天初次見面的女子，因擔心她和宇才會變成現代版奴隸而生氣，但又不可否認內心的確感到憤怒。當然，這個行業有待改進的部分確實非常多，她去過的某間物流中心甚至沒有女廁，只有掛著男生標示的洗手間，而且還只有一間；假如她不是被歸類為私人業者而是勞工的話，那麼那間物流中心應該至少再設置一間女廁才對。秀敬想起自己當初因為找不到女廁而感到錯愕的情景，她將這件事情告訴了小說家，於是對方激動地拍著手說：

「我的天啊，這樣真的不對。您要是我妹，我一定心疼到哭出來。」

秀敬這才發現小說家的眼神早已渙散。後來才知道原來小說家的年紀比較大，問她是不是有妹妹，結果她竟然說自己是獨生女。搞什麼嘛……。

「宇才，你玩的那個期貨也很有問題。」

宇才一聽，馬上露出了驚訝的表情。

「你先聽聽看。當你在進行海外期貨交易時，是不是用企業製作的應用程式進行？那個不就只是帶入信號重新換個介面呈現而已？但是會員都是看著那些資訊進行交易啊，帳戶也是借業者的來使用，保證金也都是跟業者借來的，然後再付交易手續費給業者，沒有錯吧？」

「是啊。」

「所以業者都已經幫你備妥平台，會員只要參與即可。可是你想想看喔，連你都沒怎麼賺到錢了，真正能靠那個賺錢的人應該不多吧？其實就跟私設賭場沒兩樣，只是這是在線上私設賭場，而且使用人頭帳戶是不合法的啊。」

宇才沒有回答，他的臉逐漸漲紅，秀敬則是忍住想要代他回答的衝動，按兵不動。這個圈子大家都是這樣進行交易，個人怎麼可能持有數千萬韓元的保證金？都嘛是借錢來玩。然而，人頭帳戶儼然是違法的，秀敬也知悉此事，所以才沒多說什麼。過去她也曾因這件事情和宇才起過爭執，但如今早已放棄，變得無感。

「結果實際賺到的錢沒多少，卻付了一堆手續費。比平台勞動更慘，等於被關在一套完美的壓榨系統中賠上自己的時間和金錢。」

宇才沒有說話，他將紅酒杯推向一旁，開了罐啤酒大口喝下，一飲而盡。小說家興致勃勃地聽著黃寶碩說話，還追問了幾個有關期貨交易的問題，但是宇才沒有回答。「您是從何時開始玩期貨的？」「怎麼開始的？」「每個月平均投資報酬率是多少？」「該不會當正職在玩吧？」宇才充耳不聞，將視線停留在虛空中。

期貨已經玩兩年了，開始接觸的契機是某次看到股票投資節目正好在介紹海外期貨，然後就認識了這項投資產品。當時一名盛氣凌人的阿姨一出場就喊：「一tick一萬！」接著說得一副像是不費吹灰之力就能讓一個tick移動的樣子，所以他暗自心想，那應該一天就能輕鬆賺到三～四萬，於是就一頭栽進了期貨。當然，也是因為當時股票投資得不是很順利，所以才會轉去玩期貨。至於投報率的話目前是負的，原本的確把它當正職，但不久前開始做代駕，就變成副業了；現在預計還會多做一份送貨的工作，等於身兼三職。秀敬看著宇才的側臉，在心中默默替他彙整了這四年來的經歷。

黃寶碩一邊留意宇才的表情，一邊說：「總之，那些問題就等之後有機會再聊吧。」

秀敬心想，話都被你一個人說完了，還要我們說什麼，但是她考量到宇才的立場，選擇保持沉默。要是在這裡和黃寶碩爭得面紅耳赤，可就不好看了。雖然實在搞不清楚他開這間店究竟是要販售什麼，但畢竟還是人家的開幕日。

「我們聊點別的吧。」

秀敬話才剛說完，一直閉口不語的另一名女子突然表示：「我是專門負責活化在地社區的市民活動家。」

秀敬睜大眼睛，她對於該名女子實際在做什麼工作毫無頭緒。

「這次在寶碩的店裡負責意識提升團體指導者的力量強化教育。因為我在尋找能夠對地區發展活動有幫助的工作，也向區廳申請了補助金。」

秀敬不自覺地反問：「您說什麼團體？」

女子目不轉睛地盯著秀敬，然後又清楚地說了一遍：「意識提升團體。」然而，這句話聽在秀敬耳裡宛如外星文。

這時，黃寶碩突然打岔，又將談話拉回到稍早已經結束的主題。「你們知道有多少平台業者儘管面臨極大的赤字也要繼續加碼供給嗎？其實這些平台都是靠創投的資金在撐，等於是一顆泡泡，所有人都在拚了命地推動這顆泡泡，傾心竭力，投注熱情，所以乍看會像一座活躍運作的工廠，但實際壓出來的只是空心餅，裡面空空的餅。不過由於看似在活躍運作，所以每個人都無法放手，問題是這樣的系統早已在社會上占有一席之地。那你們知道最終誰賺得到錢嗎？答案是沒有。只剩下執行高強度勞動的低所得勞工，和因為迅速配送而得利的消費者，以及滿滿赤字的業者。」

「但還是有人賺錢啊，你難道不知道嗎？」市民活動家說道。黃寶碩面露苦笑。

「我好喜歡現在這樣，太有趣了。」小說家突然說出這句話，秀敬瞅了小說家一眼。很有趣？有趣什麼？我從事這種爛工作很有趣嗎？

「我其實從以前就一直很好奇，」秀敬盯著小說家說，「當小說家能賺多少啊？」

小說家的臉瞬間垮了下來。她長嘆一口氣，喝了一口紅酒，把手放在胸口來回輕撫，拖了點時間才回答：「您知道我最討厭的是什麼嗎？大家只要一遇到作家，就一定會很好奇我寫過哪些書、賺多少錢，諸如此類的問題。不過秀敬小姐，您知道嗎？對於作家來說，這兩個問題真的是禁忌。出書並不是一件容易的事情，坦白說真的賺不到幾毛錢，要是我把自己賣書賺到的錢告訴各位，你們一定會嚇到說不出話。我如果說倒不如送貨或從事代駕的話，你們會相信嗎？」

「我的確曾聽說過賺不多。」宇才用苦澀卻又想要給予安慰的表情說著。

秀敬這下才意識到，現場氣氛已變得像番茄濃湯一樣黏糊糊的，宛如生的番茄汆燙後去皮，再加些雞粉一起熬煮，直到煮出酸甜滋味的那一瞬間，便是此時此刻。

小說家看著秀敬，秀敬也看著小說家。

不是只有妳辛苦，我也辛苦。

不是只有妳平凡，我也一樣。

這裡的人都是如此，所以，喝吧！

秀敬和小說家乾杯，小說家的長長髮絲掉進了紅酒杯，但是秀敬和小說家都不太在意。小說家喝完整杯紅酒以後，將頭髮從杯中取出，一把甩向後方，於是紫紅色的酒滴直接噴到了市民活動家恩朱小姐的杏色針織衣上。然而，秀敬選擇默不作聲，畢竟在把酒言歡的場合中是常有之事，現在的恩朱小姐也還非常清醒，不太適合告訴她衣服沾染了酒水，要再多喝幾杯才行。秀敬在恩朱小姐的酒杯裡倒入啤酒，儘管杯子裡還有一些沒喝完的紅酒。恩朱小姐蹙眉，但她還是一口氣乾掉了那杯摻著紅酒的啤酒，然後說：

「我從小就是那種會先看見黑暗的人。不是有些人會這樣嗎？有光明和黑暗的話，會比較容易被黑暗所吸引。」

「我認識的一位妹妹也是這樣。」秀敬想起了寶拉。

「沒錯，就是有這種人。不過大家一定要知道一件事，我們都不是真的想靠近黑暗，而是為了守護自己心愛的人，然後這種人……」恩朱小姐突然哽咽，「像我們這種人，就是有太多愛，所以愛的人也很多，總之，心裡的愛實在是太多了。」

恩朱小姐開始嚎啕大哭，所有人都立刻起身去拿紙巾遞給她。究竟是有什麼難言之隱呢？秀敬擔憂地轉頭看向宇才，宇才也露出了不知所措的表情。黃寶碩邀請大家乾杯。

「氣氛真好，我就是為了這樣開店的。可以聊聊彼此的內心話、批判社會、相互鼓勵、給予忠告，一起笑、一起哭，多棒啊，嗯？是不是呢，秀敬小姐？對吧，宇才？我說的沒錯吧，聖蓮？」

原來小說家的名字叫聖蓮。聖蓮小姐低著頭，髮絲蓋住她整張臉。恩朱小姐問：「喂，妳在哭喔？」

「沒啦。」

「很好，別哭。今天可是人家的開幕日呢，要是連妳也哭的話多奇怪啊。」

「沒關係，哭吧。」黃寶碩用堅定又溫暖的嗓音說道。「想哭的人可以哭，在這裡哭就好，不要去外面哭，所以我才會開這間店，了解嗎？」

秀敬輕輕抓了一下宇才的手又放開。實際上她已經很久沒有和家人以外的人一起有說有笑了。

*

混喝紅酒和啤酒的宇才一回到家就因為頭痛哀嚎。秀敬拿了止痛藥給他，然後癱在床上，連澡都懶得洗，可能是要冒痘子了，下巴附近已經開始發癢，腸胃也不太舒服，罪魁禍首就是最後買來喝的燒酒。是誰買的燒酒呢？對了，是聖蓮小姐。她笑著衝出店外，過一會兒又喜孜孜地抱著好幾瓶燒酒回來。恩朱小姐還叫了辣炒雞腳外送，到後來大家為了吃辣炒雞腳配燒酒而忙得不可開交，因為辣到需要把燒酒當開水喝。看來明天的送貨得要暫停了。

「還好嗎？」宇才吃下止痛藥以後，頭痛問題似乎緩解許多，他走來關心秀敬。

「寶碩還滿聰明的，他本來就這麼聰明嗎？為什麼之前都在鬼混呢？」

「他哪裡聰明？」

「他不是說我是Cyber-Pro……什麼的嗎？這還是我頭一次聽到的單字。」

「他本來就很愛說那些，從大學時期就這樣了。」

「是屬於學運分子那種的嗎？」

「喂，我可是九九年入學的。接近千禧年，妳覺得我們有可能去參加那種活動嗎？」

秀敬讀大學時，像寶碩這種學生往往不太引人注目，他們會自成一格，可能會聚集在某處熱情參與活動，但在校園內是感覺不到那種氛圍的。當時正值學生階段壓抑許久的慾望統統噴發的時期，秀敬也談了幾段輕鬆、幾段沉重的戀愛，並對於那個時期的自己有種恍如隔世的感覺。

「其實我在做代駕的時候，也有好多次感覺這個圈子不應該這樣運作，但是有什麼用呢，又不能成立工會。要是有人在網路社團上發表這種文章，就會看到的確有人贊同，但最終還是會不了了之。」

「沒有喔，我前陣子才看到一篇新聞。」

「什麼新聞？」

「代駕也有工會，是你沒有關注所以不知道。」

「是嗎？也許是吧。」宇才沉默了一會兒。

「宇才。」

「嗯。」

「你覺得我們繼續當Cyber-Pro也沒關係嗎？」

「是Cyber-Proletariat。」

「對，就是這個。」

「反正……只是暫時的，又沒打算要一直做下去。」

「所以你還會再找其他工作喔？」

「對啊。妳打算一直送貨嗎？」

「要看身體有沒有辦法配合嘍，要是不小心閃到腰，想做都不能做。」

「所以還是別做了，找找看其他工作吧。腰受傷的話要花很多錢呢。」

「你也有可能受傷啊，你也找別的工作吧。」

「找其他工作要花好幾個月啊，與其什麼都不做不如先做這個嘍。」

「我也是這麼想的。」

「真的嗎？」

宇才訝異地抬起頭。真的。秀敬暗自在心裡回答。可能是因為酒意尚濃，自然而然冒出了「隨意啦、管他的」這種想法。每個人都各自有各自的苦，幾杯黃湯下肚還會哭，只要持續向前走不就好了。她不禁懷疑，世界上是否真的有什麼工作是會讓她想要做一輩子的，永遠不再與人建立關係的決心是否也能夠繼續維持……。今天過了一個隨心所欲的夜晚，要是明天也能迎來隨心所欲的早晨該有多好。

老是回顧那些發生在自己身上的往事、懷疑那些說不定很有可能會發生的事情，結果反而讓寶貴的當下白白流失……。秀敬突然重拾前所未有的勇氣，恩朱小姐在哭的時候其實自己也差點哭了出來，說不定是因為自己也如她所言是個內心比較多愛的人。這種人究竟該如何活下去呢？秀敬想起了以前和喜歡的人們共度的時光，大家一起吃飯、喝咖啡、說著玩笑話、幫忙搥背按摩肩膀、幫忙包庇失誤……在那些瞬間裡，統統都夾帶著秀敬的愛。秀敬潸然淚下，就像恩朱小姐一樣。

秀敬問宇才：「以後還會再見到那些人嗎？聖蓮小姐和恩朱小姐。」

「去寶碩的店裡說不定會再遇到吧。」

「其實不是只有我辛苦，大家都辛苦。」

秀敬用手背揉了揉眼睛，然後習慣性地拿起手機。配送應用程式跳出通知訊息，她點開來確認內容。原來是深夜配送單價調升公告，已經發送過多次通知。

天啊！竟然給這麼多錢？

秀敬的眼淚戛然而止，她睜大眼睛，可惜才剛喝完酒，實在不便出去送貨。每次只要顯示單價調升公告，秀敬的心情就會雀躍不已，現在也是。明明無法出門送貨，腦海裡卻已經上演著開車前往物流中心的畫面。

宇才問：「妳在看什麼呢？」

「配送應用程式。」

宇才噗哧一笑，調侃她：「妳這根本是愛APP心，不是什麼愛社心。」

「……對欸。」

每次只要看到推播通知，都會覺得自己好像處於隨時待命的狀態。其實只要關閉通知即可，但實在不怎麼容易。「假如沒什麼特別的事情，慢慢開車過去似乎也不錯」，老是用這樣的方式說服自己，就會變得愈來愈難放下手機。每次只要即時關注配送單價調升的過程，就能理解手中握有賽馬券的賭徒心情。好吧，該趁現在賭一把嗎？儘管下定決心要休息，那份決心也會很快就失效，假日與工作日的界線也愈漸模糊。況且現在連週末選擇休息都會感到罪惡，因為週末的配送單價更高。明明有錢卻不去賺，感覺必會遭天譴的心情，又有誰能體會呢？

「宇才，真羨慕你只有晚上才需要關注應用程式。」

「妳會需要關注一整天嗎？」

「當然，我最近還會找找看有沒有其他工作機會。」

「用應用程式工作的？」

秀敬點點頭。雖然她已經被黃寶碩念了一頓，也清楚知道哪些部分需要改變，但是對應用程式成癮的問題始終難以改善。

一定是每次打開應用程式就會分泌多巴胺的關係，即使不是多巴胺，也一定是某種刺激性的荷爾蒙會被暫時激發。有時候在做其他事情，中間偶爾打開手機應用程式，也會有某種酥酥麻麻的感覺掠過指尖。因為只要去做就能賺到錢，當知道這一點時，就會像帳戶裡有錢匯入一樣精神抖擻，這便是成癮。

回頭看，宇才已經閉起眼睛，肚子上放著手機，雙手則交疊於手機上，彷彿十分寶貝珍惜這支手機。突然有一種他們的人生都被濃縮成那支手機大小的感覺。

秀敬從床上坐起身，再從宇才的手裡搶過手機。宇才立刻張大眼睛，一臉飽受驚嚇。

「啊，還以為自己睡著了，嚇我一跳。」

「你在等人家叫你代駕喔？」

「嗯，每次都會驚醒。」

宇才轉身側躺，打著低頻的鼾聲再次睡去。

秀敬將宇才的手機和自己的手機放在小邊桌上，熄掉室內燈。雖然連臉都沒洗，但是她已經沒有起身走去洗手間的力氣。她轉身側躺，望著宇才的背，不是很寬廣，反而顯得格外渺小，讓人想要從背後環抱的那種。秀敬用枕套的一角擦拭淚水，今天的淚腺格外發達，動不動就要流淚。就如寶碩所言，她並不想在那間店以外的其他地方哭泣，以後只想去他的店裡哭，然後希望聖蓮小姐和恩朱小姐也能在身邊，大家一起哭。

秀敬發現，之所以能對素未謀面的人產生情感連結，正是因為對方是初次見面的陌生人。在宇才面前、父母面前、竣厚面前，是絕對哭不出來的；在恩芝面前、寶拉面前也是，怎麼可能流淚，光是故作堅強、假裝沒事、擺出一副沒關係的樣子都來不及了，哪有時間哭。正因為希望他們都能好好活著，絕對別遇到想哭的事情，久而久之，秀敬就變成了不會哭的人。但是今天……秀敬把沾了淚水的枕頭翻了個面，噙著眼淚緩緩睡去。她的醉意很晚才浮現，感覺房間內在天旋地轉。

＊

「今天沒什麼車耶。」

的確如秀敬所言，物流中心內部比昨天要來得悠閒。大家跑去哪裡了呢？已經找到一份穩定的工作了嗎？

秀敬開著車子往內部移動，看見幾名配送員為了拿到更多貨而在櫃台附近徘徊，他們在裝有尚未被分配的物品紙箱裡不停翻找著合適的貨物。宇才認為他們簡直就像在港口附近徘徊的海鷗。

車子一停好，秀敬就馬上戴上手套，然後走下車，尋找他們負責的籠車編號——「A4-168」。

宇才穿梭在塞著滿滿數十輛籠車的區域，尋找著他們要負責配送的貨物。每一件都奇重無比，拿出這件就會擋住那件，拿出那件就會擋住這件，用亂七八糟的方式胡亂堆疊。管理人員一邊巡視一邊喊：「小心手喔！各位都要小心手，不要被夾到了！」

所幸他們要送的物品就在不遠處。宇才馬上告訴秀敬，他們連忙將阻擋在前方的四輛籠車推往一邊。途中，宇才看見其他配送員正從對面拖著籠車朝他們走來，於是連忙大喊：「老闆，請等一下，讓我們先出去。」

配送員都會稱彼此是「老闆」。然而，這也僅限於男性配送員，女性配送員不僅在現場很罕見，還會被人用「不好意思」、「那個」、「小姐」等稱呼，像秀敬就非常討厭被叫「小姐」。

他們把籠車推到車子前方，宇才立刻開始掃描條碼，他用一貫的速度和姿勢迅速將那些物件掃描完畢，腰桿都沒好好打直過一次。秀敬再將宇才掃描好的物件依照公寓進行分類，果然今天也有好多貨要送到公寓，但是他們不再像昨天那樣一起行動，而是分頭進行。宇才會將貨品送達的照片傳給秀敬，這樣就能減少一半的配送時間，換言之，時薪也會變兩倍的意思。不過儘管如此，他們的時薪依然低得可憐……。宇才拋開了這樣的念頭，只專注在勤勞不懈地彎腰提貨與送貨。他正逐漸找回失去已久的勞動感與肌耐力，過去坐在電腦螢幕前緊抓躁動的心臟，以點按滑鼠來代替一切勞動，進而導致退化的那份勞動感，正在慢慢恢復中。賺錢這件事原來能如此正直，也或許就該如此正直才對。

秀敬跑向管理人員，領取派車許可的期間，一名員工悠悠哉哉地走到宇才身邊。從他身穿繡有公司標誌的背心來看，應該是正職配送人員，看上去是比宇才年紀小很多的青年。

「兩位是夫妻嗎？」

大家都對這點感到好奇。

「對啊，是夫妻。」

秀敬走回車旁，青年輪流看了宇才和秀敬一眼，說：「如果是兩人一起的話……先生可以從下面樓層往上送，太太則從上面樓層往下送，這樣就能在中間樓層相遇了，對吧？」

這位青年說得一副好像只要是夫妻，照慣例都會在送貨過程中想要見彼此一面似的。然而，當然不必如此，忙都忙死了，哪還有時間碰面。各自負責送一棟樓還比較簡單方便，但是秀敬和宇才都沒有回話。

青年接著說：「其實不必走到住戶家門口再放下包裹，只要扔在地上，讓它自己滑～到家門口就好，這樣做就可以節省很多時間。」青年說完就獨自走回一輛印有公司超大標誌的貨車上。

宇才馬上拋出疑問：「秀敬啊，那個人不用拍照嗎？他竟然叫我們把東西推到門口就走耶。」

「正職可以不用拍照，只有委外配送員才需要拍照。」

宇才重新回頭看了青年一眼，正職青年與零工的自己，兩者之間的差距似有若無。

車子出發了，坐在副駕駛座的宇才只能看見一部分的道路。沒辦法，只能這樣，因為有人訂購了一條長地毯，捲成長條狀並用塑膠袋牢牢包覆，橫放在宇才的面前，自然是看不清楚前方路況。由於今天有一組大抽屜櫃已經占滿後座，所以也別無他法。按照這樣來看，他們估算今天應該是要往返物流中心和配送地至少三趟，等於很多時間會浪費在路上，有時候運氣比較差也會碰上這種情況。

宇才把眉頭緊貼在地毯上，他強忍住老是想從嘴角竄出的笑意，要是從車外看進來應該不會發現副駕駛座上有人，因為都被物品遮擋住了。

「你還好嗎？」

秀敬語帶擔憂地問著。宇才則是故作開朗地回應：「等妳下車後記得幫我拍張照。」

「為何要拍照？」

「這種難得的畫面當然要記錄下來啊。我現在是好不容易才能探出兩隻眼睛呢。」

雖然宇才笑著回答，但是秀敬面無表情，只是靜靜看著前方專心開車。宇才礙於不方便把頭轉向秀敬，只好移動眼珠，斜眼觀察秀敬的表情。她陷入沉思，宇才也不再說話，所幸已經快要抵達配送地點，是位在物流中心附近的公寓社區。

「我們趕快送完回去吧。」

兩人一下車便開始將貨品堆放在手推車上，秀敬用手推車將宇才要幫忙配送的重物拖移至目的地附近。宇才從高樓層開始依序往下送貨，並將手機拍下的照片傳給秀敬。要是沒有聊天軟體，應該會相當不方便。宇才的手機相簿裡累積起一張張在別人家門口的照片，要是被不知情的人看到，可能還會懷疑他是不是小偷。

宇才每次看到發貨單上印有「不門」的貨品，就會自動嘆氣。所謂「不門」，就是指「不在時放門口」的縮語。站在收件人的立場，往往是出於擔心物品會遺失，或者想要盡快收到包裹而要求「不門」。但是站在像宇才這種菜鳥送貨員的立場，都已經是領羞於告人的超低時薪了，這種要求無疑是使時薪更為低廉的因素。而且每十人當中不是只有一人要求「不門」，是每十人當中至少會有三人提出這項要求。為了這些人按門鈴等待確認有沒有人在家可以簽收包裹的時間，電梯是不會等待送貨員的，只會繼續無情運轉。凡是三十層以上的高樓公寓，只要有一單要求「不門」，就會讓送貨員被來回等待的電梯綁住十分鐘，動彈不得。一項簡單的要求就會替送貨員招至如此大的不幸，然而，這樣的事實就連宇才自己在從事送貨工作前根本不曉得，他同樣也是每次都會勾選「不門」的收件人。

「我以後再也不會勾選『不門』了，絕對不會。」

「我也是。我一定會請他們直接放門口就好，不必確認家中有沒有人，趕快離開。」

兩人重返物流中心，將第二趟要配送的物品載上車。他們倆得出一項結論：只要抽掉一件大包裹，就可以節省趟次，兩趟內就能把今日負責的物品配送完畢。宇才猶豫了一會兒，抱著那件大包裹走回櫃台，所幸管理人員很爽快地答應了他們的請求，收回那件大包裹。宇才和秀敬馬上出發前往下一個配送地點，那裡是高級公寓住宅區，電梯門還是金色的，金光閃閃，瑞氣千條。正當他們四處奔波忙於送貨時，秀敬的手機突然響起，是物流中心管理人員。

——那個，剛才你們說要抽掉的那件包裹，要是現在送過去，你們有辦法幫忙配送嗎？

他們當時剛好就在那件包裹要送達的公寓社區裡。

——可以啊，但是你要怎麼把包裹送給我們？

——放心，我有方法。

掛上電話，送完剩餘包裹以後，宇才和秀敬一起在公寓大門口警衛室前等待那件大包裹。過了十分鐘左右，一輛印有宅配公司標誌的貨車出現在他們眼前，臨停在路邊。從駕駛座走下來的司機，正是當初向他們說明牛郎織女相會送貨方法的那名青年。青年臉上洋溢著陽光笑容，從貨車的車廂裡拿出大包裹，幫他們放在手推車上。

「那就麻煩兩位嘍！夫妻倆一起工作，看起來真不錯。」

青年留下一句很難讓人全然相信是稱讚的曖昧話語，便轉身離開了現場。

宇才和秀敬一起搬運這件包裹。由於紙箱體積太大，必須得宇才從前面拉手推車、秀敬從後面扶著它，才有辦法順利移動。風吹得強而猛烈，把宇才和秀敬的頭髮吹得亂七八糟。他們用一輛小推車載運著大包裹，搖搖晃晃搬移物品的模樣引來不少居民側目。宇才不免好奇，兩人究竟會被視為送貨員還是這裡的住戶。

送完大包裹以後，兩人又立刻準備出發前往下一個配送地點。宇才望著車窗外的景色好一會兒，再轉頭看向秀敬，對她說：

「我昨天開著自動交易程式出門，結果回去發現有賺錢。」

秀敬驚訝地問：「賺多少？」

「四萬韓元。」

秀敬的眼神亮了一下，隨即那道光又消失無蹤。

「那有什麼用，繼續玩也有可能賠啊。」

「所以我打算再也不玩了，那就等於有賺啊。」

如果想要贏，就要停留在贏的那一刻，那就會是永遠的勝利。然而，有哪個螞蟻願意聽話呢。

「整天只做股票交易時，連路上奔馳的車輛看起來都像圖表。但是現在看到車只會浮現一個念頭：那輛車載得下多少東西？」

秀敬笑著回應：「我也是，現代汽車的Starex看起來最厲害，應該載得了三百件包裹吧？」

宇才笑了好一陣子，又突然安靜下來。

「秀敬啊，妳都不後悔和我結婚嗎？」

秀敬沒有回答，眼睛直盯著前方繼續開車。過一會兒，她回答：「宇才啊，你會問朋友後不後悔與你做朋友嗎？」

宇才露出了一抹淺淺笑容。

比起好老公，假如被對方認可為真正的朋友，並且為此感到激動的話，這會是哪一種夫妻呢？宇才望著秀敬的笑容暗自心想，應該不管怎樣，他們都會沒事的。

＊

這天，他們難得被分配到較多地番地址物件。所謂地番地址物件，就是指要配送至非公寓型住宅的物件統稱，其實與地番這個單字的原意相距甚遠，但是在物流中心大家都這樣簡稱。雖然相較於公寓大樓有不必等待電梯的優點，但是由於配送的物件經常分布在各個區域，所以有時也會遇到難以找到正確位置的問題，需要格外留意。

宇才一拉起手煞車，就先走下車查看附近是否有取締違停的監視器。秀敬同樣巡視完路邊一輪，才大聲喊：「沒有！」如今，他們尋找監視器的眼睛已經不只是銳利的程度，而是就連不存在的監視器都能看見。「還以為是監視器呢，結果竟然是鴿子！」像這樣鬆口氣轉身離開的情形已發生過好幾回。

兩人協調好，取中間點將車子停妥，宇才負責送斜坡上方區域的物件，秀敬負責送斜坡下方區域的物件。由於坡道的斜度較大，要是冬天結冰的話，感覺會是一條非常難行駛的魔鬼道路。宇才自從開始做這份工作，就養成了會確認路面是否平整、坡道斜度多大的習慣。

秀敬先抱著東西往斜坡下方奔跑，宇才則是往反方向衝了上去。然而，有別於內心所想，事實上兩條腿卻是不聽使喚地緩慢移動，宛如在水中漫步滑行。只要連送四天貨，身體就一定會變成這種狀態，不僅像吸了水的棉花，甚至像泡過糖漿的棉花。秀敬雖然沒有表現出來，但是她的身體一定也半斤八兩。

宇才把包裹疊成三層抱在懷裡，在多戶型住宅間穿梭奔跑。張美別墅、元美別墅、成美別墅，用「美」字來命名的多戶型住宅櫛比鱗次，地面凹凹凸凸，開放式停車場裡還堆有垃圾。儘管日正當中，仍不見任何住戶的身影。一樓共用的玄關大門不是往一側傾斜，就是玻璃碎裂，住戶則以裝有泥土的鋁罐支撐底部，勉強先擋著用。宇才將一箱水果送至張美別墅四樓後走了下來，再將洗潔精送到元美別墅三樓，最後正當他準備要走進成美別墅時，突然感覺到一陣背脊發涼，宇才沒有多做理會，還是繼續跑往二樓，他要送的是一件很輕的灰色便利袋。宇才確認印有「不門」的發貨單，然後按下門鈴，隨即聽見屋內傳來幼兒嚎啕大哭的聲音，與此同時大門也被人猛力推開。宇才喊了一聲：「你好，我是宅配。」然後把東西放到玄關內。他微微抬起頭，映入眼簾的是一名只穿上衣坐在客廳地板上的幼兒。

小孩的手裡拿著湯杓，看起來像母親的女子瞥了宇才一眼，沒有多說什麼就準備要上前關門。關門前那一剎那，小孩將手裡的湯杓往大門扔了過來。砰！不鏽鋼材質的湯杓撞擊大門，發出一聲巨響，孩子再次放聲大哭，女子開始咆哮：「別哭了！拜託你別再哭了！安靜！」那是幾近嘶吼的嗓音。

宇才走下階梯，雙腿發抖，出現暈眩。他坐在位於一樓的階梯，重新調整呼吸，沒來由的不寒而慄排山倒海而來，宇才深吸了一口氣。

快下雨了。雙眼確認到雨滴之前，他先透過空氣中的氣味察覺，陰涼的氣氛和潮溼的氣味讓鼻尖和嗅覺同時感知，滴答，滴答，雨滴終於落下。宇才眼神放空地望著外頭下雨的畫面，他看的不是雨滴，而是雨滴落在地面所留下的印痕。

準備走進成美別墅的瞬間，宇才就察覺到掠過背脊的不祥預感，那是十年後走進破舊老房子的自己，走進空屋的自身背影。那裡不是他熟悉的社區，搞不好不是首爾也不一定。從小在首爾出生長大、從未離開過首爾的宇才，其實不必苦思那是位在何處的房子也能立刻知道，一定是對宇才來說超級陌生、荒涼、沒有心愛的人的地方，很適合工廠林立、飄散著惡臭味的地方。他怎麼會淪落到在那樣的地方獨自生活……。

宇才低頭看向自己的雙腿，彷彿自帶心臟似的狂跳，撲通撲通，脈搏在他的小腿和大腿肌肉上不停跳動，還在空中翻滾一圈，落在他的手臂和後頸處踩踏跳躍，然後跳到他的心臟，緊接著又跳到他的大腦，把一些通往心裡的東西分送至腦海中。因為這樣才有辦法撐下去。還是來思考看看吧，到底發生了什麼事？宇才搖搖頭，什麼事也沒發生，什麼事也沒有。

宇才揉著胸口，感覺這樣就能把原本堵塞的孔洞疏通一些。而在這段過程中，孩子的哭聲穿過了玄關大門，跳下樓梯間，對他展開攻擊。難道是在打小孩？孩子的哭聲變得淒厲，感覺已經是能震碎玻璃的程度，尖銳刺耳。要是當場衝上去叫那位媽媽住手，質問她是不是在虐待兒童，感覺會被孩子胡亂丟擲的湯杓砸個正著，於是頓時醒悟。

「宇才！」

他抬起頭，看見秀敬正朝他走來。

「你在這裡做什麼？」

宇才想要起身，卻沒能站起來。

「你累了喔？」

秀敬緩緩靠近，她身上隱約飄散著泡泡口香糖的味道。

「妳吃了什麼？」竟然在這個節骨眼宇才還是只問他好奇的問題。秀敬噗哧一笑，拿出藏在身後的東西遞給宇才。

「你最喜歡的，Tank Boy。」

「什麼時候買的？」

「我去送貨的地方恰巧是冰棒優惠專賣店，所以就順便買兩支回來嘍！」

宇才接過秀敬遞給他的Tank Boy冰棒，Tank Boy，曾經有段時期，覺得這個名字十分可笑。這個冰淇淋叫做Tank Boy耶，那我要吃這個！那是一段如此純粹的時期，沒有任何悲傷難過的時期，喜歡簡單做抉擇的自己。然而，如今卻是手握著Tank Boy，用哀傷的眼神盯著冰棒頭。

「要幫你把頭扭開嗎？」秀敬用親切的嗓音詢問。宇才因為如此溫柔的嗓音差點忍不住流淚。我的老婆為什麼對我這麼好，十年後將會變成獨居老人的預感難道只是與現實距離遙遠的幻想嗎？

「秀敬啊，Tank Boy這個名字取得有點悲傷，對吧？」

「有什麼好悲傷的？」

「不是啊……妳想想看，可見它多麼想成為Tank Boy所以才會取名為Tank Boy。」

秀敬沒有回應，只是凝視著宇才的臉。

孩子又開始哭泣，踩著拖鞋啪嗒啪嗒走下階梯的腳步聲響隨即傳來，現身於一樓的女子一見到宇才的背影，便厲聲大喊：「大叔！這個東西都破掉了啦！」

宇才回頭張望。

「我說這個有毀損！」女子氣沖沖地跑到宇才面前，一把將東西朝他扔去。

霎時間，一切都停止了。

秀敬撿起掉落在地上的物品，那是嬰幼兒專用的塑膠餐盤。

這時，樓上突然傳出框啷啷碎落一地的聲響，緊接著孩子撕心裂肺的哭聲劃破了這片寧靜。女子慌忙地踩著樓梯衝了上去。

*

雨絲變得愈來愈粗。光是這條巷子就有五件物品要配送，秀敬從包包裡拿出雨衣遞給宇才。

宇才將需要配送的兩件物品擁入懷中，然後開始拔腿狂奔。

邁出右腳再邁出左腳，跑步這件事挺簡單的嘛，早該像這樣單純地邊跑邊討生活了。人類的身體是如此容易奔跑、向前邁進的，為何精神卻如此難以辦到。

宇才走進一棟住著五戶人家的多戶型住宅，雖然正門口大門深鎖，但是後門有敞開一半左右。配送地點是位在二樓的兩戶人家，推測收件人是經常利用後門出入的租客的可能性較高。當宇才抱著物品走上階梯，經過樓梯轉角時，看見一扇半敞開的玄關門。宇才確認了一下發貨單，朝那扇門走去，然後把頭探進去喊：「你好，我是宅配。」

只見客廳裡呈現一對男女扭成一團的畫面。宇才飽受驚嚇之餘，連忙向後退了幾步。再看一眼，發現男子將女子壓制在地，一隻手正掐著她的脖子。女子的面部漲紅發紫，看起來快要爆炸，宇才下意識地衝了進去。

「你這在做什麼！」

男子馬上鬆開虎口，起身離開女子。宇才正眼都沒瞧男子的臉一眼，專注在關心女子的安危。

「妳還好嗎？」

女子緩緩坐起身，面露痛苦，表情猙獰，不斷乾嘔。男子似乎尚未平息心中怒火，用拳頭朝牆壁捶了一拳，隨即走進洗手間，砰一聲用力關上洗手間的門。

宇才把要配送的物品夾在腰間，再次詢問：「客人，還好嗎？」

「請問你是……？」

「宅配員。」

「……大叔。」女子看起來十分痛苦，上氣不接下氣，不停咳嗽。

「要我幫忙報警嗎？」

女子點點頭，但馬上又搖頭說：「……沒關係。」

女子站起身，雙手捧著水杯，站在原地一段時間。然後轉頭望向宇才，對他說：「您可以先回去了。」

「沒事嗎？」

「沒事沒事，您可以先離開了。」

宇才往洗手間方向看了一眼，將包裹放在客廳地板上便轉身準備離開。他的內心開始掀起一陣波瀾，明明被掐住脖子的是那名女子，宇才卻感覺彷彿自己被掐了脖子一樣，連手都在顫抖。他早已忘記還有貨要送到隔壁戶的事，直接走下樓梯，走出半開的鐵門，然後拖著沉重的步伐走向車子。步伐中夾帶的重力已經消失了一些，秀敬看著宇才手裡拿著的物品連忙問：

「發貨單有錯嗎？」

「不是……，只是看到了不尋常的畫面，所以忘記送就直接走出來了。」

「你看到什麼？」

「有個男的在掐女生的脖子。」

「什麼？」

秀敬衝下車，「哪裡？配送地點嗎？」

「嗯。」

「有報警嗎？」

「她叫我不要報警所以沒有。」

「誰？男的？」

「女的。」

秀敬頓時語塞，愣在原地。後來她向宇才伸出手，說：「給我吧，我去送。」

秀敬一把搶過宇才手裡的包裹，確認了配送地址，立刻快步移動。宇才緊跟在後，秀敬問：「他們是夫妻？」

「不知道。」

宇才一邊觀察秀敬的臉色一邊以小跑步的方式緊跟在後，因為秀敬正是以這樣的方式在快步行走。最終，秀敬抵達配送地址，一把推開後門，開始大步走上樓梯。秀敬砰砰砰敲著那戶人家的玄關大門。

大門被赫然推開，男子探頭出來。

秀敬查看著男子後方的動靜。而男子儘管看見秀敬手裡拿著包裹，似乎也沒察覺到她是送貨員，問：「妳誰？」

「宅配。」

客廳裡空無一人。

「你剛才有打女人吧？」

「妳誰啊？」

「你明明就有打！」

「我在問妳是誰？」

「我剛不是說了嗎，宅配送貨的！」

男子的臉瞬間漲紅，宇才在秀敬的身後挺胸站直。秀敬似乎是認為自己也應該要像過去曾經幫助過她的汽車旅館女老闆一樣，勇敢為這名女子挺身而出。宇才也不想勸阻秀敬，反而想力挺她。

「為什麼要打女人！你以為你有這樣的權利嗎？」

男子的表情瞬間垮了下來。

「妳算老幾啊？」

宇才拉住秀敬的手臂，現在輪到他出場了。不過還是要盡可能好好溝通，因為還有五十一件包裹尚未配送完畢。

「我們是送貨員。」

「什麼？兩個都是？」

宇才趁男子的表情尚未浮現嘲笑前連忙接話，而他不自覺脫口而出的內容竟是：

「是，我們兩個都是送貨的，不過也有在負責這個社區的治安維護。」

「什麼？」

「所以要是送貨到有犯罪之虞的地方，也會順便進行巡視勘查。」

雖然宇才內心對於自己現在正脫口而出的鬼話感到驚愕不已，但還是強作鎮定，繼續說下去。他的大腦宛如性能優異的電腦，運轉快速並且透過嘴巴如實傳遞所想內容。

「送貨員的任務當中本來就有一項是：執行任務途中倘若親眼目睹犯罪現場，則須立即報警處理。要是我們不報警還會被公司處罰喔！」

男子一臉狐疑，秀敬同樣一臉不可置信。宇才沒有轉頭看向秀敬，自顧自地繼續說：

「你沒聽過好撒馬利亞人法[7]嗎？道德課的時候應該有學過才對，那就是包含在我們的任務裡，所以你不可以再對那名女子動手，明白嗎？我們無法選擇袖手旁觀、見死不救，也會每天來這一帶送貨，這樣了解嗎？」

男子從半信半疑，突然轉變為極度懷疑，秀敬也逐漸變成類似的表情。宇才這時從腰包掏出了便利貼和原子筆，然後作勢在抄寫這戶人家的門牌住址，並問秀敬：

「大概過五分鐘了吧？下午……三點二十八分，二〇一號，目睹一名男子掐住女人的脖子……」

男子這下已經徹底不再相信宇才。正當男子明顯流露出充滿攻擊性的表情時，秀敬突然回頭查看，他們公司的貨車正好停到了樓下大門口前，隨即，送貨司機走下車，秀敬連忙將他喊住。

「司機大哥！」

司機仰頭查看。

「這邊這位先生在打女人，像這種情形我們不能選擇視而不見吧？這是我們公司的方針啊，對吧？」

送貨司機一臉茫然地看著秀敬。宇才這下才發覺，原來這名司機正是在物流中心主動向他們搭話的那名青年。

青年問：「他又打人了喔？」

青年的嗓音充滿確信，彷彿早已熟悉此事。

三名送貨員同時狠狠瞪向「又打人的男子」。於是男子的表情逐漸轉變，嘴裡還念念有詞，把髒話說得像是在喃喃自語，然後走回屋內，砰一聲用力關上大門。

宇才走下樓梯，直到這時他才發現，原來自己的雙腿在瑟瑟發抖。然而，不是因為像在成美別墅時那樣自尊感連根動搖，而是對於自己竟然有勇氣泰然自若地說著超級胡扯的謊言，並以這種方式試圖制止恐怖情人或家暴分子的惡行，他對於這樣的自己感到驚訝無比。

青年看著從後門走出來的兩人，用略帶為難的表情主動向他們搭話。

「要是客人來投訴就麻煩了，所以還是適可而止比較好。」

宇才和秀敬互看，難道就不該挺身而出？宇才反而對於自己能夠找出遺忘已久的好撒馬利亞人法深感佩服，也對於有勇氣當面嗆聲男子的秀敬感到詫異。然而，現在的當務之急是把剩餘包裹精準快速送達，正因為他們心知肚明，所以才互看了彼此一眼。有那替人打抱不平、插

7 在美國和加拿大是給對傷者、病人的自願救助者免責的法律。

手人家家務事的時間，倒不如多送一件貨，難道想餓死嗎？不過幹得好的事情，還是得承認的確幹得好。

宇才和秀敬一起重返車內，兩人的腳步都變得輕盈許多。

不知不覺間，雨也已經停了。

*

「十年後，這個世界會變成什麼模樣呢？」

宇才替秀敬斟滿燒酒以後拋出了這個問題。他們面對而坐，中間隔著在烤盤上滋滋作響的豬皮。

「可能會出現宅配無人機或無人配送車吧。」

宇才搖搖頭，「應該不會。妳想想看，假設宅配無人機或無人配送車導致人命事故好了，那麼公司就要付起全責。但是如果雇用我們這種零工（gig），提供獨立簽約者的地位叫我們做事，反而更可以節省成本。因為就能把事故處理的責任統統丟給我們。」

秀敬苦笑，「對欸，這樣算起來雇用我們還比較划算。」

宇才雖然還想要繼續探索宅配的世界，但如今已經是該重回代駕世界的時候。他最近每天都只睡三～四小時，但卻樂此不疲。宇才說：「要是向他們要求零工也適用勞基法的話會怎麼樣？」

「應該沒有人會理你吧。很多人連gig是什麼都不曉得，不如說是平台勞工還更簡單。」

「也有很多人不曉得什麼是平台勞工。」

宇才再度替秀敬斟滿燒酒，這是兩人久違的小酌。沒有岳父、岳母、姪兒們，只有夫妻兩人的難得約會。然而，宇才並沒有打算以後也要多製造這種機會，因為要是經常這樣，當天辛苦賺來的錢就會被統統喝光，也無法出勤替客人代駕。宇才舉杯喝下汽水，秀敬兩眼注視著豬皮，開口說道。

「以前啊……我住的地方是重劃區。因為那裡的房子都太老舊，看起來一點都不像是人住的地方，所以就算要出租也往往租不出去，滿多間算命館都開在那裡。有一天，那些住家中的一戶人家敞開著門，門口掛著粉紅色的簾子，地上則是堆積如山的鞋子，有高跟鞋、拖鞋，還有孩子們大大小小的運動鞋。我偷瞄了屋內一眼，其實不用看也知道，因為烤五花肉的氣味撲鼻而來。果不其然，裡面有一家人圍著飯桌在用餐，吃著烤五花肉。我看到那個畫面時有點受到衝擊。」

「為什麼？」

「因為那是間非常破舊不堪的房子，外牆已經有多道裂痕，周遭還有滿地垃圾和狗屎。我當時沒想到那些人竟然有錢買肉吃。不對，應該說，我從來沒想過一家人吃著烤肉的光景會在那戶人家的家中出現。畢竟他們簡直就是貧窮人家的象徵，應該要上演窮困潦倒的生活風景才對，但是我的幻想竟然破滅了。我後來才覺得，說不定那戶人家也和我們家一樣，是一週吃得起一、兩次烤肉的家庭；可能夫妻都在上班，孩子們都有上學，能把一天規劃得滿好的那種家庭。於是當時我就對貧窮設立了的新標準——只要想吃肉的時候吃得起肉，那就不叫窮。」

「我們現在就在吃肉欸，所以表示我們不窮嘍？」

秀敬用莞爾代替了回答。

*

宇才用生雞蛋在下巴上輕輕打轉。

他的下巴因為撞到醉客的頭頂而出現一大片瘀血。醉客並非故意要撞他，只是嘔吐完後抬起頭而已，站在身後的宇才也正打算幫客人拍背，導致兩人不慎撞個正著。宇才當下立刻感受到一股電流般的痛感從下巴直衝腦門。他以為自己的下巴碎了，要是不幸咬到舌頭，感覺舌頭真的會被應聲截斷。醉客早已醉得不省人事，也完全沒有意識到自己做了什麼事情，他看見宇才用雙手摀著臉蹲坐在地，甚至驚訝地問：「大叔，你在哭嗎？為什麼哭啊？」後來連他也跟著一起痛哭。他看宇才一直用手遮臉難以起身的樣子，連忙安慰：「大叔，別再哭了，你這樣害我也好想哭，我也要一起。」然後就蹲坐在自己的嘔吐物旁開始抱頭痛哭。一身西裝筆挺還打著領帶的男子，就這樣在路邊嚎啕大哭了起來。宇才聽聞他的哭聲不禁愣住，疼痛也稍作緩和。後來確認自己的下巴骨頭應該沒事，就暗自下定決心，以後一定要把醉客的頭骨比石頭還硬這件事牢記於心。他竟然連這都不知道，還經常熱心幫嘔吐中的醉客拍打背部。

宇才姿勢端正地仰躺著，開始思考起沒有出門工作的自己。昨天幫忙代駕的路程不遠，但是因為路上實在太塞車，所以沒多少賺頭，不過要是連這個案子都沒接的話，就等於得空手而歸，所以苦思過後才決定接下。結果沒想到整趟路程醉客一直不斷對宇才飆罵髒話，從上車就開始嘴裡念念有詞，有點像在喃喃自語，直到下車都沒有停止謾罵。由於宇才不確定對方是否在罵他，所以只能按兵不動，安安靜靜地專心開車。「安安靜靜」是自從他從事這份工作之後最常在腦海中浮現的詞。不論客人說什麼都選擇安安靜靜地開車，直到客人付錢為止都選擇安安靜靜地等待，要是催促客人的話很可能會慘遭痛毆。過去宇才還曾遇過突然伸手胡亂撥弄他頭髮的客人，對待宇才的態度簡直像極了學校主任在對待學生。「你這小子！你都沒做錯什麼事嗎？你給我過來，過來！這是什麼，你可以這樣嗎？代理司機可以這樣的嗎？」男子開始不斷找宇才的麻煩，一下說他穿著老土，一下又說他身體很臭，不然就是說他都聽不懂人話。然而，因為對方沒有動手打他，所以宇才選擇隱忍，默默開車。直到對方付錢為止都安安靜靜地等待，最後對方也付了錢，並在下車準備關上車門的那一刻向宇才說了一聲「辛苦了」。那時宇才才發現，原來這臭小子一點也沒醉。

辛苦了。

這句話究竟是針對什麼事情的辛勞而表達的慰問呢？難道是針對儘管被罵也默默忍耐的辛勞嗎？還是針對安全將他送抵家中的辛勞？宇才沒想到原來自己是如此有耐心的人。

從人身上獲得的壓力往往是最大的，宇才失蹤的哥哥周才總是把這句話掛在嘴邊。過去的宇才聽聞這句話還不太能感同身受，但是自從從事代駕以後，他終於領悟到這句話的真諦。而且從人身上獲得的壓力不僅是所有壓力當中最大的，甚至會奪走一個人的人生意欲。宇才思考著，難道要繼續過這種生活？這是他最近常有的念頭，還曾因為懷疑自己是否罹患憂鬱症，而背著秀敬私底下去找醫生。醫生當時一口斷定他罹患了憂鬱症，不知為何表情看起來甚至略帶欣喜，醫生告訴宇才雖然還要再多進行幾項檢查，但從現有的種種跡象看來，應該八九不離十。醫生後來聽完宇才的描述，勸他「記得不要去高處，也不要去漢江大橋。」然後就幫他開了幾包藥。宇才後來直接把那整包藥丟掉，他對於醫生一口斷定自己罹患憂鬱症的舉動感到懷疑，明明才聊二十分鐘，怎麼可能就知道我是不是有憂鬱症。黃寶碩過去也曾因為憂鬱症而接受治療，所以宇才深知那種診斷不是如此快速就能夠下定論的，並不能因為有感受到自殺衝動而直接斷定為憂鬱症，這可不行。宇才心想，每個人都一定曾經歷過這樣的時期，就如同得流感生病一段時間一樣。這時只要站在高處往下看、站在漢江大橋上看著江水，就會感受到想一躍而下的衝動，感覺只要縱身一躍，就能毫無痛苦地死去。然而，從未經歷過這種感受的人，其人生究竟是什麼呢？成功的人生？宇才雖然懷疑是否真有這樣的人生，但他也曉得這種人一定存在於世界上的某處，而且絕對不可能和宇才聊得來。一定會看不慣彼此、不信任彼此、瞧不起彼此，對方會這樣看待宇才的根據是明確的，但是宇才會這樣看待對方的根據較為渾沌，偏向於根據某種感覺或預感。比方說，宇才可能會心想，那個傢伙一定要跌倒一次才會知道、一定要摔斷過鼻梁才能成人，近似於這種念頭的毫無根據的信念。在酒過三巡後把方向盤交給宇才的男子當中，有些還自以為是屬於那種檔次的人，毫不避諱地問宇才：「你一天賺多少？」「為什麼要做這種工作？」肆意妄為地貶低宇才的工作。明知道自己的家也不是多麼豪華的地方——畢竟需要幫他把車子停進停車場，所以不可能不曉得——但卻盡情地用言語踐踏宇才。宇才在心中暗自嘲笑對方根本不懂現代人的職業生活趨勢，也就是靠著平台勞動來賺取額外收入。宇才相信，現在一定有很多人是這樣默默討生活的，因為這種工作很容易成癮，一旦開始就很難戒斷。只要打開手機應用程式，有人呼叫你，就能夠賺錢；只要打開手機應用程式，支援額外的配送，就可以賺到錢，所以自然更難不去做這些工作。

宇才決定不要太厭惡自己。雖然老是會發生一些被人討厭的事情，但要是連自己也不喜歡自己，就自然而然會想要去高處、去漢江大橋往下俯瞰，就是如此簡單的因果關係。人類不會沒來由的產生某種感受或付諸行動。

「我上次去打的那份工，天花板拆除……」

「如何？」秀敬將視線離開手機。

「感覺無法再和那位老闆一起工作了。」

宇才把事情的來龍去脈告訴秀敬。那是一項要拆除上百坪地下室天花板的工作，宇才一味聽信雇主——拆除業者老闆的說法，老闆說只要統統拆除乾淨即可，所以他就照做，天真地以為真的只要全部拆除乾淨就好，沒想到原來火災偵測器是不能拆除的。不過好險雇主還是個善良的人，仍有支付給他那天的薪水。但是原本預定好為期兩天的拆除作業最終變成了一天，叫宇才隔天不用再來了、不妨找找看其他工作，說他這麼不會看眼色、搞不清楚狀況，不太適合從事拆除工作。宇才感到羞愧，心想要是連這裡的飯碗都保不住，自己還能做什麼，並且對於看不懂眼色的自己感到生氣。

「秀敬啊，我就真的這麼白目嗎？」

秀敬竟然沒有否認，反而開始仔細回想，答了一句：「有時候。」宇才聽明白了秀敬的意思，原來是經常如此。

「那妳為什麼還會和我結婚？」

秀敬停頓片刻，回答：「當時是覺得挺可愛的。」

「那現在呢？」

秀敬將頭撇了過去，以此作為答覆。

「現在一點都不可愛了，對吧？」

「早就已經過了可愛的年紀了吧。要是現在還可愛那就是犯罪了。」

秀敬說完便假裝入睡，這是每當她不想再和宇才對話時的一貫伎倆。宇才很想搖晃秀敬的肩膀，追問她那自己現在到底該怎麼辦才好，但是他早已心裡有數，還能怎麼辦，繼續做自己能做的工作嘍！

宇才將棉被拉到胸上，再將生雞蛋放在枕頭邊。吸取所有瘀血的蛋黃真的會變成紫色嗎？印象中似乎也曾聽說這方法完全沒效，但是只要將手中的雞蛋放下，就會馬上忐忑不安。宇才重新拿起了雞蛋，繼續在下巴上滾動打轉。踩著疼痛而過的雞蛋，其沉重又冰冷的分量感從下巴蔓延至整張臉。等到明天瘀血範圍會變得更大，也會變成更駭人的顏色，每當用那樣的臉照鏡子時，宇才一定會想起那位說著「我也要一起哭」然後嚎啕大哭的男子，並且考慮自己要不要也嘗試看看。我也要一起哭，我也好想哭。

「宇才啊。」

「嗯。」

「別想了，睡吧。」

「……嗯。」

宇才將雞蛋放下，然後「安安靜靜」地闔上了眼睛。

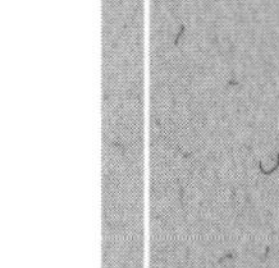

第　三　章

chapter 3

恩芝

今日收入總計十五萬韓元。

關閉聊天視窗後才意識到全身痠痛。每次都是這樣，過程中都不會感到緊張，結束後就會到處痛。因為難以預測對方會做出什麼樣的反應，有時儘管沒有實際碰到面，也會像被施暴過一樣渾身不適，這時就會吞一粒泰諾止痛藥。她的藥桶裡總是備有女性專用的泰諾止痛藥，這是那個女人每次生理痛都會吃的藥，對恩芝來說也很管用。

已經很久沒稱那個女人為媽媽了。在那之後變得比較能活下去，只要一想到自己沒有媽媽，就會感覺突然成為大人，為了活下去也必須得要快點長大。其實當個大人也沒什麼難的，只要懂得賺錢、保護自己不就是大人嗎？這些恩芝都已經辦得到了。

在TeenChat裡認識的男生送了禮券和兌換券過來。當然，依照不同照片金額也不同，還曾應對方要求將自己的照片傳給對方。有時會覺得竣厚對這一切應該知情，應該不是因為不愛了所以放任恩芝這麼做，而是將TeenChat視為恩芝的工作所以不打算干涉。恩芝對竣厚一點也不感到抱歉，因為她對在TeenChat上面認識的男生絲毫不感興趣。

恩芝總是嘲笑那些會傳一些永遠愛妳的訊息的男生。他們比恩芝年紀大很多，出價時似乎會精算到底要出多少才合理——身體不舒服沒有人照顧，要是能來一趟就願意給妳十萬韓元；我們家的狗正在餓肚子，但是我因為工作離不開，要是能幫忙去我家一趟就付妳七萬韓元；我有個妹妹，她好想見妳，她也和妳一樣夢想當歌手，要不要和她見個面，要是來我們家就支付妳車馬費五萬韓元，也會買好吃的請妳吃。

恩芝從未相信過這些人一貫的伎倆。不過某次把自己想當歌手的事告訴了一名有妹妹的男生卻是一大失誤。因為對方對於恩芝的日常更感好奇，反而沒有向她索取照片，於是恩芝不小心說出自己平時喜歡去投幣式KTV唱歌，以及有朝一日打算參加選秀節目的事情，在那之後她才發現絕對不能販售照片給這名男子。感覺其他男生不太可能會來看什麼選秀節目，應該只會成天抓著TeenChat不放，忙著和女國中生聊天。

恩芝朝秀敬嬸嬸家走去，現在就連恩芝也直接稱秀敬為嬸嬸。要是嬸嬸家裡有空房間該有多好。然而，在那狹小的屋子裡已經住了六個人，永遠都顯得擁擠不堪，永遠都顯得貧窮寒酸。嬸嬸自從在公司遇到怪人以後，就幾乎足不出戶。

恩芝一樣知曉那起事件，是竣厚告訴她的。男子主張自己只是基於想幫助難以熟睡的嬸嬸，而將摻有安眠藥的飲料遞給她。恩芝閱讀該則新聞報導時，氣到忍不住飆罵髒話：「幹，明明任誰看都知道是在鬼扯。」當恩芝讀到「喝完飲料之後便睡著」這句話時，指尖更是瞬間僵硬，她不敢相信如此嚴重的事情竟是以簡短又平淡的語句輕描淡寫帶過。她連忙將新聞視窗關閉，至今都未再閱讀過那則新聞。後來根據竣厚的轉述才得知，那個傢伙被判處易科罰金，所以只好去痛打他一頓。關於和解金的事情，則是隔了很久之後他才告訴恩芝，「我對嬸嬸感到很對不起。」竣厚是很難說出對不起的人，所以當他這麼說時，看得出來是發自內心感到抱歉的。

兩人單獨在一起時，恩芝不會稱呼竣厚為「歐爸[8]」，總覺得「歐爸」這個稱呼有點噁心。說不定是因為工作的緣故，畢竟在TeenChat上「歐爸」這個稱呼具有工作上的用途，只要對方提出要求，恩芝甚至還曾以「主人」稱呼過對方。今天光是在白天，就有一名男子要恩芝用「主人」稱呼他——那個該死的神經病。

聊天室裡除了恩芝還有另外兩名女孩，她們的照片看起來都像女國中生。男子直接命令大家要喊他為主人，於是那兩名女孩就開始爭先恐後地不斷喊著：「主人！」「主人！」男子變得傲慢無禮，彷彿自己真的成了主人似的，講話也開始變得肆無忌憚。

8　韓國情侶間女生對男生的親密稱呼，並非真正因年齡或輩分而稱呼的「哥哥」。

——吵死了。等我叫妳們喊的時候再喊，現在先給我安靜！

把我們邀請進聊天室，結果又叫我們安靜，到底是哪裡來的瘋子。恩芝保持沉默，其他女孩也乖乖照做。

——來，現在開始每個人輪流喊，妳們就說：「主人～我會按照您的話去做。」

那兩名女孩接連喊：「主人～我會按照您的話去做。」然後輪到恩芝的時候，她也照做。還真他媽狗娘養的。

該名男子當了一個小時的主人，盡情戲弄著這些稱他為主人的女僕們，最後還胡攪蠻纏地要求私下約見面。但是當其他女孩問要在哪裡碰面時，他的態度又突然出現大轉彎。

——我見妳幹什麼呢ㄎㄎㄎ

女孩似乎頗為尷尬，默不作聲。男子沒有理會那兩名女孩，似乎本來就打算為了惡整人而開設聊天室。恩芝從那時起就變得沉默寡言，於是男子開始對恩芝百般刁難，一下說恩芝不理他，一下又說她根本沒把他當主人，展開一連串的言語攻擊。恩芝這時仍選擇沉默不語。後來男子和另外兩名女孩聊了好長一段時間以後，便叫她們退出，聊天室只剩下他和恩芝兩個人，他問恩芝。

——妳是不是新手啊？

——嗯。（我看起來像嗎？）

——為什麼要做這個？

——因為沒有爸媽。（簡單又俗套的謊言一）

——那妳現在住哪裡？

——住在認識的姊姊家裡。（簡單又俗套的謊言二）

——妳應該是個乖女孩，奉勸妳別做這個了。我是擔心妳所以才會這麼說，要是在這裡亂傳照片，之後很容易被人威脅喔！

恩芝沒有回答，假如真的發生那種事，竣厚也會幫忙處理。

——要和我見個面嗎？我不是怪人喔！

——不要，主人。（瘋子）

男子用「ㄎ」刷滿整個聊天視窗，恩芝則選擇靜靜等待。男子開始瘋狂傳送優惠券。所以像這種事說不定竣厚早就都知道了。

恩芝雖然有時會很生氣自己怎麼只有十五歲，不過另一方面也覺得自己能夠這麼年輕就遇見竣厚簡直宛如奇蹟，說不定真的能和他走一輩子。大人聽了可能會笑出來，或者等著看長大之後還會不會在一起。但是恩芝反而想用同樣的話回擊，等著看我們之後會不會分手吧。

TeenChat傳來了訊息通知。恩芝一秒轉換表情，立刻登入TeenChat，等長大要進公司上班時的表情應該也會是如此吧。

——我是妳的主人，和我見個面吧。

她刪除訊息，緊接著又收到一封。

——妳是讀明華女中的吧？

儘管抵達嬸嬸家，她也像魂不守舍似的兩眼發愣。秀敬拿了一個甜甜圈給她，順便問了幾句話，她卻都沒有認真搭理。她完全沒碰甜甜圈，從頭到尾只是一直低頭注視著手機，她能做的也僅此而已。

「恩芝啊，妳發生了什麼事嗎？」

「還好。」

由於她忙著確認TeenChat上面的訊息，所以無暇思考嬸嬸問的問題，只能草草回答。那名男子已經開始挖掘恩芝的日常，一週前做了什麼事，一個月前做了什麼事，甚至就連恩芝有男朋友也都瞭若指掌。他究竟是怎麼得知這些事的。

「最近不常用Instagram了喔？」她聽了嬸嬸這麼一問才恍然大悟。連忙登入Instagram查看，發現一週前、一個月前上傳的日常照片底下有竣厚的留言，任何人都能輕易窺探恩芝的日常，包括「明華女中校花」的主題標籤也都在上面。

學校附近有一間頗具知名度的經紀公司。有些同學會在放學的路上被星探發掘，邀約試鏡，或者透過設有「明華女中校花」這種主題標籤的社群網站刊登照來通知試鏡。恩芝純粹只是基於這項理由而將帳號設定為公開，卻萬萬沒想到會在TeenChat上遇到這種人。

男子繼續傳訊息來騷擾。甚至揚言要是一直避不見面就要去校門口堵她，要把她在做的事情公諸於世，告訴學校、家人、男友。恩芝看著最後一封訊息，陷入沉思。

當你告訴竣厚的那一瞬間，你就死定了。

男子會被竣厚打死是肯定的事情，但問題不在於此，而是假如竣厚提出分手的話該如何是好。雖然恩芝認為竣厚一定早已知道這一切卻選擇睜一隻眼閉一隻眼，但要是他認為這件事情已經越線了的話怎麼辦。就算男子沒有出現在校門口，也能夠透過網路社團或社群平台輕鬆散播恩芝在做的事，包括恩芝的長相、姓名、地址、聯絡方式都會被公開，竣厚可能就不會想要再和恩芝交往也不一定。被以這種方式公開隱私和跟對方碰面後不幸慘遭毒打，兩者的衝擊程度是相同的。

嬸嬸，我該怎麼辦才好。

恩芝只有暗自在心中詢問，現在就連秀敬也一起發愣。屋內一片寧靜，今天大叔代替嬸嬸出門去送貨；兩個老人家則跑去他們平時常去的藥局，位於鐘路那裡；志厚去朋友家玩；竣厚應該也是去找朋友了。一股恐懼感油然而生，恩芝總覺得男子隨時會跑來用力敲打嬸嬸家的玄關大門，喊著要她快點出來。

沒想到會是這種程度⋯⋯。

恩芝並不是從沒想過會遭人威脅、將其隱私統統公布出來，畢竟在TeenChat上都把自己的照片賣給那些陌生男子了，心裡不可能沒有底。不只是恩芝，包括其他在做同樣事情的朋友們也都有這樣的心理準備。然而，不是「擔心」而是「決心」，就算發生任何事情也都會選擇咬牙苦撐的那種暗自下定的決心存在於我們之間，只不過現在已經不再是「我們」而是恩芝獨自一人。感覺嬸嬸、竣厚以及不再被恩芝稱作媽媽的女子也是，都比平時離她還要遙遠，背對恩芝而站。

男子叫恩芝要以指定的穿著打扮獨自前往約定場所，校服迷你短裙配紅色帽子，還要穿膝上襪。恩芝目不轉睛地盯著男子傳來的訊息，這傢伙究竟是怎麼知道膝上襪這種單字的，難道已經不是第一次幹這種事？恩芝沒能將最後一封訊息刪除，因為擔心自己記不住他要求的穿著打扮。

該不會打算赴約吧。

恩芝問自己，但是她沒有回答。

沒辦法了，只能把這件事情告訴竣厚。

＊

男子目不轉睛地看著恩芝，恩芝戴了一頂紅色帽子，也穿了膝上襪。男子不發一語，只擺動了頭部示意要恩芝跟著他走。

兩人一起通過商家林立的街道，再轉進小巷。這段期間男子一句話也沒說，只有偶爾回頭確認恩芝有沒有跟上。恩芝則是努力讓自己不要回頭確認竣厚和他的朋友們有沒有跟上。

兩人來到一棟住宅大樓的共用玄關，男子按完密碼後率先走上樓梯。恩芝撇眼瞧見了密碼，連忙傳訊息給竣厚。男子爬了好久的階梯，直到爬上四樓才停下腳步，迅速按下門鎖密碼，就連要遮一下的動作都沒有。然而，由於他一解鎖就馬上回頭看了恩芝一眼，導致恩芝沒來得及傳這扇大門的密碼給竣厚。恩芝深呼吸，走進室內。男子砰一聲關上大門。

客廳一片凌亂，吃完的便利商店便當盒、杯麵碗、空的礦泉水瓶、零食包裝袋……和骯髒的棉被混雜在一起，亂七八糟的。恩芝環顧四周，選擇坐在沙發椅上。男子走進廚房，拿了一罐鋁箔包的柳橙汁遞給恩芝。恩芝乖乖接過飲料，但沒有拆開來喝。

「妳還真的來了欸。」

男子坐在餐椅上，再度盯著恩芝看。

「是你叫我來的啊。」

「要叫主人才對吧。從現在起每一句話的最後都要加上主人。」

「好的……主人。」

恩芝乖乖照做後，她望向客廳窗外的灰濛濛天空。緊接著，她聽見了爬上樓梯的腳步聲。不久後，腳步聲戛然停止。與此同時，恩芝也問男子：「你怎麼會敢約我出來呢？」

「什麼？」

「膽敢叫我出來。」

恩芝衝向玄關，打開大門。正當男子慌忙從椅子上準備起身時，竣厚和他的朋友們直闖屋內。

恩芝全身激烈顫抖，這種事情不是任何人都能做的，真的不是任何人都能做。竟敢把平日會販售照片給陌生男子的女國中生直接叫出來，肆意猜測這種女國中生是以什麼樣的心態做這種事，這就是你的失誤啦蠢蛋！狗娘養的傢伙。你可能以為我是想要輕鬆賺錢吧，因為你是大人所以才會用那種思維來看事情。我現在就把真相告訴你，給我仔細聽好了，我可是抱持著決心做這件事情的，決心！要是出了什麼差錯我就把你們統統宰了然後去坐牢，這種決心。監獄！決心！監獄！決心！恩芝發狠咆哮，踹了男子一腳，接著又繼續出腳踹向男子的腰間和腹部。她氣喘吁吁，竣厚從身後一把將恩芝環抱住，將她帶往客廳，竣厚的朋友們隨即上前包圍住男子。竣厚將恩芝被汗水浸溼的瀏海撥向後方，並對她說：「好了，接下來的事情交給我就好。」

恩芝坐在沙發上，雙手握拳，強忍著眼淚。不是因為傷心難過，而是因為實在太氣、氣自己被當成是好欺負的軟柿子，所以才會想哭。只因為我在TeenChat上販售照片、年紀小，就對我這樣肆意妄為。恩芝脫下膝上襪，朝地板猛力扔去。竣厚連忙撿起，放入口袋。

我不會因為這種鳥事而就此善罷甘休。以後不論發生什麼事，都不會比現在更糟了。Instagram也繼續維持全部公開，說不定哪天真的會收到經紀公司的聯絡，「#明華女中校花」的主題標籤也會繼續放著，反正就算有人來找麻煩說我不配當校花，竣厚也會幫我毒打他一頓。

大約何時能離開這裡呢？恩芝有時不免想像，十年後依然生活在TeenChat裡的自己。明明早已不是十幾歲的人了，卻因為在TeenChat待太久而無法轉移陣地（其他應用程式）的二十五歲李恩芝。

＊

TeenChat本來是以地區為基礎，為了鼓勵青少年聚會而開發出來的應用程式。可以在裡面分享新開幕的讀書咖啡廳或補習班相關資訊，也可以販售自己不用的睫毛膏或沒用完的BB霜、撿到的籃球或偷來的腳踏車，抑或是以物易物交換尺寸不合的運動鞋等，進行這些交流的地方。然而，現在的TeenChat已經不只有十幾歲的人在玩，說不定裡面的使用者當中大人占更多，一些紅了眼想要勾引未成年少女的男人。

恩芝站在斑馬線前停下了腳步。每次站在這個位子看到的眼前那面招牌，都會令她感到匪夷所思，怎麼能如此毫不避諱地掛在那裡——充氣娃娃兩萬韓元。恩芝不曉得究竟該對知道充氣娃娃是什麼的自己感到可悲，還是要對將那種招牌明目張膽地高掛在大馬路旁、設計成明顯可見的巨型看板的大人感到可悲。

恩芝等著行人穿越號誌燈轉綠，每當周遭出現其他站在斑馬線上的男子時，她都會觀察他們是否會注意看充氣娃娃招牌。潛在型客戶、暫時型蠢蛋，恩芝發現自己正在笑著看他們，為什麼要笑？我在笑什麼？有什麼好笑的？明明沒有人回答，她卻不停追問。今天頭痛症狀尤其嚴重，她從包包拿出泰諾止痛藥打算靠口水嚥下，不過因為口乾舌燥，所以藥丸直接黏在舌頭上。看來是很難嚥下去了，只能如實感受著這股苦味，等待頭痛症狀逐漸趨緩。過程中，站在一旁的男子突然移動身體，恩芝則是用驚恐萬分的表情回頭望向男子，明明對方也沒做出多麼令人驚訝的舉動，恩芝卻表現得十分驚慌，又不是往她的方向靠近了一點就等於一定會有所接觸。

自從沉迷於TeenChat，在裡面接收到千奇百怪的要求之後，恩芝就開始發現老是會在現實世界裡踉蹌的自己。就好比現在有人無預警地靠近時，她都會出現驚嚇過度的反應，有時甚至還會雙手發抖。在學校裡也是，看到科學課的老師在注意自己的長相時，她就會不免懷疑難道是在TeenChat上曾遇過？整天只想著這個問題。或許真有遇過，但不是的可能性更大；然而在TeenChat的世界裡，是的可能性反而更大。恩芝逐漸感受不到需要區分TeenChat和現實的必要性。

其實嚴格說來都是同一人，把一個人分成這裡和那裡而已，區分開來有意義嗎？要是整合成一個世界，說不定就只是比較早邁入社會而已。也不是在做多麼特別的事情，但是為什麼老是容易受到驚嚇，被那些偷瞄我的男人搞得心神不寧，然後當這種感受到達極限的時候，還要在沒有開水的情況下把泰諾止痛藥咀嚼吞下？要是對竣厚說這些他也只會抱住我，朋友的話一定只是左耳進右耳出，所以不想對他們說。雖然恩芝腦海也有浮現嬸嬸的臉，但是怎麼可能對她說這些，我在她眼裡還只是個孩子。

恩芝曾在TeenChat遇過一名上班族，他說他光是看到「女國中生」這個詞就會感到興奮。

所以是想怎樣啦，幹。你算老幾看到我會興奮，幹什麼看著我們興奮？

恩芝看著走在前方身穿制服的女學生，暗自在心中盤問：「妳也有在用TeenChat嗎？」使用TeenChat的女學生當中，究竟有多少人在做這種事呢？竣厚為什麼沒有勸阻我，朋友們為什麼認為我很吃得開？是因為我賣出很多照片的關係？那為什麼都沒有人對於我向那些光聽到女國中生這個詞就會感到興奮的男生公開長相而感到擔憂？

也許正是因為這種理由，所以才會有股想對嬸嬸訴說一切的衝動。因為嬸嬸一定會擔心我，說不定還會用力拍我的背，直接搶走我的手機，抑或是當場把我的TeenChat刪除，然後開始說服我不能靠這種方式維生。但要是對她說：「嬸嬸，可是我非常需要錢。我沒有錢，妳能給我錢嗎？」嬸嬸又會露出什麼樣的表情呢？嬸嬸也很窮，她的老公也很窮，她的父母都很窮，那她還有辦法給我錢嗎？恩芝啊，我們雖然都很窮，但有些事情還是不能做啊。一點也不具說服力的勸說，毫無根據，明確的根據，不能做這種事情的根據。只因為還未成年？少來，開發出TeenChat的大人一定也知道，一旦容許大人註冊登入的話會發生什麼事。我至少還有十五歲，TeenChat裡多的是連初經都還沒來的小女孩。

恩芝在家門前又停下了腳步。破舊的多戶型住宅，每一戶人家的玄關大門都擺著塞到爆出來的垃圾袋，樓梯間也瀰漫著菸味。身穿睡衣遊手好閒的成年男性偶爾會在大白天出沒，說不定還會對十歲大的小女孩說要給她看看家裡生病的貓。而去過的女孩們將來又會帶著什麼樣的想法過日子？

恩芝下定決心，總有一天就算和竣厚結婚也絕對不生小孩，過著兩人生活就好。然而，其實不必這樣下定決心，恩芝的腦海裡也一直都只有她和竣厚兩人的畫面。比起強調這是個不適合生育小孩的世界的嬸嬸，恩芝自己更有這樣的感觸——畢竟我在這世上生活過，以女國中生的身分在這有TeenChat的時代裡生活過。

儘管時間流逝，孩子們依然會沉迷於改頭換面的其他TeenChat，然後再用那個軟體來說：「妳看，大人都在上面賺錢啊，少對我說教！」恩芝蹲坐在玄關大門前，她的淚腺乾澀、頭痛，全身也熱得發燙。她為了打電話給竣厚而掏出手機，結果發現原來TeenChat有訊息通知。又想要什麼？恩芝明知一定是那些老掉牙的訊息，盡是些裝模作樣的偽善傢伙，卻還是點開來確認。

她站起身拍了拍裙襬，走進家中。她照著洗手台上的鏡子，暈開的睫毛膏讓整個眼睛周圍看起來簡直像一場悲劇。這種時候自然會想要唱歌，她先是輕聲哼唱，再逐漸轉為忘情高歌。恩芝在客廳裡邊跑邊唱。

「安靜啦！」隔壁住戶的男子一邊敲打牆壁一邊吶喊。

恩芝對著牆壁不斷猛踹，繼續自顧自地歡唱。

*

「嬸嬸十幾歲的時候過得怎麼樣呢？」

「嗯……我第一個想到的是H.O.T.，不過當時我是水晶男孩的粉絲。」

「那學校生活過得如何？」

「這讓我想起穿夏季校服的時候，學校會檢查內衣。不能直接讓內衣透出校服，所以一定要在裡面多穿一件無袖背心，而且只能穿白色款式。」

「為什麼不能透出來？」

「因為學校說這樣會容易被性騷擾。不過這句話滿奇怪的，究竟為何這是女學生的錯？」

「那在學校外呢？」

「呼叫器、語音信箱、社區型書店、人學路。」

「社區型書店？」

「對啊，當時還會去買雜誌，為了拿到贈品附錄而認真蒐集。不過為什麼突然問這些？」

「就只是好奇嬸嬸妳在我這年紀時過著什麼樣的生活。當時都沒有在網路上聊天嗎？」

「高中的時候有，但也不常用，只用過幾次而已。」

「那有手機嗎？」

「高三的時候才有第一支手機，只能用來傳簡訊和打電話。」

「那妳當時是怎麼聽音樂的？」

「先用mymy卡帶隨身聽，後來才用CD隨身聽，那時候都聽朴孝信和李素羅的歌曲。」

「現在也還會聽嗎？」

「最近都聽更老的歌，比徐太志更早以前的歌曲。」

「我最近也會用YouTube聽以前的老歌耶，有一位和嬸嬸名字一樣的女歌手，我都在聽她的歌。」

「梁秀敬？」

「對，歌名叫做〈你在哪裡〉。」

「哪一首啊？」

嬸嬸立刻用手機搜尋並播放，「喔！原來是這首！」

恩芝跟著音樂一起哼唱，於是秀敬開心地笑著說：「妳的聲音也跟妳本人好像喔！」

恩芝笑不出來，因為秀敬看到的李恩芝並不是真正的李恩芝……。

假如從現在起不再使用TeenChat會怎麼樣呢？那可能就得先搬出那個家才行。因為每當見到那個女人時，都會覺得自己是非常低賤的存在，所以別無他法，怎麼能那麼徹底無視人。那個家裡瀰漫的空氣老是將恩芝推向懸崖。

我已經很久沒叫那個女人媽媽，也從來沒見過我爸。在那個家裡什麼事都幹得出來，儘管那會害死自己也是，所以我討厭回那個家，能不能讓我住在這裡呢？沒有房間也無所謂，我睡沙發就好。我也會出去賺錢，像家人一樣，像嬸嬸妳心愛的家人一樣；就算賺得不多，我也會一點一點去賺錢回來，這樣就能當妳的家人了吧？畢竟家人就是這樣子的存在啊，共同抵禦不幸的未來。

恩芝把這些心底話一點一點擦去，用徹底清除的表情登入Instagram。只要看到那些年輕貌美的女孩就會雜念全消，只會想著如果要變美到底該怎麼做，世界會變得極其單純。

我要趕快存錢，到時候也要把眼睛、鼻子、下巴整成這樣。

*

酒瓶在滾動。某人的腳，交疊的腿。

所有人都醉倒在地，音樂聲響徹雲霄。這是誰的家？恩芝好不容易確認完不是自己的家以後，便闔上了眼睛。她聽見耳邊傳來竣厚的呼吸聲，環境如此吵雜，我們竟然還有辦法睡覺，一片安詳。恩芝用鼻子嗅了一下，空氣中瀰漫著刺鼻的強力膠味，看來有人已經感到厭倦了。自己躲房間裡用啦！竣厚喊了一聲，但他現在已經睡著，毫不知情。恩芝搖著竣厚的肩膀，將他叫醒，「竣厚啊，幫忙開個窗吧。」竣厚爬到窗戶邊，打開窗戶後又爬了回來。竣厚的一隻手臂放在恩芝的肚子上，恩芝闔上眼睛，感覺自己變成了一隻鯨魚，潛入深海裡趴躺著的鯨魚。

感覺舌頭逐漸腫脹。要是再繼續腫脹下去，砰一聲炸開的話，到時候李恩芝會變成什麼呢？就無法唱歌了嗎？恩芝開始哼起〈你在哪裡〉這首歌，嬸嬸還誇我唱得好呢。雖然竣厚要她改唱別首，但是恩芝比較喜歡這首——在沒有TeenChat也沒有像我這種女國中生的時代所推出的歌曲。亦即，在世界的一大半都還尚未被玷汙時所有人都在聽在唱的歌曲，說不定那樣的世界根本不曾存在過，但是錯以為、誤以為、自以為地想像著曾經存在然後哼唱。恩芝感受到窗外吹來一陣溫熱的風，她抬起頭，某戶人家的冷氣室外機大聲運轉著。耳朵好痛，但我是鯨魚欸，鯨魚有耳朵嗎？

恩芝用跪姿一步步走向窗邊，然後探頭到窗外，查看究竟是哪一戶人家的冷氣室外機在發出惱人聲響。這裡是幾樓呢？很高嗎？還是不高？不得而知，也無暇確認。她只知道外頭天色是暗的，那種黑暗會讓人產生要是進到那裡說不定會被吸進另一個世界的期待。

正當她將上半身趴在窗台上，揮動雙手的時候，有人從後方將恩芝的身體輕鬆抱起，帶回客廳，「妳都快要摔下去了，蠢蛋。」竣厚用帶著睡意的嗓音說著，隨即又馬上睡著。

竣厚究竟救了我多少次呢？

為什麼老是要我活著呢？

竣厚啊，不是獨自一人，而是兩個人在垃圾場裡求生是更悲傷的一件事呢。

你有在聽嗎？
那你聽聽看我唱的歌吧。

竣厚

恩芝有厭男症，這種症狀並非一夕之間產生。從小經常出沒恩芝家的那個女人的可疑男友們、給恩芝餅乾順便伸手摸一下她的腿和屁股的超市老闆、假裝體罰實則觸碰身體的老師們，夯不啷噹加起來也有一卡車。恩芝都有把這些事情告訴竣厚，竣厚聽完都會誓言要守護恩芝，使她感到安心。然而，一轉身回頭就會看見恩芝在販售私人照片，而竣厚也默許著這樣的行為一再上演。

因為在竣厚看來，這就只是一份「工作」而已。恩芝絕對不會去和那些在TeenChat上認識的男人私下碰面，像上次那樣出問題時會告訴竣厚，然後竣厚就會幫忙處理。解決之後，恩芝又會重返TeenChat。竣厚並不曉得恩芝販售自己的照片究竟能賺多少，同樣的，恩芝也不曉得竣厚被選為「總管」之後究竟賺多少錢。

初次接觸到總管這個職位是在兩年前。雖然竣厚在更早之前就開始玩遊戲，但是收到擔任組頭的邀約卻是在約莫兩年前左右。總管算是行銷宣傳類的職位，要廣撒加入會員的代碼[9]，然後從那些加入會員的孩子們下注的金額裡抽走一部分金額。要是會員壓注的金額較少，竣厚能抽到的分潤也會較少。雖然有些學生會覺得小玩就好，不過往往也只有一開始，之後就會逐漸提高下注金額，為了贏回之前輸掉的錢而想盡辦法籌錢；要是無從籌錢，只要帶父母的名片來也能馬上借到錢。竣厚只要督促鼓勵他們即可，每個班別早已出現組織化，竣厚就是一年級全部班級的組頭。而由他組織的各班小組頭有些是成績中等、性格低調、在學校若有似無的那種同學，反倒不是學校混混，因為把事情交給這種學生處理反而比較好，很容易騙取其他同學的信任。這種同學被選拔上的話竣厚都會特別關照，利用抽手續費的方式多給他們一些甜頭，這樣就會吸引更多同學聚集。

在他還沒當總管時，這類型的遊戲總是能為竣厚帶來刺激，甚至根本不可能找得到比這更刺激的事情。它沒有特別複雜的遊戲規則，只要會玩爬梯子遊戲和賽車遊戲即可，幾乎沒有同學不會；這也不需要多麼昂貴的裝備，只要有手機就能玩。因此，不論是在家中還是在學校、洗手間，甚至是墳墓邊都能玩，只要有心、有網路，隨時隨地都可以玩。直到贏錢為止所花費的時間也非常短暫，假如以杯麵沖入熱開水後開始計算，大約在泡麵悶熟時遊戲就剛好結束。

9 註冊博弈網站時必填的驗證碼。網路賭博遊戲商會推出專屬代碼，在賭博網站或色情網站上張貼廣告，供未成年順利加入會員，並以代碼進行追蹤。提供使用自家代碼註冊的會員獎勵，並向VIP會員發送節日禮物，對其進行全面管理。

至於賺到的金額，少則五千韓元，多則數十萬韓元都是有可能的，所以是成癮性很高的遊戲。

只要是擔任過總管的十多歲青少年，往往都會認為金錢是不分年齡隨時都能賺取的東西。有些大人需要我們這種學生，他們會提供金錢，叫我們拐騙朋友或同學一起加入；只要將朋友變成賭博成癮者，就可以拿到錢。如今竣厚看待周遭朋友和同學的眼光都不同於以往，對於竣厚來說，朋友都只是幫他賺錢的誘餌。

他自己在一開始玩遊戲時同樣也很有信心自己能賺錢。不過當時只是太天真所以不懂，竣厚苦笑。緊接著腦海中便浮現了叔叔宇才的臉，彷彿苦笑是和他的面孔連結在一起似的。如今，叔叔對於竣厚來說已經是和父親一樣的存在，他自己也心知肚明，不論叔叔怎麼做一定都比爸爸好。竣厚會稱母親為「那個女人」，但是沒有為爸爸取任何代稱，因為完全不會遇到要稱呼他的時候，也盡可能讓自己不去想起這個人，甚至（原以為）就連長相都早已忘記。

叔叔並不知情，姪兒擔任總管早已超過三個月。一開始他不相信大人說要給他手續費，感覺之後一定會改口；因為一看就知道是違法的事情，以後就算出爾反爾也不太容易找他們報仇。那個人稱室長的傢伙雖然展現出一副很隨和的樣子，彷彿在社區大型機台遊樂場裡會遇到的那種大哥，但他一樣也是聽命於上頭的指示，大頭說不定是竣厚惹不起的狠角色。八成是黑道吧，或者地下錢莊業者，反正沒什麼差別。竣厚的朋友們會聯想到出現在電影裡的那些人物，不過那些角色設定早就過時，如今大家不再明目張膽地當黑道分子。現實就是如此，他們現在是堂堂皇皇地成立公司、賺大錢、開進口豪車、炫耀精品、出國旅行。明明看不出來究竟從事什麼工作，但是詢問他們的話會很爽快地得到回覆，告訴你這是一份很簡單的工作，只要在個人頻道或社群平台、色情網站發送入會代碼，就會有人循著那些代碼聚集，替你賺錢。

竣厚相信自己的頭腦，也認為比誰都還要聰明，應該可以不愁吃穿。兩年前收到邀約時，他沒有馬上答應，一部分是因為自己不相信大人說的話，但最大的理由是因為那個女人。被那個女人搞得生活亂七八糟，後來搬進了叔叔家裡居住；然後擔心著弟弟志厚寄人籬下需要看人臉色，畢竟在那個家裡還有嬸嬸的娘家父母同住，所以在各方面都有令人頭痛的事情，他才會選擇婉拒。當時代替他當上總管的傢伙賺了不少錢，自從竣厚親眼目睹，便於今年接下總管一職。由於是參與遊戲的同學愈多他就能領到愈多分潤的機制，所以現在反而會用笑臉督促鼓勵同學。什麼校園暴力、學校混混、學校流氓這些他都早已收手，現在是錢，錢才是最重要的，儘管對於年僅十七歲的少年來說也是。

少年。

其實少年這個單字只有志厚適合。

竣厚從來不認為自己年紀還小，甚至認為不是年紀小，是窮。因為都還沒找到能和弟弟兩人同住的家。然而，嬸嬸總是用真心對待我們，那份心意，該怎麼說呢，是超出期待的。原以為就算是用笑臉面對我們，背地裡也一定會說我們的壞話。然而，這女人卻是在背地裡……暗自哭泣，會偷偷趁家人不注意時，獨自到頂樓陽台上哭；還有一次甚至看到她抽菸，但也只有那麼一次，沒持續多久。任何人都不曉得，叔叔應該也不知道，嬸嬸在頂樓陽台安排的一處祕密基地，以及在水泥袋和破裂的花盆後方所發現的香菸盒。當時竣厚躡手躡腳地走下樓梯，沒有對任何人說這件事。叔叔雖然愛嬸嬸，但是愛與了解其實是兩碼子事。

因為叔叔只想看人美好的那一面。雖然是個難以令人討厭的人，但實際上實在太無能也是不爭的事實，所以竣厚才會對金錢更加執著。

說不定人就是透過這種方式蛻變成大人的。將珍惜某人的那顆心連結到只要賺很多錢回來就好。變成錢就是心意的世界，這便是真理。

*

國小時期班上有一名男同學，他的右耳患有先天性障礙，只有左耳聽得見聲音。由於右耳聽不見聲音，所以要是坐在右邊的同學向他搭話，他就會轉頭伸出左耳聆聽。竣厚當時的座位就在該名同學的後方，每天看著他對鄰座的女同學伸出左耳。於是某天下課後，竣厚便主動去找班導師說：

「老師，請讓男同學改坐右側。」

班導師一臉好奇地詢問竣厚原因，竣厚卻對老師感到非常失望。怎麼能這麼愚鈍，怎麼會不知道把右耳聽不見聲音的孩子安排在左側座位，那個孩子就得每次在和鄰座同學講話時轉頭聆聽。竣厚嘆了一口氣，說出了原因，老師則是當場紅了臉。

當時是如此善良的孩子。

竣厚並不相信人性本善或人性本惡，在他看來根本就沒有所謂與生俱來的本性。當年竣厚能夠為同學發聲，是因為那是唯一一段在他人生當中父母感情要好的時期。竣厚沒有為他另外取代稱的那個人當時中了樂透，拿到一筆巨額獎金。夫妻倆每週都會一起去找房仲到處看房子，有時也會帶著竣厚一起去，並用手指著一棟兩層樓的透天厝，問他覺得那棟房子怎麼樣。然而，那個人最終沒有選擇買房，而是把獎金全部拿去投資朋友介紹的一間遊戲公司。後來還有請一位小有名氣的玩家和剛出道的無名偶像團體來當遊戲代言人，不過最終那款遊戲還是失敗了，被玩家直指根本是詐騙，得到許多負面評價。就連竣厚看了也覺得遊戲畫面呈現的水準實在慘不忍睹。對方一定是靠這種方式到處募集投資金額，然後胡亂做出一款遊戲交差了事，把剩餘的錢捲款潛逃。竣厚當時做出了這樣的判斷，至今也依然深信是如此。那個人每次都辦事不力，現在八成一定也是在某個地方被人用拙劣的伎倆蒙騙。

若想要賺錢，就一定要掌握結構，結構才是一切。若想要藉由線上博弈遊戲賺錢，就得先掌握線上博奕遊戲的結構才行。究竟是透過什麼樣的機制讓玩家想要下注，又是透過什麼樣的方式讓玩家贏錢或輸錢。最終，竣厚領悟到，與其參與遊戲不如管理那些參與者更有搞頭。

當你開始看得出遊戲背後平台的時候，原理就會自然浮現。若要賺錢，就不能選擇加入所有人為了想賺錢而拚命投奔的那個方向，反而要觀察促使這些人往該處狂奔的風向。那麼你就會看見金錢從哪裡流入，又流往何處。很簡單，也很明瞭。

*

那些人應該收入都比我低吧。

每次只要看見叔叔和嬸嬸，以及嬸嬸的父母，竣厚就會有這樣的想法。因為他們在做的工作就是如此。叔叔白天玩海外期貨，晚上做代理駕駛；嬸嬸用自己的車子送貨，嬸嬸的爸爸做徒步餐點外送；嬸嬸的媽媽本來又重新回勞務公司上班，但是自從和室長吵了一架之後，就整天在家裡摺購物袋。

要是竣厚難得在晚餐時段露臉，叔叔和嬸嬸就會連忙招呼他，要他一起來吃飯，並好奇地對他拋出各式各樣的問題。每當這種時候竣厚都會選擇盡可能簡短回答或者以玩笑帶過。有一次，面對叔叔的提問：「你畢業後要讀大學還是直接進入社會工作賺錢？」他回答：「會把大學當成選項的大人應該只有叔叔。」結果氣氛頓時凝結，其實竣厚是出於好意說這句話的，沒想到叔叔瞬間紅了臉，低下頭來，變得要吃又不吃的樣子，最終選擇走去客廳呆坐在沙發上。竣厚對此感到抱歉，連帶讓弟弟志厚也不得不看大家的臉色，所以使他更感抱歉。

「叔叔，我不用去上大學也沒關係，你知道的。」

叔叔點點頭，然而，他的表情依舊無力。

「我哥要是知道，會失望的。」

「那個人應該也知道吧。」

「那個人？」

叔叔轉頭望向竣厚。「那個人」這個稱呼自然地脫口而出。

「竣厚啊，不能這樣稱呼爸爸吧。」

「爸爸？」

這次換竣厚轉頭望向叔叔，帶著一臉「也太容易叫爸爸了吧」的表情。

叔叔再次陷入沉默，竣厚也無話可說，不過感覺好像還是得說點什麼。

「期貨都還順利嗎？」

「不太好。」

「收山了？」

「幾乎。」

「代駕做得來嗎？」

「應該吧。」

「要是遇到奇怪的客人記得聯絡我。」

「你要幫我揍他嗎？」

叔叔笑著回頭看向竣厚，但是他沒笑。因為他說的是真心話，叔叔也逐漸收起了笑容。

要是兩人是可以放心互開玩笑的叔姪關係就好了。宇才叔叔其實曾經是這樣的存在——每個人家裡都會有的那種叔叔，可以和姪兒不講禮數打成一片的善良叔叔；雖然能力不好、被嬸嬸吃得死死，但是每次見面都會丟一些冷笑話的那種叔叔。然而，竣厚現正目睹著叔叔那不夠寬廣的肩膀上所扛著的沉重包袱，宛如沙包的那些包袱。假如用刀子戳幾個洞，讓沙子傾洩而出，叔叔是否就能重回到只要互丟一些冷笑話就好的那種人。

「想上大學的話可以去上，我剛才說那句話不是叫你別去讀大學的意思。」

「沒有，我不想讀大學。恩芝也說她不會讀大學。」

「那你以後打算靠什麼維生？」

「我現在也活得很好啊，能養活自己。」

「怎麼養？」

竣厚考慮了一會兒。雖然和叔叔聊這種話題沒好處，但如果總有一天得對他說的話，就應該要趁現在。

「叔叔，你玩那個期貨是很難賺錢的。」

叔叔沒有回答，可能是因為聽過太多這種話，現在已經無感了。

「那是只要吸引叔叔你這樣的人來玩，他們就會抽成的結構。叔叔你就是他們眼裡的肥羊。」

「也有人賺錢，是我操作技術太爛的關係。」

「你不是借用那些人介紹給你的公司帳戶來玩嗎？」

叔叔一臉不可置信地回頭看向竣厚。

「你怎麼會知道？」

「當然知道。怎麼可能不知道，只有叔叔你不曉得這個圈子的結構。」

「結構？」

「對啊，結構。不管做什麼事都要先掌握結構才行。」

叔叔的視線轉向在一旁動作俐落地摺著購物袋的丈母娘。

奶奶是什麼時候來這裡的？

奶奶是叔叔的岳母，所以讓她看見女婿在被十多歲的姪兒訓斥的確不太妥當，這點道理竣厚是知道的。但是在這個家裡，不僅沒有人會為了顧及對方顏面而吞吞吐吐，更多時候反而是選擇直言不諱。

「做別的吧，叔叔不是能靠它來賺錢的人。」

竣厚已經無話可說，有些人在那個圈子裡或許的確能賺錢，但是絕對不會是叔叔。更何況，叔叔在玩的期貨交易比較特殊，竣厚甚至見過以秒為單位在變動的線圖，無法選擇像股票那樣展望未來買好以後默默放著靜觀其變。

「我也不想再玩了，放心。」叔叔用無奈的嗓音說著。

竣厚感覺心揪了一下。被我這種十幾歲小毛頭訓話的大人究竟算什麼，到底是多麼差勁又無害……。竣厚俯瞰著叔叔的頭頂，光禿禿的部分清晰可見，自從叔叔轉做全職投資者，這些日子以來，他的髮量明顯減少許多。

奶奶將摺完的購物袋疊成堆，嘆了一口氣。雖然她出於焦慮帶了一份副業回來，但卻一臉領悟到靠這份工作也賺不到多少錢的表情。奶奶忍不住問叔叔：「我是真的好奇所以問你，真的有人是靠那個賺錢嗎？」

「當然有嘍。有些人的本業還是詩人，一年好像現賺一億韓元，所以每次只要有賺錢的時候都會發表祝賀詩詞。」

「應該沒有人像我這麼老吧？」

「我加入的直播會員當中有一位是和您年齡相仿的阿姨。」

「她是做什麼的？」

「好像是務農的。以前賺了不少錢，所以是當作興趣在玩，每天都會跟我們分享她的朋友、家人的事情，明明都沒有人想要聽她說話。」

「這老太婆應該是太寂寞。」

奶奶嘆氣，將那堆購物袋堆放在室內一隅，走進了房間。緊接著，嬸嬸從廚房裡走了出來，坐在竣厚身旁。

「今天有和恩芝見面嗎？」

「昨天見了。」

「她有遞報名表了嗎？」

「什麼報名表？」

「她沒對你說嗎？我聽她說要去參加試鏡呢。」

「喔，應該只是無聊試試看而已，不是真心的吧。」

「應該是真的喔～」嬸嬸用帶有糾正意味的眼神望著竣厚，「她的夢想是成為歌手啊，她是真心的。」

竣厚沒有辦法做出回應。的確是真心，但是，嬸嬸，對於我們來說真心是可以隨時改變的，所以千萬不能相信。就算妳問我們為什麼要這麼善變，我們也無從反駁，但會不會是妳太用真心去接納真心這個字了呢？

竣厚只有在內心反問，然後從沙發上起身。嬸嬸和叔叔同時轉頭望向竣厚，從他們的表情中可以看見「怎麼不再多聊一會兒」的眼神。

「我好累。」

「再坐一會兒吧。你最近都在做什麼？」

嬸嬸用充滿好奇的眼神直盯著他。竣厚自然無法如實回答，總不可能說自己正在擔任一年級總管，每天都過得超他媽刺激，為了以後能成為全職總管，所以努力過每一天吧。

「就那樣嘍。」

「怎麼可以就那樣，你的夢想是什麼？恩芝是想當歌手耶。」

嬸嬸今天格外積極主動，彷彿渾身散發著樂觀看待人生的氣息。每個人都有過一、兩次這種夜晚，而對於嬸嬸來說似乎就是今晚。

「如果是那種夢想，每個人都有吧。」

「所以你的夢想到底是什麼嘛。」

「屋主！」

竣厚回答完，便頭也不回地獨自走回房間，沒有要聽嬸嬸接著要說的話。

志厚趴在地板上，正在用竣厚的手機。竣厚走了過去，把頭躺在志厚的臀上。

「志厚啊，你在做什麼？」

「我在觀察這世上發生了哪些不幸。」

竣厚頓時語塞。

「你有朋友吧？」
「有啊，美由。」
「那就好，要好好相處喔～」
「我們已經很要好了。」
「還是要好好相處啊。說不定沒有她，就真的找不到要和你做朋友的人了。」
「無所謂。」
「為什麼無所謂？」
「因為我有你這個哥哥，還有恩芝姊、嬸嬸、叔叔，也有爺爺和奶奶。」
「可是我們又不是朋友……是家人。」
「原來哥你不曉得喔？家人也是朋友啊。」
竣厚不知該如何回應。
「志厚啊，你喜歡美由還是我？」志厚悶不吭聲。竣厚原以為給他一點時間思考就會聽到回答，所以耐心等待；結果沒想到志厚遲遲不作答，甚至還把手機歸還給竣厚。
「哥，今天這世上依舊發生了許多不幸的事情。但是至少沒有發生在我們家裡，所以真的很幸運。」

竣厚沉思半晌，還是讓這孩子相信我們家沒有發生任何不幸好了。

「朴志厚，你這是在轉移話題嗎？快回答我，你更喜歡誰？」志厚連忙鑽進被窩，把身體蜷成蝦子狀，假裝入睡。竣厚也笑著鑽進了棉被，然後仔細回想志厚剛才說的那番話。

在這世上所發生的各種不幸當中，一定也有一些是竣厚促成的不幸。假如告訴志厚，這世上之所以老是會發生不幸，並非因為有太多人製造出不幸，而是原本期待幸福降臨最後卻招至不幸的人太多的話，那麼志厚可能很快就會發現，新聞裡出現的那些人正是我們。畢竟他是個聰明伶俐的孩子。

志厚規律的呼吸聲陣陣傳來，竣厚難得躺在棉被上，享受著寧靜夜晚。他想起自己為了獲得這一間房間、這一片寧靜的夜晚而度過的那些無數個提心吊膽的日子。也許志厚說得沒錯，至少在今天、這個家中沒有發生不幸。畢竟包辦了一半以上不幸的自己在如此早的時間已經鑽進被窩裡準備入眠……。

手機突然震動起來。竣厚睜開眼睛。

——你怎麼還不來？

竣厚深呼吸，為了不吵醒志厚，他小心翼翼打開房門。準備前往製造不幸的腳步終究不會是輕盈的。

八百五十韓元

秀敬幾乎已經可以機械化地將配送物品載上車。她現在對於現代的Avante車款內部結構瞭若指掌，說不定比當初設計此車款的設計師更透澈。

駕駛座和副駕駛座之間剛好可以塞得下一袋三十卷的捲筒衛生紙，十公斤重的米袋則塞在副駕駛座放腳的空間即可。相對來說體積較大的紙箱可以先確認大小和數量後，再像堆魔術方塊一樣層層堆疊在車內；至於那些用袋子裝的物品，則可塞在儀表板上或後擋風玻璃底下。長度超過一公尺的物品，就只能橫放於從後座到副駕駛座的位置，駕駛座和副駕駛座底下則適合用來塞一些清潔劑補充包，最後再留一個大小適中的紙箱放在副駕駛座，就能做個完美的收尾。要是更進一步，這個紙箱還是第一個要配送的物品，那麼送完就能空出副駕駛座，降低整體車內空間的擁擠感。這也是她在這段送貨期間所悟出的小撇步。秀敬經常開玩笑地說，要是參加看誰能將最多東西塞入Avante的比賽，她一定能創下世界金氏世界紀錄，這句話可沒在開玩笑。

如今，等所有貨都載上車以後，她還多了可以接一壺沁涼白開水的餘裕。每當這個時候就會有送貨員主動來搭話。

「實力增強許多欸。現在的表情看起來放鬆多了。」

秀敬沒有多做回應，專心喝著自己的水。

「天氣很熱吧？」男子上前詢問，順便也用水瓶接水，秀敬則往一旁退了一步。「表情看起來放鬆多了」、「天氣很熱吧？」這些話有需要如此提防戒備嗎？然而，秀敬還是戒慎恐懼，因為表情看起來放鬆多了這句話的背後，很可能隱藏著已經觀察妳很久的意思。

「不累嗎？」

「還好。」

男子從口袋掏出蘇格蘭咖啡糖問：「要來一顆嗎？」

秀敬直接回絕，走回車上。接著，男子走向其他女性送貨員，將水瓶遞給對方，詢問對方要不要喝冰水。女性送貨員搖搖頭。於是男子用手指向地上的物品，表示願意幫忙搬上車，女性送貨員依然婉拒，儘管表情上已經明顯寫著覺得不方便，男子還是不停向她搭話。

秀敬盡快開車駛離物流中心。馳騁在路上的期間，男子的那些細微舉動一直在腦海揮之不去，秀敬的想像力老是往一些犯罪畫面奔去。

有幾件物品是要送到新市鎮商店區的。秀敬將物品抱在懷裡卯足全力拔腿衝刺，原本是為了提高時薪而選擇奔跑，如今則已演變成只要手拿物品雙腿就會自動奔跑的境界。

秀敬把貨送到眼鏡店和牙醫診所後，便朝最後一件物品發貨單上標示的「Good Health Care」方向移動，然而，不論她怎麼找都不見這家招牌的蹤影。秀敬吊著一顆擔憂會被貼停車單的心，重新確認地址後，回頭看向該棟建築物。不過從建築物外觀、樓層介紹，到通往二樓的樓梯間，都沒找到「Good Health Care」的招牌或標示。取而代之的是「黃金按摩」這面醒目的招牌直接映入眼簾。

她重新走到建築物外，再次確認有無「Good Health Care」招牌。這下她才發現，在印有黃金按摩四個字的直式突出招牌底下，有著小小「Good Health Care」的字樣。原來這是黃金按摩店的另一個名字。

秀敬重回黃金按摩店，那是一間完全看不見內部的店家。秀敬站在店門口猶豫了一會兒，因為瞥一眼就能大致猜到是什麼場所。未成年請勿進入的標示也格外引人注目，仔細貼滿黑色玻璃貼的出入口和不提供任何資訊的隱密性，暗示這是一間不開放給一般大眾的店家。

怎麼辦……。

最終，她深呼吸，然後推開店家大門。

秀敬將東西交給櫃台以後，便立刻轉身離開，然而，在如此短暫的時間內，女子的妝髮、寬鬆飄逸的睡袍便直接烙印在腦海裡。她本想盡可能什麼都不看就趕快出來，但仍被她瞥見以黑金色呈現的室內裝飾、像KTV一樣的長長走廊，以及緊閉的小包廂門。甚至就在那一剎那，還看到一名身穿西裝的中年男子走在長廊上。秀敬迅速開門，走到店外，心跳加劇。

可曾想過，這世界上究竟存在著多少個性交易場所。

由於如今已是隨處都能透過宅配訂購商品的時代，所以經常容易發生這種情形。絕不踏入特定場所的決心自然不適合送貨員；因為不管任何場所，送貨員的唯一目標都應該是將物品精準有效地送達客戶手上。而這樣領到的配送單價金額約莫落在八百五十韓元左右。

秀敬開始思考，究竟為了這八百五十韓元，自己都經歷了什麼。

*

配送取消通知音響起，秀敬睜開眼睛。

雖然有時候的確會在當天早上才臨時被通知工作取消，不過秀敬認為，說不定是因為昨天準備下班時接到的那通電話。昨天秀敬在搬運一只裝有沉重運動器材的紙箱時，手指不慎被紙箱壓到，後來都是用不太舒服的手在送貨。她打算趕快送完當天的貨就早早收工回家，之後卻接到物流中心來電詢問能否幫忙再多送一件包裹，並表示可以將包裹送至秀敬當時位在的公寓社區。然而，秀敬的手指已經受傷，不想再額外接單送貨；加上要是多送這件包裹，離開時就會碰上下班尖峰時段，很有可能會一路塞車回家。在一天的工資裡要扣掉油錢才是真正的收入，所以秀敬以自己後面還有私人行程為由，婉拒了管理人員。然後今天的送貨工作就突然被取消了。

在網路社團裡流傳的送貨技巧當中，就有人提到要是被管理人員盯上很容易會被取消工作，建議最好不要成為他們的眼中釘。難道是因為昨天拒絕那件需要額外加送的包裹，所以被針對了？秀敬感到自責，雖然不曉得真正原因是什麼，但也因為如此更容易往這方向去想。

從公司提出的定型化契約來看，秀敬儼然是一名委外配送「業者」。既然是業者，那又該如何接受無法自行決定工作時間、想上班卻無法上班，以及很可能當天會被臨時取消工作等這些情形。這讓她想起黃寶碩說過的，其實公司方面要的是你穿著業者的外皮，實際上卻像勞工一樣付出勞力。一般乍聽之下會覺得平台勞動是可以自行決定勞動時間與工作量，然而，實際做一陣子便會知道，每天被分配到的配送物件量不固定，甚至就連週一到週五只要送多少貨就能賺多少錢這種最基本的計畫都難以設定。有時被分配到的物件量也不如預期，儘管真的被分配了那麼多量，要是不小心受傷也會耽誤送貨。除此之外，更沒有所謂的員工安全教育訓練；這些事情都是要「業者」自行看著辦，手套、防滑鞋等配備也都要自備，就算受了傷也無處申訴，公司不會付任何責任。因此，雖然公司不會叫你要快點將物品送達，但據說要是送貨速度太慢，就會根據內部評分系統而分配較少物件給你。在如此巧妙的管控下，一腳踩進平台勞動的送貨員直接被歸類為委外配送業者，然後被人以出來賺點零花錢的「老闆」稱呼，並對於自己是「平台勞工」的事實毫無自覺。

究竟為何二十一世紀會存在這種勞動模式，二十世紀勞工的苦惱——最低薪資與福利優惠為何依然反覆重演。

假如有人因為賺不到能夠維持生計的金額而選擇離職，那麼，這和公司將其解雇是不是沒什麼不同呢？然而，這些人不會想到其實是公司解僱了他們，只會認為是自己為了賺更多錢而跳槽至其他地方。

*

秀敬一看到龐大的抽屜櫃就倍感挫折。不論如何都一定要在兩趟內載完所有貨，才能在扣掉油錢以後還有賺頭，這樣才有出來工作賺錢的意義。然而，在籠車裡還有八箱六入的兩公升礦泉水等著她載上車。

因為正式進入夏季了，也是情有可原。秀敬努力嘗試理解，但還是忍不住偷瞄隔壁送貨員的籠車一眼，想看看是不是只有自己的籠車被堆滿了礦泉水。結果發現隔壁也不遑多讓，隨便目測都有八大袋三十卷的捲筒衛生紙。

總是有不走運的時候。

秀敬嘆著氣，不論如何都要想盡辦法將礦泉水塞進車內，喬位子喬了許久好不容易才出發。由於副駕駛座塞太多東西，導致右側後照鏡比較看不清楚，但也別無他法。從車子駛入車道開始就險象環生。所幸路上車子不多，但每次要變換車道時得比平時更加注意。然而，最後仍然不幸在公寓社區的商家停車場內擦撞到停放在隔壁的車輛。由於是在難以確保視野可見度的情況下勉強停車所導致的擦撞事故，所以是秀敬要負起全責。

她走下車，撥電話給車主。不久後，一名與秀敬年齡相仿的男子從商家正門處走來。他朝秀敬的車內看了一眼。

「妳現在是在送貨中嗎？」

「是，不好意思。」

男子觀察車身側面，用手搓搓看擦撞位置，再後退幾步看了車身好一會兒，最終轉頭向秀敬說：「我看只是輕微擦傷，我們自行和解吧。這種程度的話，嗯，應該五萬韓元左右就能修好。」

秀敬臉色一沉，就算送完今天的貨也賺不到五萬韓元。

「那個……可以通融我一下，收我四萬就好嗎？」

男子來回看向秀敬和車子，問：「這是妳的副業嗎？」

「我是做全職的。」

男子蹙眉，眉間還出現兩條深深的皺紋，他思考了一會兒，最後決定以四萬韓元和解。秀敬當場匯款給男子，男子問：「應該可以請保險公司處理，但是得看公司的臉色，對吧？」

「我們沒有什麼保險。」

「沒保險還要妳開車送貨？」

「因為我們是委外業者。」

秀敬雖然這樣回答，但是男子一臉沒聽明白的表情。

*

秀敬用力推著堆滿礦泉水的手推車，搭上了電梯。然而，送完礦泉水一抵達一樓，便遇見怒氣沖沖站在自家大門前的住戶。

「妳不知道在這裡不能用手推車嗎？」

秀敬錯愕不已。雖然很想反問，要是不用手推車要怎麼送重物，但她沒說出口，只回答了不知道。

「吵都吵死了，以後記得不要在走廊上用手推車。」

住戶說完便砰一聲用力關上大門。

秀敬重回車內，將手推車放入後車廂，隨即啟動車子出發。她一抵達隔壁公寓區，和警衛四目相交，警衛就連忙走出來敲打車窗。秀敬搖下車窗。

「這裡面不能開太快喔！」

「好的，我會慢慢開。」

「要是撞上小朋友會出大事，務必要慢速行駛。」

「好的，沒問題。」

「我看妳上次也沒聽話，照樣開很快。」

這可是秀敬第一次來這區公寓送貨，但她沒有多做反駁。

「送貨的人每個都亂開車，超不聽話。總之要小心再小心，知道嗎？」

警衛嚴正警告完秀敬便離開。秀敬開始卸貨，全身汗如雨下。

*

當夏天準備進入最高溫時，秀敬選擇待在家裡，不過並沒有迎來預想中的酷暑期，取而代之的是連日的滂沱大雨。一開始她也嘗試穿雨衣送貨，但發現雨衣裡面的衣服都被汗水浸溼，雨衣外則是被大雨淋溼；要在這樣的狀態下平心靜氣地搬運貨物，實際上並不容易。她曾在送貨過程因走廊溼滑而不慎摔倒，導致尾椎受傷；也曾在提起溼掉的紙箱時因為紙箱一角裂開而導致手腕受傷。像這樣老是逢雨就受傷，所以她不再有把握。而且受傷後也無法去看醫生，只能在家裡休息或熱敷。要是考量一天賺到的微薄薪水，就會知道自己只能用這種方式療傷。

好不容易等到雨停的日子，秀敬看著難得撥雲見日的天空，準備出門送貨。雖然那天因為被分配到的貨太少而頗為失望，但還是因為沒有下雨而感到開心。

那是一棟去送過幾次貨的公寓，裡面的氛圍和其他公寓不太一樣。老舊是其次，主要是從結構上來看，不該有住戶的地方卻有住戶，以及電梯裡貼滿的銀髮族徵人廣告，還有唯一一位會先認出秀敬並主動打招呼的警衛。然而，儘管警衛大哥已經認得秀敬，卻仍不允許她將物品放在警衛室；因為警衛大哥認為她都沒有實際去按按看客戶家的門鈴，就想要直接把物品扔在警衛室，拍拍屁股走人。那天，秀敬按照發貨單上的備註：「請放警衛室」而將東西帶至警衛室。雖然心裡知道一定又會被警衛大哥拒絕，但還是打算先去試試。不料警衛大哥竟然對她說，從今往後可以將東西直接放在警衛室就離開，還表示有一陣子沒看到秀敬，擔心她是不是出了什麼事，再從冰箱拿出了預先泡好的即溶咖啡。在警衛大哥倒咖啡給她的期間，秀敬努力讓加快的心跳保持鎮定，她不停張望著四周，最後不得已還是接過那杯咖啡。警衛大哥後來還問了一些問題，但秀敬只是目不轉睛地盯著那杯咖啡，做不出任何回答。

她感覺耳鳴聲像蟬鳴那般刺耳響亮。

她想要嘗試。

自己重新站起來。

負傷也要前行。

重新跳進社會裡為生計與意義而活，成為社會與家庭裡的一員。

秀敬想起那杯連碰也沒碰的咖啡，心想：不想再做這份工作了。要找到一份更安全的工作。

第四章

chapter 4

呂淑的開車技術還不錯。

秀敬坐在副駕駛座偷看呂淑，觀察她嘴角隱約浮現的緊張感，那是心情好的緊張感。不用問也知道，每次呂淑只要雙手握住方向盤，嘴角就一定會上揚。

「媽，開車好玩嗎？」

「嗯，好玩。早該開車了。」呂淑熟稔地變換車道。秀敬看著呂淑開車時的冷靜沉著模樣，不禁暗自讚嘆。

為了執行「姊妹幫」委託人交派的工作任務，她們正前往參加事前會議。

在姊妹幫裡，會稱呼所有求職者為姊妹。實際上裡面也只有女性，不論是委託人還是求職者統統都是女性。當初從寶拉那裡得知有這款應用程式時，秀敬立刻發現自己和這份工作非常契合。

委託人表示正在計畫一場家庭派對形式的婚禮，預計會在自家舉行，但她需要有人扮演她的媽媽和姊姊。換言之，就是像擔任臨演的工作。為了熟知事前需要的資訊而和委託人相約在家中，彼此先碰個面認識一下。由於秀敬當初是在轉運站婚宴會館裡舉行婚禮，從無往來的親朋好友也統統邀來參加，所以她對於家庭派對式的婚禮究竟會是何種氛圍毫無頭緒，也難以想像。

呂淑辭去摺購物袋的工作以後，原本打算像楊天植一樣做走路外送餐飲的工作，但她那台老舊的手機老是當機，好不容易成功接到的訂單又在非常遙遠的地方，為了不讓食物涼掉或者麵體糊掉而要快步送達，所以倍感壓力。宅配物品的話只要在當天送完即可，因此還不至於緊張到口乾舌燥，但是餐飲外送就不是這麼一回事了。每次走很遠抵達目的地時，都會汗流浹背。有過幾次這種經驗後，呂淑就得出了自己不適合做餐飲外送的結論，她下定決心，要從事靠車輪移動的工作而不是靠雙腳行走。

姊妹幫本來是一款協助委託人媒合保母的手機應用程式，一開始的確是這樣。但如今已經逐漸轉型成為了提升生活便利而使用的應用程式，標榜以地區社群為基礎的共享經濟，並且主打盡可能會將鄰近地區需要協助者與可提供協助者進行媒合，以此作為廣告宣傳。不過總而言之酬勞就是媒合點，再加上評分機制，客服中心還開放顧客可以二十四小時撥打電話申訴。

最重要的就是評分。只靠評分來審核的簡單粗暴機制，有如斷頭台一樣快、狠、準地將姊妹們的頭顱一刀砍下。

＊

委託人的家與其說是一般普遍認知的「家庭」，不如說是寬敞的「樣品屋」更為貼切。除了洗手間以外的所有空間都連成一體，地板鋪著白色大理石，挑高的樓層，天花板正中央還懸掛著一盞超大的水晶吊燈。緊密排列的衣桿上整齊吊掛著五顏六色的衣物，還依照顏色排列；雖看到沙發和電視，卻沒看見洗衣機和流理台。

委託人介紹完自己的名字叫做朴以莉以後，便問秀敬：

「請問兩人實際上就是母女關係，沒有錯吧？」

「是的，沒錯。」

「一起工作很久了嗎？」

「從今年春天開始的。」

秀敬一邊回答，一邊仔細端詳朴以莉的臉龐。濃濃的眉毛、尖挺的鼻梁、明亮的肌膚是這個女人的特徵，也有著喜歡邊摸那頭及腰的長髮邊說話的習慣。她身穿一件黑色短版上衣，外面披了一件薄薄的豹紋長袍。

「我打算在這個家裡舉行婚禮。」

呂淑忍不住好奇問：「這裡沒有廚房嗎？」

聽聞這句話的朴以莉笑著表示自己都是在外面吃，也經常叫外賣。

呂淑的臉上浮現疑問，卻又迅速消失。因為在她們抵達之前，秀敬就再三叮嚀：「不論對方用什麼方式生活，那都是對方的自由。所以，媽，切記絕對不可以多嘴喔！委託人都會對我們進行評分，所以絕對要謹言慎行。」

呂淑似乎是想起了秀敬的叮囑，面帶微笑地回應對方：「要是我可以，一定也想要餐餐都買來吃。」

「那就這麼做啊。」

朴以莉面帶親切笑容說道，呂淑只是微笑著。也許是有些緊張，呂淑不斷搓揉雙手。朴以莉從椅子起身，走去冰箱拿了兩罐罐裝飲料，分別遞給兩人，一罐是甜米露，另一罐是運動飲料。

「您可以舒適地待在這裡，不用客氣。」朴以莉一說完，突然抓住呂淑的手，「從現在起，您就是我的母親了喔！」

呂淑露露出淺淺微笑，點頭示意。

秀敬一直努力克制自己想問對方究竟為何要這麼做的衝動。但她想起評分機制，也不斷告誡自己盡可能不要說一些多餘的廢話，沒想到朴以莉正巧主動講起了自己的故事。

「因為我的未婚夫父母不曉得，他們還以為我的父母是同意這門婚事的。」

「天啊，原來是因為這樣的關係。」

呂淑誇張地點著頭。

「我不想讓對方家長失望。到時候我的家人就只會有媽媽和姊姊妳們兩位，不會有我真正的家人出席。我的未婚夫也知情，他等等就會過來，彼此打個招呼認識一下就好。」

朴以莉從呂淑的手中輕輕拿過甜米露，幫她打開易開罐，再遞給呂淑：「請慢用。」

在秀敬和呂淑享用飲料的期間，朴以莉將一些需要熟知的資訊告訴她們——朴以莉的工作是在經營古著店，她自己就是老闆，在首爾各大鬧區已經開了十間店；她是女中、女高出身，大學就讀日文系，但是只讀完一學期就選擇中途退學；後來還去日本留學過，和未婚夫則是三年前在日本初次相遇等等……。

「兩人是怎麼在一起的呢？」

面對秀敬的提問，朴以莉笑容可掬地回答：「我剛好遺失手機，最後是他幫我找回來的。我對他的第一印象就很不錯，所以主動問他要不要一起喝一杯。」

秀敬和呂淑同時笑了。

「於是他就帶我去一間他常去的店。我們在那裡喝了超多酒，最後是因為我實在不想和他分開，所以一直纏著他不放。」

「看來從一開始兩人就很聊得來。」

「對，那天我們就馬上決定交往了。然後這三年來從未有過爭吵，最久沒聯絡也只有一個星期左右吧。見不到他實在太難受了。」

朴以莉滔滔不絕地分享著兩人從初次見面開始到求婚為止的所有過程，秀敬和呂淑則是偶爾露出笑容，持續專心聆聽。

「是未婚夫先向我求婚的，但我本來完全沒有結婚的打算。一開始婉拒了，最終還是被他說服。其實到現在還是認為結婚這件事情沒有多大意義，但畢竟對方想要結，我也滿好奇究竟成為已婚婦女是什麼感覺。」

「我個人是不太推薦呢。」

秀敬接了這句話。朴以莉咯咯大笑。

「當天兩位打算穿什麼衣服呢？」

「需要穿韓服嗎？」

「不，絕對不要穿韓服。不過有一件事情想拜託兩位，那天我們有設定穿搭主題是白色，所以不曉得妳們有沒有白色套裝？」

「我們沒有白色的呢。」

呂淑馬上回答。朴以莉從椅子起身，往掛滿白色衣物的衣桿走去。「我送兩套給兩位吧。剛好是要拿去店裡的衣服。」

「不用這樣，沒關係。」秀敬連忙揮動雙手。

「是我想要送妳們的。畢竟婚禮當天是要以家人身分相見，這點東西還是想為兩位做準備。」

雖然秀敬再次婉拒，但是朴以莉仍舊堅持。

她找出一套適合呂淑身形的白色長褲套裝，西裝外套的肩膀上有著肩章和金色流蘇，不是一般常見的套裝款式。朴以莉將倚靠在牆面的隔屏敞開，請呂淑直接現場換裝試穿。

呂淑走到隔屏後方更換衣物，然後有些害羞地摀著嘴巴走了出來。她看起來簡直像換了一個人似的，徹底改頭換面。朴以莉拍手叫好，還拿了一頂紳士帽幫呂淑戴上。呂淑照著鏡子，看見鏡中的自己不禁睜大眼睛，驚呼連連。

緊接著，秀敬也去換了一套衣服。朴以莉選了一套洋裝套裝給秀敬，同樣是非比尋常的款式，衣服上有著好幾顆碩大的金色鈕扣，還有很厚的墊肩，腰部有挖洞的設計。不過秀敬穿起來還挺合適的，甚至出乎意外地看起來優雅大方，只不過以禮物來說著實令她倍感負擔。秀敬再次婉拒，朴以莉一邊幫她整理西裝外套上的線頭，一邊說：「送您是有原因的，可能……會感到頗為錯愕也不一定。」

這句話究竟是什麼意思，母女倆面面相覷，用不知如何是好的眼神交流著到底該不該收下這些衣服。正當兩人猶豫不決之際，唯有朴以莉仍然堅持：「就送給妳們了，拿去穿吧。」

她們聽見有人走進來的聲響，秀敬和呂淑同時轉頭，猜測應該是朴以莉的未婚夫抵達。

「你來啦？」朴以莉笑容可掬地上前迎接。

秀敬觀察著朴以莉的表情，然後馬上察覺到了。不過呂淑似乎還沒察覺，於是秀敬連忙牽起呂淑的手，將她從椅子上攙起身。這無關乎評分，而是禮貌的問題。

「您好。」秀敬先向對方問好。

朴以莉也湊近未婚夫，一把環抱住對方的腰說：

「她們是要來出席婚禮的人。長得跟我有像嗎？」

未婚夫一身休閒打扮，牛仔褲配T恤，腰間還夾著一頂安全帽。秀敬面帶笑容，呂淑則是全身僵硬地站著，一臉不知道該說什麼才好的表情。

「請坐。」

未婚夫話一說完，大家便隔著一張桌子面對而坐。

「嚇到您了吧？」朴以莉問呂淑。

「不會，沒事。我……」

呂淑欲言又止，所有人都在等她繼續把話說完。

「沒關係，所以不用理我。」

「到時候就多拜託您了。」

未婚夫說道。呂淑點點頭，擠出一抹尷尬微笑。

回家路上，呂淑在車內說：

「竟然會想到這種方法實在太神奇。」

手握方向盤的秀敬語帶告誡地回應：「媽，婚禮當天絕對不可以說這種話喔！」

「不會，這點眼色我還是會看的。」

「那就好，一定要說到做到喔！」

呂淑沉默許久，開口說：「秀敬啊，我之所以覺得奇怪，並不是因為那位小姐，而是因為我自己。」

「怎麼說？」

「我竟然從沒想過這種事情是可行的。每次只要看到年輕人做出我從未想過的事情，都會感到驚訝又新奇，應該表示我老了。」

「妳年輕的時候一定也有過許多驚人的想法。看在外公眼裡同樣是出人意外的那種點子。」

「的確，我也是談戀愛結婚的。家裡人都要我去相親但我沒聽他們的話，只想和我自己喜歡的人生活在一起。那位小姐應該也是如此，她只是想和她喜歡的人過下半輩子。」

母女倆維持了一段沉默。

秀敬本來就認為結婚比較近似於帶著真誠友誼的兩個人所做的結合，而非相愛的男女結合。因此，不一定非要生小孩、共組家庭不可，不論是同性夫妻還是異性夫妻，就算沒有小孩只有兩個人生活也一樣是完整的家庭，以友情作為基礎所締結的婚姻也一樣可以是完整的家庭。要是能這樣去想，婚姻就不再是沉重且煩悶的枷鎖。假如你問這樣的婚姻是否必要，我會回答結婚制度依然存在其優點，這是不爭的事實；也是將財產以及其他法定權利完整贈與、繼承給非直系親屬的其他人的最簡便方法，包括在面對需要法定同意的緊急情況時，只要是家人就可以輕鬆簡單地成為對方的監護人。除此之外，願意守護彼此臨終的不成文約定，以及願意同甘共苦、攜手並進的山盟海誓，這些也都是結婚的優點。然而，假如以特定性別、特定情感、特定成員作為婚姻的組成要件的話，組合可能性就會變得十分狹隘。因此，假如這世上存在更多元的婚姻型態，假如只取婚姻制度優點的進化版婚姻的確可行，那麼，關於婚姻的一些尖銳想法和問題會不會就有可能消失呢？

呂淑同樣陷入長考。自從她開始會操作「手機應用程式」這玩意兒之後，她的人生已經到達過去難以想像的境界。她原以為自己的下半生只會在人力事務所或勞務公司出沒，萬萬沒想到自己有一天會坐在房間裡只靠一根手指頭接工作。當然，和呂淑年齡相仿的勞工當中，一定還有人不知道如何操作手機應用程式，或者連世界上有這種東西都不知道，持續按照著以前的方式過日子。然而，呂淑因為女兒、女婿和一些孫子輩的孩子而學到了許多新事物，並嘗試積極導入在自己的人生中，這種情形說不定就是所謂的第四次工業革命。呂淑回想起宇才說過的話，「雖然大家都說第四次工業革命絕對不能忽略人工智慧，但其實媽，我關注的反而是平台。如今是連律師都在用平台接案的時代，您知道嗎？等於和您是一樣的。在美國，企業早已透過平台來聘僱員工，現在這個世界已經從正職、約聘、派遣工，進入到平台工的世界。」呂淑努力理解宇才說的每一句話，感覺得要這樣才有辦法維生。

當然，按照過往方式持續工作也不成問題，依然可行；然而，那樣的話就會一輩子和類似的人以類似的方式從事類似的工作，把自己置身在類似的委屈與處境當中，不會有所突破。呂淑想要試著將剩餘人生的勞動投入在手機應用程式，想要搭上這個名叫平台的新玩意兒；因此，她重學開車、認真學習使用應用程式的方法，並對於不斷進步且有所改變的自己讚嘆不已。呂淑認為一開始做這種工作的自己和現在的自己已經徹底不同。當時還會隨身攜帶清潔工具，不論走到哪裡都想從清潔做起，因為深信自己會做的事情只有打掃；然而，那只是畫地自限而已，只是把自己塞進矽膠手套裡而已。

母女倆回到家以後重新試穿了委託人送給她們的那兩套衣服。宇才和楊天植看見兩人換裝完成的模樣面無表情，連笑都沒笑。宇才問她們是打算參加角色扮演派對嗎？而楊天植則是直接當著呂淑的面說她像神智不清的老太婆。

呂淑索性把楊天植的話當耳邊風，肩上的肩章與金色流蘇為她增添不少自信，感覺自己彷彿成為一名引領船艦的艦長。她發現自己從未想過這輩子會穿上這種衣服，並懷疑自己的人生到底有幾坪，該不會一輩子只有在兩坪大小的房間裡徘徊吧。她這一生只有穿自己該穿的衣服、學自己該學的知識、做自己該做的工作。儘管如此，也從未試圖抵抗或者努力改變，因為感覺那些是革命家或政治人物才會做的事情，對呂淑他們來說不具有那種力量和正當性，所以老早選擇了放棄。然而，活在那個時代的人多數都和她一樣是平凡人。

呂淑心想，從現在起要懂得抵抗。她要一把牢牢抓住將他們拋諸腦後不斷向前奔跑的時代的馬尾，並且大聲呼喊：「也帶我一起走！」

＊

呂淑抵達儂特利，站在自助點餐機前排隊。楊天植也從一件鬆垮的登山服換成了另一件比較沒那麼鬆的登山服，然後不再逃避地站到了呂淑身旁。

「妳要來點喔？」

「誰來點都可以啊。」

「妳會用嗎？」

「每個都按按看嘍。不要自己嚇自己就會知道怎麼用了。」

終於輪到他們點餐。呂淑點了一杯咖啡，楊天植點了冰淇淋。他們不再用束手無策、驚恐萬分的表情呆站在那裡，也不再隨便點選一份根本沒有要吃的漢堡套餐倉皇逃離現場，更不再坐在位子上覺得自己好浪費錢。他們將自助點餐機畫面裡寫有韓文的地方統統都按了一輪，並掌握每次更換畫面時究竟出現何種改變。他們不再擔心會不會害其他客人等太久而把自己搞得焦慮萬分，也不再覺得這是不屬於自己的場所而心生畏懼。雖然這次依舊沒有馬上找到結帳按鈕，但至少全程是可以挺直腰桿、抬頭挺胸操作的。

電子看板上一顯示取餐號碼，他們便起身去領取餐點。楊天植吃著他要的冰淇淋，呂淑也喝著她想喝的咖啡，心裡各自想著真甜、真香，完全專注在自己的咖啡和冰淇淋上，偶爾也會瞄一下窗外路過的行人，享受悠閒。

「楊天植，看來我們進化了。」

楊天植什麼話也沒說，繼續吃著他的冰淇淋。呂淑難得直呼丈夫的名字，也對於這樣的自己感到好笑。戀愛時期，她只要喝了酒，就會大聲呼喊他的名字，「楊天植，一起走！」「楊天植，你有打算要和我結婚嗎？」而楊天植從未針對她的酒品問題說三道四，甚至還積極幫她隱藏。

「人還是要活得年輕一點才對。」呂淑說道。

「妳有覺得自己變年輕了嗎？」

「偶爾。」

「可是我們都老了欸。」

「老了啊，但是比我們更老的人都沒怎麼老。」

「這又是什麼意思？」

「最近會覺得比我們年紀更大的人其實有點可憐，都活得太老派。只按照社會期待的樣子過一生，太可憐。」

「我們也很老派啊。」

「我們哪裡老派了。女兒們說不想生孩子，我們也二話不說。不用幫忙顧孫子，還能做自己想做的事，賺點錢把身體健康顧好就好，哪裡老派了？」

楊天植沉默了一會兒，問：「那個人的婚禮都不需要爸爸參加嗎？」

「你不行。」

「為什麼不行？我不論去到哪裡都被人說很帥耶！」

呂淑笑了一下回答：「那裡都只有女生。」

「這場婚禮只有女生參加？」

「不是啦，是這款應用程式。不論是委託人還是求職者都一定要是女生才行。」

「還真是什麼稀奇古怪的東西都有。」

「應該是因為這世界需要這些東西……」

楊天植吃完冰淇淋以後問：

「昨晚和宇才聊什麼聊到那麼晚？」

「第四次工業革命。」

「什麼？」

「人工智慧，沒聽過嗎？」

「AlphaGo。」

「沒錯，就是那種。然後宇才還說，如果以生命週期來看，我們現在就是處於赤字人生，賺完錢要退休的年紀。」

「退休個屁。」

「是啊。我們還不能退休，所以還是得努力轉成黑字吧。」

「宇才叫妳要這樣喔？」

「他沒有要我這樣，只是宇才偶爾還挺聰明的不是嘛。昨晚也是這樣嘍。」

楊天植沉默了一段時間，於是問呂淑：「我們能工作到什麼時候呢？」

到能夠覺察世界在改變為止，呂淑暗自在心中回答。楊天植又追問：「沒把握嗎？」

「不會啊。」

呂淑接著說：「這其實……不是什麼技術，而是人。」

「什麼？」

「是人與人之間的事情，並非技術。」

呂淑想起了朴以莉和她的未婚夫，於是這樣回答。楊天植一副若有所思的表情，隨即馬上打了個哈欠。

路邊經過一輛滿載廢紙的回收拖車。兩人同時看向拖著拖車行走的老奶奶，她看上去就像白菜心一樣，用早已不復繁盛茂密的葉子、只剩下底部的瘦小身軀費力地拖著拖車。那一瞬間，呂淑意識到自己和楊天植的未來也將如此。他們將以手機應用程式代替拖車，以撿取工作機會代替回收廢紙；用這樣的方式誕生出新檔次的貧窮老人，他們將被稱之為從事平台勞動的老人，而不是撿廢紙的老人。但還是一樣貧窮，只是形式改變而已。

儘管如此，呂淑還是沒有認為自己比別人不幸。

呂淑駕駛的車行駛在西海岸高速公路上。呂淑和秀敬正準備前往探望住在大埠島附近的枝心。

枝心是呂淑的老朋友了，過去呂淑離家出走時，她還供呂淑吃住，兩人也一起參與淨灘活動。要是流太多汗，身體容易有危險，所以她們還事先吞了一小撮鹽巴再去淨灘。枝心年紀輕輕就離婚，後來都是獨自一人生活。

呂淑偷瞄了秀敬一眼。秀敬一臉沉思，望著車窗外的景色。

「那場婚禮，很有趣吧？」

秀敬和呂淑將新娘的姊姊和母親角色扮演得維妙維肖。呂淑當天在婚禮中流下了眼淚，並向朴以莉的未婚夫表示，以後女兒就多拜託他照顧了。儘管朴以莉當場表示應該是彼此拜託彼此，沒有只有一個人要承擔另一半的婚姻，但呂淑的眼淚最終還是打動了男方父母的心。男方的父母從一開始就一直帶著半信半疑的表情坐在位子上，直到看見呂淑落淚，才終於相信這是一場認真的婚禮，並露出安心的表情。也許是覺得只要新娘的母親流淚，那就和其他婚禮沒有任何不同。朴以莉和未婚夫看起來非常幸福，他們的親朋好友也拚命炒熱氣氛，最後大家都喝醉了，跟著音樂旋律跳舞，呂淑也從位子上起身賣力地用手打節拍。婚禮結束後，剩餘的食物統統打包讓所有賓客帶走，朴以莉的未婚夫甚至表示這場婚禮沒有產生任何垃圾著實讓人倍感欣慰。他們都沒有為了婚禮額外添購物品，也沒有購買只用一天就扔掉的一次性裝飾品。唯獨只有呂淑和秀敬是當天之後就再也不會碰面的人，不過理所當然地，她們並沒有被視為用完即丟的免洗筷來對待，至少在那天的場合上是如此。

導航顯示已抵達目的地。呂淑用神清氣爽的表情走下駕駛座，秀敬則是對於車門一開就傳入耳裡的海浪聲感到驚嘆不已。

她們看見站在遠處的枝心。儘管許久未見，她的穿著打扮依舊沒有太大改變，漁夫帽搭配長長的針織外套，還有垂墜飄逸的裙襬。秀敬看著那條用拼布做成的裙子，想起了很久以前的那天，枝心的穿著也和這套衣服類似。看著過了一段時間也還是一成不變的人，在感到安心的同時也會沒來由地不安；感覺時間並沒有在那個人身上留下任何痕跡，而自己卻是被時間一腳狠狠踩過。然而，近距離面對面的時候，仍然可以看見枝心的臉上均勻密布著宛如支流的小細紋，因為她面帶著笑容。

「枝心啊，這次是我自己開車來的喔！」

呂淑一見面就喜孜孜地炫耀著，枝心沒有感到驚訝，一臉本來就相信她能辦到的表情。停車場內停放著枝心平時在使用的車子，是一輛還滿大的休旅車，據說是幾年前認識交往的對象的車子。

她們走進附近的餐廳，花蛤刀切麵的湯頭已經熬成白色，喝起來鮮甜又爽口。老闆請她們吃的蘿蔔葉拌飯也簡直是人間美味。

「呂淑啊，像這樣把蘿蔔葉的水分用力擠乾，再放一點紫蘇油拌一拌，會非常好吃喔！」

「嗯，我知道。」

呂淑簡單帶到吳慶子的消息。說她現在人在海南，但是沒有人知道她在那裡做什麼，就算問了她也不說。

「她是跟老公吵架才過去的。」

「嗯，叫她在那裡冷靜一下也好。」

「這樣說她會生氣的。我看她在那裡的時候也一直在生悶氣的樣子，我叫她上來她也死都不肯上來。」

這件事秀敬也知道。寶拉有回家一趟，對待秀敬的態度能感覺仍然記得上次和秀敬的爭吵，頻頻觀察她的臉色，說話口氣也顯得小心翼翼。其實該這樣的反而是秀敬才對，所以她主動約寶拉小酌兩杯，並在喝醉的狀態下抓著寶拉的手嚎啕大哭。寶拉沒有流淚，雖然眼眶有泛淚，但是眼淚沒有奪眶而出，秀敬認為那樣的寶拉實在很堅強。寶拉忙著到處參與示威活動，她沒有對秀敬強求什麼，只向秀敬表示姊姊過自己想要的人生就好，她會過她自己想要的人生。因此，秀敬也不再認為寶拉是因為她而修改了人生路徑。

寶拉具備明確的方向性，也有自信不因任何人而心生動搖。那天，驚訝的是寶拉的男友竟出現在和秀敬的酒局裡。寶拉的男友看在秀敬眼裡是生物學上的女性，然而當事人卻不認為自己是女性，正在排除二分法式的性別區分，尋找包含第三性的某種性別。秀敬有點不曉得該如何面對寶拉的男友，也實在聽不懂對方究竟在說什麼。但是等酒醒後再重新思考，發現也不難理解，畢竟對於有些人來說，尋找最適合自己的性別就是最重要的人生課題也不一定。我們每個人不必煩惱同樣的問題，也不需要毫不懷疑地接納與生俱來的東西。這種事情需要有先例，而且是非常多的先例。

吃完刀切麵，享用飯後咖啡的期間，呂淑向枝心仔細介紹關於姊妹幫這款應用程式。包括目前專為女性提供的生活便利型服務已經進化到手機應用程式，以及自己用這款應用程式賺了多少錢，與此同時也多麼不穩定等等……。

「妳也這麼認為嗎？」

枝心問秀敬。秀敬點點頭，這種工作的缺點自然是如出一轍，如今她已經是能和黃寶碩高談闊論的程度。秀敬能暢談所有缺點，諸如：無法申請職災、沒有固定工作量所以也不保障固定薪資、事實上和簽約零小時沒兩樣卻需要長時間處於待命狀態，以及對於打零工的人來說其實更需要補強生計的不穩定性，因此應該要提供較高的酬勞，但現實卻是恰巧相反；還有，要是評分太低帳號就會被停掉，所以經常因為過度在意評分而感到厭煩無力。最終，這種工作會使你變成現在指向型的人，而不再是未來指向型的人。

「那是什麼意思？」

「就是有時候會覺得自己變成了只活在當下的人。感覺只有現在此時此刻最重要，因為每一份工作都是一次性的，只有接到工作的時候才會覺得自己是勞工，其餘時間身為勞工的存在感就會比較淡薄。不過我也老是會浮現一個念頭，說不定所謂的工作本來就是如此，只要用這種方式學習各種工作過生活，是不是也行？感覺我整個人都變奇怪了。」

「說不定不是妳奇怪，而是妳對於勞動的根本觀念改變了。」

「或許是吧。」

*

海浪不斷拍打上岸，呂淑原本打算把過去未能和枝心分享的話題一次聊個盡興，但是兩人走在海邊的期間，發現那些話題變得一點也不重要了，所以只是默默地走著。枝心似乎也沒什麼特別想說的，安安靜靜地和呂淑一起散步。

秀敬和她們隔著一段距離獨自行走，海浪沖上岸又退回去的簡單節奏能使心情放鬆。她不免期待，要是住在這種地方應該會變成另一種人，不論遇到任何事情都能用沒什麼大不了的態度來面對。然而，枝心笑著搖搖頭說：「這裡有網路，也可以通電話，所以頭痛的事情還是一樣令人頭痛。」

「真的嗎？」

「大海看久了也會像江河，海浪聲聽久了也會膩，現在已經聽到麻木了。」

呂淑突然問：「那妳為什麼還要住在這裡？」

「因為無處可去。」

呂淑聽了這樣的回答，搖搖頭說：「不是無處可去，而是沒有想去的地方吧。」

枝心的家在一棟矮層公寓裡，是兩房的戶型，雖然站在露天陽台無法直接遠眺大海，但是爬上頂樓陽台，一望無際的泥灘就會盡收眼底。枝心把桌子和摺疊椅搬去頂樓陽台，晚餐的菜單就決定是炭火烤肉了。

呂淑說：「我們吃豬頸肉就可以了，何必買要價不斐的韓牛。」

「不是我，是我男友買來的。」

「看來他還滿富有的喔？」

「比我富有吧。」

「真羨慕。」

呂淑說完還瞥了枝心一眼，但是秀敬並沒有完全相信這句話。呂淑從來不是會去羨慕別人的那種性格，要是把她好好放著，她應該永遠是個沒有任何稜角的人。她是因為和楊天植一起生活，才變得敏感又尖銳，但如今也逐漸找回原本的面貌。

三名女子舉起酒杯互相碰杯。秀敬聽聞原本在與疾病抗爭的枝心被醫生說預後應該不錯而感到安心不少。枝心表示是男友把她照顧得很好，但也因為如此，感覺自己好像愈來愈離不開這個人。

「年紀大了會孤單，互相安慰扶持就好，絕對別結婚。」

枝心反而搖搖頭，說：「可是他想跟我結婚。」

「難道是四十歲單身漢？」

「比我小三歲。」

「都這把年紀了還想結婚？從來沒結過嗎？」

「年輕時有過一段婚姻，後來離婚了，也有小孩。」

「那為什麼還想結婚？」

「他說要結婚，自己名下的財產才有辦法到我這裡。」

「如果是因為這樣的理由那就結嘍！表示他想把財產統統給妳欸，好有心喔。」

「他可能不希望財產跑去孩子那邊吧。不覺得有點奇怪嗎？」

「也不無可能啊。」

然而，所有人都沉吟了半晌，一起思考著是否真的不無可能。秀敬得出了的確不無可能的結論，因為比起小孩，他可能更想把財產留給自己心愛的女人。然而，他的小孩一定不會這樣想，而枝心會遭他們妒忌厭惡的可能性也很高。

「妳有見過他的小孩嗎？」

「沒有。」

「妳自己要想清楚。畢竟對方也上了年紀，他對婚姻的觀念應該和以前那個年代的男人沒兩樣，除非觀念比較新穎才值得一試。」

枝心點頭附和：「沒錯，他是老古板。」

三人再次乾杯，將杯子裡的酒一飲而盡。這時，呂淑的手機跳出推播訊息，與此同時，秀敬也收到了一樣的訊息。母女倆開始讀起姊妹幫的公告，一陣沉默過後，呂淑開口問：「秀敬啊，這是什麼意思？」

秀敬按照公告重新解釋：「它說以後百分之九十的委託案都一定要接收。」

「不論任何委託嗎？」

「嗯，然後限時一小時內要回覆意願。」

母女倆同時臉色一沉。枝心詢問發生什麼事，但是兩人都提不起勁為枝心詳細說明，腦中思緒一團混亂。

「要是不遵守會怎麼樣？」

「被停用帳號吧。」

呂淑嘆了一口氣，被機器拒絕比被人拒絕還要更使人鬱悶，也找不到任何可以拜託或訴苦的對象，就只會得到再也無法登入應用程式的通知。從加入會員後開始計算，只要一週內邀約你進行的委託案統統都沒按接收的話，帳號就會自動被停止使用。秀敬表示要是真的帳號被停用會很麻煩，所以叫呂淑記得要盡量接案，而呂淑也乖乖照做。然而，其中自然會有自己不想接的案子，比方說，要她抓蟑螂倒還好，但要搬沉重的沙發就很困難了。而且要在一小時內回覆意願這項規則，聽起來也像是在命令妳隨時要確認手機。

「為什麼要改成這樣？」

秀敬不知該如何回答。枝心觀察著兩人的臉色，最後選擇幫母女倆斟滿酒杯。

「發生不好的事了嗎？」

「還不太清楚。」

雖然秀敬這樣回答，但是氣氛明顯低迷。呂淑的臉上籠罩著一層擔憂，一直揮之不去。枝心則是側身而坐，用夾子摘除掉黏在烤盤上的焦黑物質，最後她忍不住問：「有一定要做那份工作嗎？」

呂淑回答：「總不能讓自己餓死吧。」

「不是也有本來從事的工作嗎？不至於餓死吧。」

呂淑當場愣住，兩眼眨呀眨，我本來從事什麼工作？喔！打掃醫院走廊和洗手間，然後要順著組長的毛摸、五分鐘內吃完一份便當、連喝咖啡的時間都沒有就老是急著把人推向工作現場的窒息氛圍，以及突然裁掉一大批人，卻一副理所當然似的把那些人的工作直接加諸在其餘未被資遣的人身上，甚至要求比以往更短時間內完成等……。而且還要忍受被針頭扎、飽受無禮的患者驚嚇。是啊，有段時期自己就身處在那樣的職場風景裡。呂淑像是在回憶好久之前的往事一樣，想著當時的種種，於是秀敬那張陷入沉思的側臉映入了她的眼簾。

「對於我們來說，這份工作比較合適。」

枝心也觀察著秀敬的臉色，連忙轉移了話題。

＊

母女倆輪流洗完澡以後，在客廳地板鋪好棉被。枝心家的地暖運作得順暢有力，呂淑和秀敬並排而臥，盡情享受著腰部和四肢都被熱呼呼的地板熱敷；然而，她們也因為不曉得該如何面對突如其來的新規定而忐忑不安。沒有明確的方法，就算抵抗也沒有意義。要是不想聽從新規則，只要退出即可。但是因為沒有辦法這麼做，所以呂淑和秀敬不免擔心從明天起究竟會收到哪些委託。

「這種平台本來就這樣嗎？還有突然改遊戲規則的喔？」

「看起來是，我也不清楚。可能收入不理想，或者收到太多投訴和抱怨吧。」

「可是我們表現得不錯啊。」

秀敬沒有回答。如果從評分來看應該是表現得還不錯。秀敬的評分是八・五分，呂淑的評分則維持在八・二分，若要到達接近九分或者九分以上，就要做各式各樣稀奇古怪的努力，所以兩人很滿意現在的分數。然而，接下來會變成什麼樣子不得而知。母女倆陷入長考。

呂淑壓低音量說：「我說那個枝心啊，她把人生想得可真簡單。她最討厭聽到什麼妳知道嗎？就是餓死。每次只要有人這樣說，她就一定會回對方：『怎麼可能餓死，絕對不可能，只要活著就一定會找事做。我們國家其實有很多工作機會，只是許多人不願意做而已，反而都是外籍勞工在做那些工作。』」

此時，房門被打開，枝心走了出來。呂淑話說到一半頓時打住。走往廚房的枝心笑著問：

「是在說我壞話嗎？」呂淑則是以笑容代替回答。枝心將杯子洗好後重新走回房間。

「妳看，她的第六感就是這麼靈，還會在我人生最糟的時候突然主動聯絡。」

「媽，現在是妳人生最糟的時候嗎？」

「……不是啊，當然是最好的時候。」

呂淑說完也許是感到頗為害羞，獨自低喃：

「不過依照我活到這把年紀的經驗來看，最好的時候和最糟的時候也有可能重疊。」

直到凌晨，呂淑仍輾轉難眠，秀敬也被每次一闔眼就聽見的海浪聲吵得難以入眠。但是一睜開眼又只聽見呂淑的呼吸聲在一片寂靜當中，海浪聲反而神奇地消失無蹤，像這樣整晚都在和海浪聲玩躲貓貓，所以不知不覺間天就亮了。

秀敬明明整晚沒睡，卻還是伸了個懶腰好似自己剛睡醒，呂淑也同樣以「哎唷，睡得可真好～」的謊言迎接全新的一天。

*

宇才將其稱之為「軸轉（Pivot）」。

那是秀敬第一次從宇才那裡聽說這個單字，宇才則是因為黃寶碩而得知。簡言之，是企業要跳脫過往的經營模式，轉往其他方向的意思，也有可能直接轉換成其他領域的事業。雖然可能轉往好的方向，但也可能適得其反。假如姊妹幫選擇往較好的方向軸轉，可預期的變化有：把姊妹們當成職員聘僱而非私人業者、開放員工認股、為姊妹提供二十四小時電話諮商中心等。然而，目前並沒有任何平台企業往這樣的方向軸轉。

平台上的姊妹們原本可以自行挑選工作。雖然都會將自身專長或者可以提供哪些協助等清楚列在自我介紹當中，但有時不免還是會收到一些出乎意外的委託案，這時本來是可以按拒絕的，可是現在基本上每個委託案都要按接收才行。如果還要在一小時內回覆接案意願，就等於要無時無刻確認手機是否收到委託邀約的意思。

呂淑和秀敬的手機整日不離身，無時無刻都握在手上。當通知音響起，她們不再像以往那樣先評估要不要接，而是抱持著能接盡量接的心態隨時準備起身出發。呂淑這次接到的委託案是要陪同委託人一起將物品拿去某處扔掉，而秀敬接到的委託案則是代替委託人去婆家準備祭祀的食物。

母女倆站在地鐵站驗票口前揮手道別，後來就分頭各自行動。

和呂淑相約碰面的委託人已經抵達約定場所。她站在那裡，身旁還有兩只大紙箱，紙箱用膠帶牢牢密封，像全新的一樣乾淨完好。雖然呂淑很想詢問裡面究竟裝著什麼，但總覺得好像不太適合過問。因為委託人戴著口罩和帽子把整張臉幾乎全部遮住，以充滿警戒的眼神觀望著四周，頂多只能目測是一名年輕女性而已，手腳尺寸都很小。呂淑和她點頭問好之後便接過其中一只紙箱，而委託人望著放在地上的另外一只紙箱，短暫猶豫了幾秒鐘，最終還是抱起紙箱，走在前頭為呂淑帶路。

呂淑本想問對方要去哪裡，但她選擇忍住。姊妹幫這次所做的改變當中也包含評分系統，如今已從滿分十顆星轉為滿分五顆星，等於原本給七~八分的委託人會變成只給三分，評分區間不再緊密導致辨別度下降。當然，那是宇才的想法，他昨晚剛對呂淑和秀敬發表了一席演說，要旨在於愈是這種過渡時期愈要她們繃緊神經、拴緊螺絲。委託人日益月滋，求職者也按比例增加，競爭自然是愈演愈烈。一開始加入平台時，儘管沒什麼長才也不至於覺得自己不如人，但是新加入的姊妹們各個身懷絕技，不僅擁有烘焙或美容等技術，甚至還會駕駛露營車，抑或是招待委託人親自釀的酒，而且正如呂淑所猜測的確不是什麼水果酒，而是手釀啤酒或馬格利酒。呂淑不能理解姊妹們為什麼要送這種東西給委託人，與此同時，像呂淑這種相對高齡的姊妹也逐漸被淘汰。正因為如此，呂淑才會選擇閉口不問，直到最後都沒有問委託人自己懷裡抱著的這只紙箱究竟裝著什麼，以及為什麼要將它們扔到指定地點。

委託人帶著呂淑走到整排都是資源回收廠的荒涼街道，那裡人煙稀少，是一條沒有人行道的馬路，要緊貼在車道旁的建築物行走。每當載著廢鐵的卡車經過時，都會揚起一片塵土，使人灰頭土臉。委託人不發一語地走在前頭，呂淑也默不作聲地緊跟在後。委託人的肩膀看起來十分嬌小，究竟是幾歲呢？不問問題是原則，對方也沒有義務非回答不可。在姊妹幫裡，委託人的個資是受保護的，姊妹們的個資則是公開透明的。

最終，委託人抵達的地方是一座矮小的荒山。沒有名字、沒有設置運動器材，甚至分辨不出有無居民的那種荒山野嶺，委託人往山坡爬了上去。呂淑雖然感到不太尋常，但還是選擇默默跟上。直到委託人終於停下腳步，將紙箱放在一棵大樹下，然後回頭望向呂淑。

「那個……」

呂淑按照教育訓練時學到的方式回答：「是，請問有什麼需要幫忙的嗎？」

「可以麻煩您幫我把這扔到那邊去嗎？」

委託人手指的地方一眼看去就是一頂廢棄已久的帳篷，打造成可以居住的型態，頂多只能推估過去應該有人在這裡生活過一段時間。呂淑躊躇不前，雖然內心非常想問究竟箱子裡裝的是什麼、為什麼要扔在這種地方，但她最終還是沒有開口。畢竟評分至關重要，委託人看起來也神情憂鬱，說不定連三分都很難拿到。

呂淑猶豫了一會兒，抱著紙箱緩緩往帳篷前走去。在這段行走的期間，她開始回想自己在修改自我介紹時究竟填入了哪些內容。

——話少、擅長保密、強心臟。

這是呂淑當初按照宇才念給她的內容直接填入的，宇才擔心呂淑身為這款應用程式裡的姊妹競爭力卻日漸下滑，認為不能再繼續這樣下去，所以提出了這套全新的行銷自我策略。這是和楊天植一起觀看電影《無間道》時想出來的人物形象，所以顯得有點不切實際。不過宇才當時是這樣說的，「媽，雖然您的劣勢在於年紀，但其實也可以把它轉換成優勢。您想想看，年輕人可能吃不了苦，或者因為沒有勇氣、膽量而導致有些事情無法勝任，但這些事情您都做得來啊。」

「才不是，我也吃不了苦。」

宇才搖搖頭，「從現在起不能再這樣了。媽，您試著這樣思考看看，我是殺手，我是實力頂尖的殺手。」

呂淑只用力睜大雙眼，最終還是按照宇才念的內容填寫，強調自己可以冷靜處理任何事情。

呂淑心裡想著宇才說過的話，鼓起勇氣掀開帳篷，裡面有各種骯髒發臭的垃圾和卡式瓦斯罐等散落一地。呂淑把紙箱放進帳篷裡便走了出來。這時，委託人又語帶堅定地說：「不好意思，麻煩幫我把紙箱上的膠帶撕開。」

呂淑轉身重回帳篷內，並將封箱的膠帶撕開。她隱約瞥見了紙箱內部。

不久後，走到外頭的呂淑將委託人抱著的另一只紙箱也接了過去，走進帳篷內將其放妥。

同樣撕開膠帶，停頓片刻，再走了出來。

委託人當場將約定好的金額轉帳至公司帳戶，扣掉相關手續費後的金額將會被匯入呂淑的銀行戶頭。呂淑沒有過問如此簡單的事情為何要特地委託她，但她猜想應該是因為沒有姊妹願意接這種案子的關係。做完這種事情的姊妹往往會像現在的年輕人一樣將照片上傳至社群平台，抑或是舉報到輿論媒體；然而呂淑並沒有這麼做，也沒有這樣做的打算，她只覺得委託人應該是有自己的苦衷。明明可以自己分兩趟來丟棄的，她卻沒這麼做，反而選擇交給陌生人來處理這件事情，像這樣製造共犯。最後甚至沒有勇氣撕開膠帶，還拜託呂淑代替她撕開，然後付錢了事。

委託人先行離開之後，呂淑獨自走在那條充斥著資源回收廠的街道。

該回去嗎？要不要回去盡量做點嘗試？

要是打電話給動物救援中心，說不定會願意收留，不過也聽說過會直接安樂死。該怎麼辦才好，還是問問看秀敬？但是秀敬現在應該在別人的婆婆家裡忙著煮飯，沒空理會我。

呂淑最終收到了一筆不小的金額，或許是證明委託人罪惡感的金額也不一定。不要去理會好了，家裡已經狹小至極，沒有多餘的空位再多養其他生命，又不是我的房子。最終，呂淑搭上了地鐵，回到自家社區。此時她才發現，自己已經沒有走上樓梯的力氣。

如果只帶一隻回來是不是還勉強可以呢？當時是因為想著兩隻都要帶回來才覺得不可能，要是只有一隻，大家應該沒問題吧。

呂淑重新搭上地鐵，然後第三次踏上那條資源回收廠林立的道路。三輛卡車接連呼嘯而過，揚起了大片灰白色的塵土。呂淑將口鼻遮住，獨自往那座荒山走去。

紙箱已經不在現場。

整個消失無蹤，彷彿一切都是夢一場，沒有留下任何痕跡。

呂淑蹲坐在帳篷角落，腳邊的卡式瓦斯罐看起來像全新未使用過。她伸手撿起一罐，拿起來搖搖看，裡面還剩半罐左右，看來是危險的地方。在那一旁還有遺落的一只皮夾，她打開皮夾查看，骯髒的塑膠套後方仔細一看是一名年輕女子的照片。呂淑飽受驚嚇，不慎將皮夾掉落在地，感覺此處發生過各種不幸的事情，她連忙走出帳篷。

用膠帶牢牢黏住，然後又請呂淑幫忙撕開，在這之前，決心將其遺棄。這一切的一切都很奇怪，也很可疑。然而，就連進一步仔細思考的時間都沒有，手機通知音就再度響起。聽聞聲響的呂淑機械式地想起了接收率百分之九十這件事，緊接著就閱讀起委託人所傳來的訊息內容。連心跳都還尚未恢復平穩。

＊

秀敬按下門鈴，稍待片刻。過不久，對講機開啟，立刻傳出孩子們的吵鬧喧嘩聲，其中一名女童的稚嫩嗓音尤其清晰。

——請問妳是誰？

秀敬猶豫了一下，最終還是照慣例回答自己是從姊妹幫來的，結果不出所料，女孩根本聽不懂她的回答。正當秀敬想要重新解釋時，大門開啟了。秀敬深呼吸，走了進去。

那是一間四十坪左右的寬敞公寓，大大小小的鞋子散落在玄關，走進客廳映入眼簾的是三名站在沙發附近年齡相仿的孩子，看起來約莫只有五歲至七歲左右。孩子們用充滿好奇心的眼神盯著秀敬，女人們統統聚集在廚房，其中一名則是委託人的婆婆。

來這裡的路上，秀敬有預測過委託人究竟會用什麼方式為她評分，會直接按照婆婆的評價反應在評分上，還是會經過委託人的獨立判斷進行評分。然而，畢竟見不到委託人本人，所以不免懷疑後者的方式是否可行。最終，秀敬得出了要在委託人的婆婆面前力求表現的結論。然而，就在她去洗手間洗手時，因為接到了來自委託人的電話而使她徹底改變想法。

——從今往後我都不會再去那個家準備祭祀食物了。雇用您是希望您可以代我把我的意思確實傳達給她們。

秀敬表示自己明白了，並掛斷那通電話，但她納悶的表情依然掛在臉上。這種問題不是應該要親自表達嗎？然而，委託人反倒希望秀敬可以代為轉達。這當下秀敬才知道，原來委託人真正要她做的並不是幫忙完美備妥祭祀食物，也不是處處配合婆婆，而是代替她宣示即日起再也不會來參加祭祀。

原來，難怪會給那麼高的薪水。

秀敬一邊用毛巾擦乾雙手一邊思考。從委託人給那麼大筆金額開始她就有所察覺了，應該會是一份處理起來棘手的案子，說不定是非常刁鑽難搞的婆婆，諸如此類的念頭從她腦海中頻頻閃過。秀敬打從一開始就沒有公婆，所以自然從未經歷過所謂的「婆家生活」。

秀敬走出洗手間，往廚房走了過去。在婆婆的指揮下，兩名媳婦正在埋頭處理煎餅。見到秀敬忍不住睜大雙眼的分別是二媳婦和小媳婦，而派秀敬過去婆家的委託人則是這個家的大媳婦。因此，氣氛自然是不可能好到哪裡去。婆婆基本上都保持閉口不語，所有指示都不是用嘴巴說，而是用手或下巴來指使。秀敬負責煎各式煎餅、更換一罐新的食用油，抑或是把用於串煎的牛肉去血水等，處理起來都沒有出任何差錯。然而，沒有任何交談的廚房宛如一座冰庫，原本在客廳裡跑跳的孩子們也因為收看卡通電影而變得安靜無聲。

當竹簍盤裡裝滿豬肉圓煎餅的時候，委託人的婆婆去上洗手間，就在這時，二媳婦像等待已久似的連忙開口問秀敬：「您今天真的是代替大嫂來的嗎？」

「對啊。」

「所以今天大嫂不打算來了嗎？」

「應該是。」

「她到底在想什麼？」

大媳婦沒有回來，所有批評和責怪自然都落到了代理人秀敬的頭上。這點秀敬可以理解，但是並不表示她連委託人在想什麼都一清二楚。秀敬同樣也曾因為祭祀過世的公婆時，周才的妻子沒有出席而感到不公平；但是因為周才和宇才都會看秀敬的眼色幫忙做事，所以她一個媳婦還算處理得來。儘管像是頂替了大媳婦的角色，卻沒有獨自承攬所有事情。

「以後應該都不會來了。」

「她下次也不打算回來嗎？」小媳婦睜大眼睛問。

「對，她說不會再回來了，叫我這樣轉達給各位。」

兩名媳婦一臉難以置信、無法理解的表情。

「好不負責任。」

「我早就猜到會這樣了。」

婆婆一回到廚房，媳婦們便立刻閉上嘴巴。婆婆目不轉睛地盯著鋪在地板上被油噴濺的報紙，然後走去拉了一張餐椅坐下。小媳婦見狀連忙泡了咖啡給每個人，看來是休息時間到了。秀敬走進洗手間，確認了一下這段期間有無訊息留言。結果什麼都沒有，可見委託人的心意已決，沒有臨時更改。那麼，是時候輪到秀敬將委託人的想法如實傳達給婆家的人了。

回到廚房的秀敬選了婆婆的對面位子坐下。

「在妳看來，祭祀是什麼？」

秀敬面對突如其來的提問一時語塞。於是婆婆回頭各看了兩名媳婦一眼，接著問：「在妳們看來，祭祀是什麼？」

所有人默不作答，媳婦們互看彼此，觀察起婆婆的眼色。

是像這樣需要整天看婆婆眼色的日子；是男人們都會很晚才出現的日子；是勞心勞力、傷神又傷身的日子；是在網路上看到有販售現成的綜合煎餅，考慮著到底該不該向婆婆開口，最終還是沒能開口導致大難臨頭的日子；是娘家媽媽再三告誡女兒要假裝不會下廚才能少做點事的日子。

當然，沒有人敢這樣回答，所有人都保持緘默。於是婆婆開口說：「就只是等故人回來一起吃頓飯而已。這有什麼好吵架的，我實在不明白。」

秀敬覺得自己不管怎樣都得代替委託人說句話才行。因為委託人拜託她做的事情並不是幫忙準備祭祀食物，而是代替她發聲。秀敬深呼吸，開口說：「站在媳婦的立場，對故人的情感是不存在的。只是義務出席，並且進行整日的家事勞動，而這只因為自己是女生的關係。」

婆婆一副氣定神閒的樣子。

「我也看過網路新聞，和朋友見面聚會時也曾聽聞過壞媳婦的故事，所以都曉得，都明白。但這樣是不對的，不可以這樣。」

沒有人做出回應。

「要是按照妳們的方式，很快就會忘記祖先了。沒有哪個後代是忘祖後還能飛黃騰達的。到現在也只過了區區四小時而已，我為了讓妳們輕鬆一點，還自己事先處理好食材，昨天也先去買好材料，妳們知道提著那些東西有多重嗎？妳們只要裹上蛋液下鍋裡煎就好，這動作有這麼辛苦？」

這時，媳婦們爭先恐後地回答：

「可是，媽，您每次都只叫我們做啊，都不叫兒子做。」

「他們都要工作啊！」

「我們也有工作呢。」

「最近哪個女人不工作？」

婆婆一臉厭煩地看向媳婦們。

「我下次也要請人來做事。」

二媳婦說道。小媳婦看著婆婆的眼色。

秀敬做好心理準備，再次開口強調：

「我的委託人表示，要我明確傳達從今往後不會再參與這邊的祭祀。我今天來這裡是為了代替她傳話的。」

婆婆面露驚訝地看著秀敬，但她沒有拿起手裡的咖啡潑灑在秀敬臉上。正當秀敬心想，看來那種事情很難出現在現實世界裡並感到安心之際，沒想到婆婆卻突然開始對她一陣咆哮，嚇得秀敬直接從位子上站起。

婆婆氣得面紅耳赤，從嘴裡吐出一連串辱罵字眼。秀敬連忙望向另外兩名媳婦，驚訝的是兩人都只是把視線朝下，一臉不意外的表情。這下秀敬才終於明白這位婆婆的問題點是什麼，也終於明白委託人會派她來的原因。

那張平穩冷靜的面具早已蕩然無存，徒留發燙漲紅、混亂不清的真實面目。婆婆不斷用低俗的髒話辱罵秀敬，並用手推擠她的背部。客廳裡的孩子們各個睜大眼睛，面露驚愕地看著這一切。秀敬被逐出門外，並在她背後砰地一聲用力關上大門。

＊

委託人打了一通電話過來。秀敬表示自己已經將她想表達的內容如實轉達，但不保證結果，搞不好下次祭祀的時候要再回一趟婆家也不一定；委託人則淡定表示，這是早已預料到的結果。

——我本來就有預料到她一開始一定會非常生氣，所以才會請您代打上陣。下次我會再親自回去重新把話說清楚，到時候她可能就不會再生這麼大的氣了，我是這樣期待的。

委託人最後付了約定好的金額給秀敬，秀敬以不是很舒坦的心情結束了通話。

那天傍晚，秀敬躺在床上，習慣性地登入姊妹幫。委託人提出的服務需求依舊千奇百怪。

——徵求早上一起去做體操的人。

——徵求一起閱讀的人。

——徵求代為遞辭呈的人。

——徵求代為通知分手的人。

秀敬一一瀏覽，並與宇才一同探究這是不是顯示著大時代下的某種需求。

「這人一定不是沒有時間做體操，只是缺乏動力而已，為什麼呢？因為嫌麻煩？千萬不能想得這麼簡單。早上難以起床的原因要麼是因為前一天吃太多碳水化合物，要麼就是吃了太多垃圾食物導致身體沉重，也或許是因為正處於被上司搞得壓力過大的情況。」

秀敬回應：「說不定只是覺得孤單啊，早上想找個人見面聊天而已。我可以理解那種心情，人不會只有在晚上感到孤單，有時候早上一醒來睜開眼睛也會感到自己好孤單。」

宇才點點頭，看著下一個委託人提出的需求說：「這人也不是沒有時間閱讀，只是意志力薄弱。不過我比較好奇她為什麼會突然下定決心閱讀，明明是閱讀人口早已瀕臨絕種的世界。」

「所以才會需要找一名同志吧，找個同類。我也有想像過，由滅絕危機的閱讀人聚集起來創建一個國家。有時在電影裡不是會出現這種橋段嗎，把一座小島的出入口堵住，然後宣布自己是獨立國家。在那個國家裡，閱讀是非常稀鬆平常的事情，大家也會經常談論書籍相關話題，就如同聊天氣一樣，然後推出許多專為閱讀人所制定的國家政策。」

「妳什麼時候開始這麼喜歡閱讀了？」

「不是我喜歡，只是突然想起寶拉。如果是寶拉的話說不定會想出這樣的主意。」

「這人又是為什麼要別人代替她遞辭呈？我猜應該是經歷了再也不想和對方碰面的鳥事吧，我可以理解。」

「我比較能理解下面那個代替她向對方通知分手的人。應該是因為害怕，不曉得提分手後會發生什麼事。」

「會不會是因為太難過呢？擔心自己又心軟。」

秀敬沒有回答，宇才接著說：「要求事項還真多元，不過核心只有一個。」

「什麼？」

「我需要人幫忙。」

第五章

chapter 5

洋溢笑容的家人

週末白天，秀敬獨自一人留在家中。

竣厚為了帶志厚看一場知名動畫電影而去電影院。楊天植則是在外送餐點的過程中因為天雨路滑而不慎跌倒，傷到腳踝，決定改用開車的方式接單外送，所以去見朋友了。他打算用便宜的價格向朋友收購改造過的液化石油氣車；假如順利成交，家裡就會有兩輛車，但因沒有停放兩輛車的車位，所以決定將秀敬的車子賣掉。呂淑為了和吳慶子見面而前往廣藏市場，宇才則是到住家附近的便利商店見朋友，八成是坐在便利商店的戶外座椅區喝著罐裝啤酒在聊天。

秀敬在所有人都出門後開始打掃家裡，用吸塵器吸著兩間房間的地板和擺放著父母物品的客廳地板，就連洗手間磁磚上的黴菌也統統清除，把堆滿著六人份鞋子的鞋櫃整理乾淨。儘管從原本六個人擠在一起的空間突然變成獨自一人，這個家也沒顯得比較寬敞。

寶拉比約定時間還要早抵達。她看著秀敬端出零食，用充滿雀躍的神情對秀敬說：

「姊，我們打算談點別的，不談愛情。」

秀敬將飲料推向寶拉問：「那是什麼意思？」

「我和她的感情說不定不是以愛情為基礎的啊。她和我有著一樣的想法，很神奇吧？」

「不是愛情的話是什麼？友情？」

「不是愛情就是友情這種思維本身就是一種洗腦。姊，妳聽聽看喔，我們總是想念彼此，也會努力不傷害彼此，幫助彼此更進步，並且希望彼此都能有更好的發展。但是要怎樣才能確信這種情愫叫愛情？只因為有接吻就是愛情嗎？因為對彼此起誓會永遠在一起就是愛情？不是的，在我們看來，我們很難定義這份感情是什麼，甚至更進一步需要得出專屬於我們自己的定義。」

秀敬望著寶拉，不敢輕易做出回應，因為她需要一點時間細細咀嚼寶拉說的這番話。不是愛情就是友情，兩者皆非的話就是信賴、照顧、憐憫等等……她腦中想起了這些單字，但依然不是很明確。究竟寶拉和寶拉的愛人，彼此之間發現了什麼情感呢？秀敬十分好奇，會是無人知曉的情感，還是無人不知的情感？彷彿是從未有人見過的全新情感色彩。

「就算這樣想也不會和對方的關係有所變化吧？」

寶拉謹慎地思考了一會兒，回答：「似乎沒有。我們本來就沒有結婚的打算，也沒有要接受那樣的制度。假如我們真的結婚，她說她不曉得自己究竟是先生還是妻子。我也會有點混亂，要是把自己定位成她的妻子，某些部分還是不太成立。」

寶拉說完這番話，一副若有所思的表情。秀敬看著放在寶拉面前的飲料杯，她知道寶拉只喝冰飲，所以前一晚還特地冰了一些冰塊。秀敬盯著杯子上布滿的水珠許久，突然決心這些話一定要在今天對寶拉說。「寶拉，之前我們不是在漢江有起爭執嗎，我想要向妳道歉。」

秀敬覺得要是不趁現在就永遠沒機會了，因為她是在那次之後才發覺自己對寶拉十分抱歉。寶拉紅著臉揮手說沒事，是自己的錯。

秀敬繼續說：「是我不該那樣說話的，在妳聽來一定會覺得很像是『只要自己吃得好過得好就沒事』，但我其實只是抱持著這樣的心態——那個人已經認罪了，也沒有再申請上訴，雖然判決出爐的量刑令人失望，但我也要接受這樣的結果才有辦法回歸日常；也許睡到一半從惡夢中醒來的日子會持續一輩子，但我還是很珍惜現在擁有的日常。在我看來，現在的樣子已經是盡了最大努力到達自己可以克服的程度了，但是上次見面給我的感覺是妳要否定或者打破我所做的這一切努力，所以才會啟動防衛機制，絕對不是要批評或者責罵妳。」

寶拉點點頭，但是頭低低的，所以可能在暗自流淚也不一定。每次只要談論這種話題寶拉就會生氣或者哭泣，如今秀敬已經可以體會那是什麼樣的心情，搞不好被那起事件傷得最深的人反而是寶拉也不一定。

秀敬至今仍不明白為何會這樣。每次做出這樣的結論時，內心都不免會狐疑。然而，她決定往不無可能的方向思考；亦即，看著秀敬遭遇這種不幸的寶拉，其內心承受的痛苦很可能比當事人承受的痛苦還要大；而完全不認識秀敬的人，在接觸到秀敬的事件的新聞報導後所承受的痛苦，也很可能比當事人秀敬還要來得大。這些人以理解整體加害型態的社會成員身分，統統串聯在一起。秀敬想起了那些連長相都不知道的人，然後與此同時也逐漸能體會寶拉的痛楚。

每當只要接觸有女性在地鐵站、斑馬線、散步道和觀光勝地無端遭受暴力或綁架的新聞時，秀敬都會在地鐵站、斑馬線、散步道和觀光勝地感受到同樣的擔憂與恐懼。儘管不能和受害者所感受到的害怕程度相提並論，卻依然會戒慎恐懼，只要有人從旁突然靠近，自己就會先嚇個半死。

就算對受害者表示我也同樣能感受到妳的畏懼，那份恐懼感也不會因此而減少。真正需要的反而是某種根本性的解決對策，一些不僅止於防身術這種個人自我保護的對策，而是可以有效阻止因為對方看起來比較弱小而在衝動之下做出這種冷血暴力舉動的對策。秀敬苦思，究竟會是什麼樣的對策。也許寶拉就是基於這樣的心情而向秀敬提議一同示威遊行、集會抗議。如今，秀敬可以理解寶拉，過去那些因為生計而想要息事寧人的東西也逐漸浮上檯面，變得清晰可見，而且是過了這麼久才慢慢看見。然而，要找到解決對策依舊困難，面對那樣的暴力仍然不曉得該如何應對。無法像楊天植那樣當作自己運氣比較差所以遇到那種鳥事，也無法像宇才那樣認為只要賺很多錢就可以解決，更無法一輩子在只有女性的公司工作、只面對女性客戶，甚至無法只從事平台勞工這種徹底排除與他人之間連結的工作，這些統統都是治標不治本的對策。秀敬沒有把握自己能否想得出解決對策，最終很可能只會淪為分享閒聊這樣的煩惱而已，但她還是領悟到，原來這種煩惱是需要被拿出來討論的。

「姊，我當時並不是想要說話傷害妳。」寶拉語帶哽咽地說著。

秀敬把上述想法講給寶拉聽。寶拉點點頭，嘆了一口氣，並表示就算看起來不可能，也要透過渺小的自身努力一點一滴改變世界。只為不讓任何人再因為無緣無故的暴力而犧牲或受傷。

秀敬一邊聽著寶拉說話，一邊用手撫摸寶拉的背部安慰她。秀敬覺得自己像是一位上了年紀的老奶奶，要是等自己變成老太婆還能被人喊一聲「姊」，感覺應該也不賴。要是到那把年紀還能聽到人家喊自己「姊」，應該心情滿好的。她總覺得「姊」這個稱呼自帶一種可以撫慰人、擁抱人、守護人的能力，那是唯有強者才有的能力，而秀敬也想成為強者。儘管老了以後背都駝了，眉毛也已經斑白，只要有人叫自己一聲「姊」，感覺還是會自動變身成強者。

「寶拉，雖然不曉得我目前的樣子在妳眼裡看起來怎麼樣，但我其實是盡了最大的努力。」

寶拉表示自己明白，這下才終於抬起頭。她眼角泛著淚水，頻頻點頭，眼淚也因此奪眶而出，沿著臉頰直直流下，再被寶拉以手背抹去。如今終於能針對那起事件表露真心，不必再樹立尖銳的盾牌，也曉得要如何揣摩對方的真心。秀敬終於鬆口氣，感覺又順利跨過了一道難關。

秀敬起身正準備走去廚房，就聽見門外傳來有人在解鎖的聲響，依照按密碼的速度推測應該是恩芝。恩芝一進門就看見玄關處擺放著寶拉的鞋子，她驚訝地張大嘴巴，直直衝進客廳。

「姊姊！」

恩芝像是見到稀客似的杵在原地幾秒鐘，最後直接湊到寶拉身旁和她緊貼而坐。

恩芝在上週開播的電視選秀節目中，以備受評審關注的參賽者身分登場。恩芝選唱梁秀敬的歌曲——〈你在哪裡〉，評審們深深被她那清秀的外表及悲傷的嗓音吸引，誇讚恩芝怎麼能同時兼具十五歲少女才有的輕透感以及該年齡不可能有的深邃感。不過恩芝比賽到中途就慘遭淘汰，今天則是相約一起在秀敬家裡看重播的日子。

「姊，我有沒有變漂亮？」

恩芝一坐下便立刻詢問寶拉，寶拉則是乖乖為她點頭。恩芝的妝髮都變得比以往更自然，或許是在參加選秀節目錄影期間更加了解自己特有的魅力也不一定。原本厚重的眼線變得纖細，自然捲翹的睫毛也看起來比以往輕盈；雖然現在的臉還是像撲了一層麵粉一樣慘白，不過仍比之前看上去自然很多。寶拉不再對恩芝感到尷尬，一開始是認為兩人找不到任何契合之處——這樣的想法至今依然未變，然而只要拋下量尺和評價，契不契合就會變得一點也不重要。寶拉發現，每次只要恩芝稱她姊姊，她就會不自覺地挺起腰桿。寶拉看著恩芝的側臉問：

「妳是不是瘦了啊？」

恩芝連忙點頭，似乎是感到開心，甚至還面帶微笑，導致寶拉也不自覺地跟著揚起了笑容。原來變瘦是如此開心的一件事。恩芝用天真的嗓音說自己只是戒酒而已，沒想到身體自然而然就瘦了下來。竟然把酒戒掉，寶拉忍不住笑了，說不定她的酒量比我還要好。

「嬸嬸，奶奶呢？」

秀敬轉頭望向壁鐘，呂淑應該要等到傍晚才會回來。恩芝聽聞秀敬的回答點點頭，拿起手機專注打字聊天。

不久後，選秀節目開始播放，秀敬用遙控器將電視音量調大，她和寶拉神情緊張地盯著電視螢幕。

恩芝身穿校服站在攝影鏡頭前，每一個瞬間都擺出甜美燦爛笑容，眼神也明亮閃耀，不論任何問題都可以回答得機智幽默，看起來所有人都很喜歡恩芝，評審們也紛紛釋出善意。當恩芝一站上舞台，他們的嘴角就自動上揚，露出期待、歡迎的淺淺微笑。恩芝雖然是所有參賽者當中年紀最小的，但是一開口唱歌表情就突然轉變，恰如其分地傳遞著濃縮在歌詞裡的濃厚情懷。不過最終恩芝還是沒能突破十五歲的極限。在她展開第二場表演時，評審們認為她像是穿了一雙不合腳的鞋子，小孩開大車的感覺；但也都是給一些充滿鼓勵與愛戴的評語，諸如恩芝的碗還太純真，裝不下那麼老成的情感，假如表演的是一首能夠展現純真的歌曲會更好等……這類評語。寶拉在看恩芝表演的期間一句話也沒說，直到恩芝的舞台結束後才開口問：

「是不是有很多人也上這種節目，結果都只是曇花一現？」

恩芝反駁，並表示那些人一定都在社會的某處持續演唱，不論是透過街頭表演還是挑戰其他選秀比賽等，絕對都還是在不斷努力。寶拉歪頭思索了一會兒，說：「我相信一定有人是站在舞台上發光發熱的，他們有令人專注聆聽的魔力，讓人想要目不轉睛地盯著看，整個人看起來也耀眼奪目。但是一走下舞台，那樣的光環也會隨即消失，然後又要再重新出發去尋找適合自己的舞台，感覺是一份很孤獨的工作。」寶拉不久後又補充：「不過或許每一份工作都是如此啦。」

恩芝不發一語，拿起手機，她看起來並沒有理解寶拉說的這番話。秀敬看著恩芝充滿朝氣活力的面容心想，這孩子現在應該會覺得整個世界都是自己的舞台吧。那我呢……。

姊妹幫依舊是秀敬的工作場域，她不分晝夜地工作，不論有任何案子進來都先接接收再說。上週還開車幫忙委託人搬家，也協助委託人處理被黏鼠板黏到的老鼠。委託人是一名獨自經營餐廳的年輕女性，專賣一些以野菜和手工豆腐等以健康餐為主的料理。她為了捕捉經常在廚房出沒的老鼠而放置黏鼠板，但是看著連日垂死掙扎的老鼠實在束手無策，才會登入姊妹幫尋求幫助。秀敬為了殺死老鼠而在水桶裡接水，這是呂淑傳授她最乾淨俐落的處理方法，「很多餐廳都是這樣處理的。」接水期間，秀敬不免開始揣摩起打造死刑台的木匠心情，緊接著，便陷入憂傷的情緒當中，但她心知肚明，不這樣做的話會很難解決。老鼠因為牢牢黏在黏鼠板上而痛苦掙扎，最終是以側躺的姿勢用側臉注視著秀敬；牠的眼睛圓滾漆黑，流露著哭訴的眼神，哀求秀敬放牠一馬，幫幫忙將牠從黏鼠板救下來，好讓牠可以回家。秀敬將沾有老鼠的黏鼠板整個放進了水桶裡，老鼠沒有多做掙扎，默默在水中死去，也沒有任何抵抗，是一場令人出乎意外的寧靜死亡。秀敬把確定斷了氣的老鼠連同黏鼠板一起從水桶裡打撈出來，放入黑色垃圾袋裡，再另外套了一層垃圾專用袋，將其牢牢密封。委託人站在櫃台，屏住呼吸嚴陣以待，直到秀敬提著垃圾袋出來，她才終於鬆了一口氣。聽委託人表示自己和老鼠已經展開對決將近半年，老鼠竄逃速度飛快，從來沒有成功抓捕過。儘管把所有縫隙統統填補，也老是會從某處鑽進來，老是被她發現，「我都不曉得原來首爾有這麼多老鼠，只是大家不知道而已，根本到處都是。」委託人搖頭說著。她表示自己甚至還曾見過老鼠幼崽，尚未長出毛髮還不會走路的那種幼崽。秀敬一邊吃著委託人推薦的野菜拌飯，一邊想著正在地底下四處竄逃的老鼠。凡事都是一回生，二回熟，三回心境大不同，四回早已熟能生巧，五回只想趕快處理好。秀敬在不知不覺間成了這方面的高手，處理老鼠的達人。

「姊，妳在看什麼？」面對寶拉的提問，秀敬抬起頭。

秀敬正在等待姊妹幫發派案子給她。本來今天不打算工作的，卻下意識登入了應用程式。她經常這樣，看電視或者和宇才對話的過程中也會習慣性地登入平台，把自己的狀態設定成可以接案，然後等待案件從天而降。要是真的接到案子，她會表示厭煩卻又面帶微笑，帶著那樣的表情出門工作，不分晝夜也不分平日與週末。秀敬尷尬地笑著從位子上起身。

轉眼間，玄關大門被打開，呂淑一手提著塑膠袋走了進來。

「媽，妳怎麼這麼早就回來了？」

「哎唷，別提了。」呂淑一邊脫著鞋子，一邊說：「吳慶子這人最近動不動腿就抽筋，所以開不了車。今天我和她走在斑馬線上的時候，眼看秒數剩不多了，叫她趕快一起用跑的過馬路；結果這人可能是因為突然奔跑的關係，腿又突然抽筋，後來乾脆一屁股坐在地上，害得我手忙腳亂，一下幫她脫掉鞋子像這樣扳住腳，一下又幫她按摩腿，最後好不容易送她搭計程車回家了。」

呂淑走去廚房，將綠豆煎餅盛盤，「幸好還是溫的，我本來擔心會涼掉，所以還一路抱在懷裡。」

呂淑因為吳慶子腳抽筋而與她見面沒多久就分道揚鑣，然後獨自去了綠豆煎餅專賣店，站在長長人龍尾端耐心排隊，最後打包了一份綠豆煎餅回來。她沿著清溪川走，惦記著要趁綠豆煎餅涼掉前趕回家比較好，於是在開著姊妹幫應用程式的狀態下搭地鐵返家。回到家這一路上，沒有收到任何委託，原本還頗為期待的呂淑露出了略顯失望的表情。如今，她已經鮮少會關閉這款應用程式，其實在和吳慶子見面時她也依舊設定成可以接案的狀態。當然，就算真的有委託案進來她也無法承接，但假如是在很近的地方、容易做的事情，她可能會考慮按下接收，只要請吳慶子等一下，自己一個人速去速回就好。而且要是用這樣賺來的錢添一點酒水錢，對於吳慶子和自己來說應該都是好事才對，但又覺得要是真這麼做，吳慶子說不定會語帶生氣地揶揄她：「開始貪財了喔？」

四名女子圍坐在客廳地板上，開始一同吃起綠豆煎餅。呂淑一邊吃著綠豆煎餅一邊手機不離手，秀敬也同樣時不時查看手機，恩芝則是愛吃不吃的樣子，開始在Instagram上回覆留言，唯有放棄生酮飲食的寶拉獨自一人認真享用。

呂淑突然發出驚呼，所有人轉頭望向她。呂淑難掩激動地說接到案子了，是要到位於龍仁的某間寺廟把許願卡掛上去。

「這人可能有遇到一些不好的事情，都已經去各大寺廟掛過一輪許願卡了。」

呂淑喃喃自語，連忙按下接收，履行任務的日子顯示為隔天，地點則是龍仁臥牛精舍。秀敬臨時起意，決定安排一天家族旅遊。

「我們把宇才、老爸、志厚也一起帶去吧。」

呂淑感到有些意外，但最終還是點頭答應。

「反正竣厚叫他去他也不會去，我們就不把他算進去了。」

聽聞這句話的恩芝忍不住放聲大笑。恩芝依舊愛著竣厚，光是出現竣厚的話題就會使她面帶微笑。

「妳到底為什麼那麼喜歡我們家竣厚啊？」

恩芝回答：「因為帥啊！」呂淑則哼地笑了一聲，補上一句：「想當年楊天植也是挺帥的。」

秀敬對於呂淑這番發言感到有些詫異。她完全不記得父親有過長相英俊的時期，在她心目中，父親永遠就只是父親，年輕時只知道工作的人，從未想過他的長相算不算帥哥，但沒想到原來呂淑是這樣認為的……。秀敬想起了兩人的婚禮側拍照，任職於婚宴會館的證婚人像屏風一樣站在兩人的後方，而呂淑和楊天植則是勾著手臂面對攝影鏡頭。呂淑的婚紗裙襬非常澎，上頭覆蓋著閃閃發亮的蕾絲，看起來比較像是整個人埋在蕾絲裡的感覺；大顆的耳環是方晶鋯石，手上的捧花是人造花，一切都是婚宴會館裡的東西。楊天植身穿一席帶有藍色光澤的西裝，配上一條紅領帶，這整套同樣也是婚宴會館的東西，但穿在他身上剛好合身。他手戴白色手套，頭髮則是梳成八二分的大旁分髮型，面帶略顯生硬卻又充滿力量的表情，兩人勾著手臂望向未來——預想著自己將成為富翁的未來、確信生下小孩後會好好拉拔長大的未來、希望到老也幸福如初的未來。而在這些引頸期盼的未來當中，又有哪些是真正實現的呢？秀敬發現這就不是她能夠判斷的問題了，於是將這顆回憶之球丟給了呂淑。

呂淑接過回憶之球，只默默將其放在肚子上嘗試以雙手滾動。就好比水獺仰躺在水上，用兩隻前腳滾動球一樣，然後連同大腦也開始轉動回想，就好比電影放映器的運轉原理一樣，掛在腦海裡的膠卷將呂淑的視網膜作為螢幕開始投放影像。那是年輕時期在家具行工作的楊天植，他身穿襯衫打著領帶，邁著急促的步伐去上班。曾經有段時期，他還當過汽車銷售業務員，當時也是身穿襯衫打著領帶像競走選手一樣走路去上班。還有一段時期是帶著雀躍的心情和朋友一起創立物流公司，但是規模極小，主要是將食材等原物料配送至餐廳。公司名稱好像叫作Gamboos吧，把各種醬料、備品等配送到各間餐廳，不過最終沒有成功，隨著網路商店盛行，營業額就開始一落千丈。除此之外，楊天植還從事過許多工作，有待得久的，也有待不久就離職的。兩人買的第一輛車是現代的Excel車，銀灰色的。領到車的第一天兩人就開去江邊，把音樂調到最大聲，印象中好像是在聽金健模的〈藉口〉吧。不對，那是隔很久之後才推出的歌曲，那首歌剛推出的時候楊天植重複聽了好幾回，真的是一聽再聽，甚至還曾懷疑難道歌詞是在說他的故事，怎麼能如此貼切。孩子們當時還沒出生，關於孩子們的記憶可以先暫時往後延，現在還是先回放關於楊天植的記憶就好。把呂淑惹哭的楊天植、把呂淑惹毛的楊天植、把呂淑逗笑的楊天植，楊天植的發達與落魄、討厭與善良，統統都投射在呂淑的視網膜上。是啊，楊天植你當時真的很落魄，被人詐騙賠掉一間房子的楊天植，你當時真的很可憐。自從那時起，蜷縮的肩膀至今未再敞開過，我們賠掉了所有財產，寄宿在女兒和女婿家中，而這些孩子們並不了解我們的過去，不知道我們的年輕時期。呂淑突然對此感到十分難過，孩子們竟然不曉得父母的年輕時期，明明是最美麗又璀璨的年華，如今還能體會到類似情感是呂淑在姊妹幫接到案子的時候，也差不多璀璨美麗。

這次將回憶之球扔到了寶拉身上，寶拉將球放在肚子上，以雙手撐頭的姿勢悠哉地仰躺回想。自己並沒有特別融入這個家庭，但也不到非常陌生，永遠都是以秀敬作為媒介，要是沒有秀敬，就不會和這家人有連結，這是一件很神奇的事情。一旦深入了解某人，就會連同對那個人的家人也有深入了解，甚至包含一些不想要深入了解的部分也自然會一併了解，然後重新回首看自己的家人……。寶拉知道自己的母親經常容易腿抽筋，從幾個月前開始就一直是這種狀態，雖然西醫、韓醫都看過，但是都被醫生診斷為缺乏運動，毫無異常。寶拉脫口而出一句無心話：「應該是因為年紀大了。」並從接納這句話的母親側臉中看見了貫穿她過去的那些歲月。那是寶拉無法挽回的歲月，沒有辦法做任何嘗試，但是隨著年紀增長說不定會感到後悔的那種東西。寶拉認為自己應該要再對媽媽好一點，增加和媽媽相處的時間，但也僅止於下定決心而已，她開始緩緩滾動起那顆回憶之球。

媽媽和我是不一樣的人，她怎麼能那麼生性樂觀；媽媽和我也是一樣的人，怎麼能那麼毫無對策，橫衝直撞。假如說媽媽和我一樣，她會睜大眼睛，假如說媽媽和我不一樣，她會露出有點受傷卻又充滿自信的表情。媽媽看不懂寶拉的穿衣風格，寶拉也看不懂媽媽的穿衣風格。寶拉沒有辦法體會停經的母親究竟是何種心情，媽媽則是用略顯擔憂的眼神看待寶拉使用的衛生棉條，擔心著會不會有一些對身體不好的成分，但是這種擔憂聽在寶拉耳裡又像假新聞；如今寶拉還打算改用月經杯，媽媽卻睜大眼睛不斷反問：「這是可以用的嗎？用起來真的沒問題？」對於寶拉來說，媽媽是已經上了年紀的人，不過在這之前，她也是自己的母親。媽媽的婚姻生活究竟是否幸福？世上又有多少女兒能充滿自信地喊出媽媽的婚姻生活是幸福且美滿的？對爸爸百般忍讓的媽媽，對媽媽百般忍讓的爸爸，既然女兒都已經親眼見證父母互相忍讓的歷史，卻還把幸福的婚姻生活掛在嘴邊，那豈不就是在自欺欺人？寶拉繼續滾動回憶之球。她愛的人以及愛她的人，那個人是男是女不重要，就是人而已，寶拉早已準備好以那個人自認的性別看待那個人，她認為那是無法反對也不該反對的事情。寶拉稍微挪動了球的位置，小心翼翼地滾動著。她打算再多滾一會兒，將球放到了腳背上滾動，那是寶拉不知不覺間已經插手進去、屬於社會性的某種東西，一些社會性的活動。諸如抵抗不當量刑，將生雞蛋丟擲在厚顏無恥的加害者臉上，或者在不當留言底下再留言，加入唇槍舌戰，然後鬱悶到搥打胸膛倒地不起，徒手摸黑尋找酒精、咖啡因和香菸，一些尚未開始就很可能已經感到厭倦的事情。要改變的事情還有好多，在這之前我會先思考這是不是能讓我心愛的人幸福生活的社會，日以繼夜地百般尋思。

然後在這樣的思考過程中，回憶之球又拋到了恩芝的手中。

恩芝將球縮小，放在鼻尖上不停旋轉。恩芝的人生才剛邁入第十五個年頭，搞不好是已經過了十五個年頭，但她還是可以將回憶之球縮小。恩芝之所以手機不離手，是因為擔心不曉得何時會被流出的TeenChat照片，想像著要是有人想起恩芝的照片，並將其發布在網站上的可怕情景，或者在恩芝的Instagram上傳送語帶恐嚇威脅的私訊等等……。恩芝害怕這些事情都會成為現實而寢食難安，不過也因此瘦了下來，換得眾人頻頻誇獎她變漂亮了。竣厚叫恩芝別擔心，不論發生什麼事都會幫她解決，也絕對不會輕饒那些傷害她的人，希望她可以安心，所以恩芝自然對竣厚愛得死心踏地。只有你會對我這樣說。無數人的私事被公諸於世，恩芝的朋友甚至還遭受男友威脅。那位男友也是竣厚的朋友，或許是在酒醉到不省人事的情況下被拍攝的，卻被威脅要將那些照片公布在學校官網上；恩芝的朋友逼不得已，只好撤回分手決定，直到她的男友願意放手為止，都結束不了這段感情。雖然恩芝將這件事情告訴了竣厚，但是得到的回覆只有叫她不必理會，勸她不要徒增煩惱，那個傢伙本來就是那種人，手裡握有的影片也不止一、兩支，早已是慣犯。恩芝沒有繼續追問，她擔心竣厚根本不曉得這件事情哪裡不對，所以決定不再問下去。其實竣厚是知道的，他知道這是不對的行為，也知道恩芝透過TeenChat賺錢是不對的事情，卻選擇默認，這是竣厚看起來還不夠成熟的成熟之處。恩芝放不下手機，因為不幸的未來場景二十四小時輪番上演。就在她焦慮不安的過程中，回憶之球從她的鼻尖滾落至腳邊，這恰巧成了一種信號，所有人放下了手中的筷子。

綠豆煎餅已經消失無蹤，統統進到了大家的肚子裡。

久違的家庭外出讓所有人都雀躍不已。

*

宇才負責開車，秀敬坐在副駕駛座，志厚則坐在呂淑和楊天植的中間。車子一出發，志厚便提起美由。他只要開口說話，多半都是在講美由的事情，所以大家也都心裡有數，看來志厚真的很喜歡美由。於是宇才開始嘲笑他，志厚也沒有特別否認，就只是不停傻笑。秀敬暗自心想，原來美由能讓志厚總是洋溢笑容，並看向宇才的側臉。

剛剪完頭髮的宇才和楊天植簡直像極了父子。兩人渾身散發的氛圍十分相像，還剪了同款髮型，後腦勺的頭髮都有推高剪短，只留下鬢角的痕跡，分線則有點八二分的大旁分感覺。那是一間只有老人才會光顧的理髮店，但是因為收費便宜，所以宇才最近也改去那邊理髮，每次剪完頭髮的宇才看起來都會比實際年齡多個五歲左右。

宇才有些興奮，因為他突然想起黃寶碩提出的建議，問他要不要在他父母家門口擺攤賣鯽魚餅試試看，並將這件事情轉述給車內的家人。如今已經鮮少有人賣鯽魚餅，所以還有人特地研發了手機應用程式，專門顯示鯽魚餅攤販所在位置，比起宇才，楊天植反而更顯得滿心期待。

楊天植主張鯽魚餅應該要由他來販售。因為受傷的腳踝狀態不是很好，原本想向朋友收購的那輛液化石油氣車後來發現竟然是非法改造的，所以最終打消換車的念頭，還是維持以走路的方式送餐。然而，只要超過外送時間限制，就會難以接到比較好的案件，也會因為一些令人不解的理由受到懲處。而且楊天植被那些點完餐以後直接人間蒸發的客人搞得焦頭爛額已經不只一、兩次了。也許是心中因而留下了陰影，他甚至還曾因朋友不常接電話或者習慣性潛水而動怒。自從接過幾次客人的請託，要求他順便幫忙倒垃圾以後，也開始出現睡到一半會因為氣到火冒三丈而醒來的症狀。到底那些人的垃圾為什麼要我幫忙倒，那不是一件可以面帶微笑做的事情，麻煩他下樓梯時順便幫忙倒垃圾的客人，只能說真的是厚顏無恥到了極致。我的時間也很寶貴，我這個人更是彌足珍貴，楊天植經常會出現這樣的念頭。過去認真工作的時期，他認為自己的時間是屬於家人的，家人也比自己更珍貴；然而，如今已變得會更在乎自己，但與此同時，又會對不曉得楊天植已經變成更在乎自己的人的家人感到愧歉。他向朋友坦承這件事，出乎意外的是，沒有被任何朋友批評指責，反而表示「家人的確需要珍惜，但已經有點想擺脫他們了，活得自由一點不是也挺好嗎？」諸如此類的回應，使楊天植得出了原來這只是某種必經過程的結論，只要慢慢等待，總有一天會自行消失的那種情感。

志厚把透過網路搜尋得知的寺廟特徵與歷史，說明給車內的大人們聽。

「聽說那邊有亞洲各國的佛像。」

志厚用愉悅的嗓音說道，但是長輩們沒有用心聆聽，只有秀敬隨口敷衍。話題很快就轉移至車窗外的大規模公寓社區。

「明明蓋那麼多公寓，為什麼只有我們沒有房子。」

「因為就算蓋那麼多也還是很貴啊。」

「這裡應該會有很多外送單可以接。畢竟周遭什麼都沒有，一定要仰賴外送才方便。」

「我曾經幫需要代駕的客人開來這附近，但是因為找不到出去的車子而吃了不少苦。」

「媽，妳有打開姊妹幫嗎？」

「嗯。」

秀敬和呂淑相視而笑。志厚則是用充滿好奇的表情看著車窗外的芒草田，在陽光下搖曳的芒草就像即將變成水滴的雪花般美麗，夾帶著閃閃發亮的光芒。

「爺爺，你知道蘆葦和芒草的差別是什麼嗎？」

「不知道。」

「蘆葦生長在水邊，帶有一點褐色，芒草則是白色整齊生長的。」

楊天植沒有多做回應。呂淑說：「芒草真漂亮，要不要摘一些帶回家？」

楊天植馬上忿然作色，「沒必要吧？」

「可是很漂亮啊。」

「它就是要在田野裡才漂亮，放到小不拉嘰的房子裡很快就會枯萎了。」

兩人當時在客廳也已經睡得不是很好了。因為冰箱故障，一直發出詭異又吵雜聲響的關係，但奇怪的是儘管更換了一台冰箱也依然難以入眠。他們切身感受到需要一間臥房，不斷猶豫著該不該開口，畢竟那個家已經沒有多餘的房間。他們因此苦惱許久，好不容易想到解決對策，卻又始終說不出口。

車子駛入停車場，揚起一片霧白色的塵土。所有人分別從四扇門走下車，伸伸懶腰，活動筋骨，仰望天空。那是個萬里無雲的湛藍色天空。

「好久沒遇到這麼晴朗的天氣了。」

所有人點頭表示同意。志厚一邊呼喊一邊用手指著遠處金光閃閃、雄偉輝煌的佛頭，一家人也紛紛往那裡走去拍照留念。

當他們走在通往本殿的山坡時，秀敬看見數十張隨風搖擺的許願卡。站在小小蓮花裡比出祈禱姿勢的童子僧裝飾掛在上方，而其下方的金色許願卡則寫有一些具體的願望，只要在祈禱實現的願望上用圈圈標示出來即可，事業興旺、祈求健康、萬事亨通、學業成就、婚姻良緣、出入平安、家宅平安等等……。

秀敬在涅槃殿前欣賞臥佛一番後，買了一張許願卡。

「媽，委託人說要圈什麼？」

呂淑一個一個念給秀敬聽。

「子女成功、學業成就、祈求健康。」

秀敬在這些願望上畫圈，然後自言自語地說著：

「原來是一名母親……」

呂淑輕輕點頭。

秀敬按照委託人告知的資訊，將姓名與出生年月日填寫在背面，然後將許願卡掛在了長竿上。只要有風吹拂，數百張的許願卡就會隨風飄蕩。

秀敬多買了一張許願卡。

該圈哪些願望才好呢？

不知不覺間，家人們已經走到她身後，注視並且暗自猜測她的決定。

秀敬先在就業合格上畫了個圈。她自己也知道這是出人意料的選擇，甚至有一種彷彿右手有其自由意志的感覺，選擇了一個不同於主人想法的選項。然而，她事後也承認，如今突然變得很想要選這個選項，想要向所有人表示感謝過去這段時間對她的尊重，並且準備迎接全新的開始。也許說不出感謝的話，但光是展現出這樣的態度，相信已是另一種表達內心感激的方法。

從秀敬手中接過原子筆的宇才，看著許願卡上的項目沉思許久。

宇才和秀敬的心情相似，不論是鯽魚餅生意還是任何事情，他都想做一些新嘗試、新挑戰，感覺已經是時候了。當然，他也打算繼續兼做代駕，否則營業額較少的日子也別無他法。宇才在事業興旺的項目上畫了個圈，接著馬上像收購了某間頗具規模事業體的人一樣昂首挺胸。

從宇才手中接過原子筆的呂淑則是毫不猶豫地在祈求健康上畫圈。她認為不論做任何事只要家人身體健康即可，其他願望實屬貪心，因此，呂淑帶著堅定的信念畫下了圓圈。

而從呂淑手中接過原子筆的楊天植只短暫想了一下，馬上在萬事亨通上畫了個圈。只要這一項就能涵蓋就業合格、事業興旺、祈求健康，等於家人的心願統統都能實現。楊天植對於自己的聰明機智甚是滿意。

從楊天植手中接過原子筆的志厚仔細查看長輩們畫圈的項目，就業合格、事業興旺、祈求健康、萬事亨通。好不容易他開始用手中的原子筆畫圈了，他畫了老半天，遲遲沒有停筆。大人們開始打趣地笑了。

呂淑說：「只有我們的許願卡上統統都是圈圈欸。我們家的人最貪心了。」

楊天植則說：「應該是因為我們什麼都很缺吧！」

秀敬將許願卡掛在長竿上。每次只要有風吹過，他們的心願就會像旗幟一樣奮力飄動。

*

所幸去看房子的那天天氣很晴朗。由於是連日發布大雪警報的時期，所以秀敬本來還有些擔心，結果沒想到天氣十分晴朗，甚至還略帶暖意。

秀敬和宇才都知道，這是楊天植和呂淑思考了很長一段時間才說出口的意見。孩子們也都曉得，所以大家都有志一同地做出還是搬家比較好的決定，秀敬很感謝孩子們。

竣厚這次依然缺席。他說反正車子又載不下六個人，自己不論住哪裡都沒差，所以最終只有志厚和秀敬的父母、宇才、秀敬五人一同前往看房子。

仲介一看到是大家族，不免露出了頗為驚訝的反應，隨即立刻轉換了表情，走到外頭上前迎接。

「我們這邊請，走路三分鐘就到。」

仲介向他們介紹這間房子的優點，離地鐵站近、鄰近市場和公園、距離市民體育中心也很近；三房兩廳，客廳和餐廳還是分開的，這個價格要能找到三房的房子幾乎很少見，所以今天也有其他組客人要來看，下週也有兩組客人已預約好要看屋。此話一出，楊天植的臉上就露出了緊張的神情，每個人的腳程也稍微變快。

果然如仲介所言，房子很寬敞，有三個房間，客廳也比他們現在住的地方還要再大一些。另外也有院子可以使用，現在的租客撿了一些資源回收和廢紙堆放在院子裡，院子一隅也打造成小小菜園，而且租金甚至還比現在住的地方便宜。所有條件都比較好，除了一點之外。

「其實仔細看的話，這間根本不能被稱作是半地下層。您看這裡，窗戶是不是比較高？」

宇才點點頭，但是秀敬仍無法接受。因為窗框下緣和外頭的地面同高，這種根本不能看作是比較高的窗戶。

「這裡還有院子，所以可以曬衣服。真的很難再找到這麼好的條件了。」

仲介焦急地確認著手機，等待他們的決定。

「的確找不到這麼好的條件了。」楊天植說道。

仲介一聽馬上幫腔附和：「是啊，真的找不到了。尤其這種物件通常都很快就會租出去了。」

「屋主是個怎樣的人呢？」

面對呂淑的提問，仲介回答：「屋主是從事投資的。光這附近就有好幾間半地下室的房子都是他的。」

「只有半地下室的房子？」

「因為可以便宜買，但是一樣有持份。」

「所以要是拆除重建，對他來說是好事嘍？」

仲介以苦笑代替回答。對於屋主來說的確是好事，但是對於這家人來說並不是。重建的話他們就得要重新尋找其他便宜的三房屋子才行。仲介觀察他們的臉色補充：「不過要重建還言之過早，至少這四年各位是可以放心居住的。」

「是不是沒有附車位？」

面對宇才的提問，仲介面有難色地笑著。這地方自然是不可能有附車位。

「車子只要賣掉就好。」

他們早已做好決定才來看屋。要是還考慮車位的話，能選的房子就更侷限了。

志厚從頭到尾都是以乖巧的姿態察看大人們的臉色，不敢輕易開口發言。宇才看了家人一輪，示意還有沒有其他想問的問題，最後看著秀敬點了個頭。

他們看著眼前這間即將入住的房子許久，最後才終於折返回家。

呂淑說：「幸好還有個院子。」

「媽，以後就可以在房間裡舒服地睡覺了。」宇才笑著回頭望向呂淑。

楊天植則表示運氣滿好，剛好可以找到如此適合他們一家人的房子，簡直就是奇蹟。

秀敬牽著志厚的手。他們走在準備回房仲門市簽約的路上，她用說悄悄話的方式問志厚：

「志厚啊，你喜歡那個房子嗎？」

志厚思考了一會兒，回答：「每個人都在笑啊。」

「嗯？」

「剛才在看那間房子時，每個人都面帶笑容啊。」志厚低下頭補充：「除了嬸嬸妳以外。」

回家路上開始飄起皚皚白雪，輕盈的雪花在偏暖的天氣下很快就融化成水，在路面留下灰色水印。一家人簽完約以後，帶著終於放心卻又有點惋惜的表情，儘管如此，秀敬還是想專注於他們在微笑的事實。的確如志厚所說，所有人都是笑著走出房仲門市的，只要這樣就足夠了。

秀敬看著紛飛的雪花逐漸變成雨滴，調高了車內的暖氣。路上正在塞車，除了呂淑和秀敬，其餘的人都在低頭打瞌睡。

「媽，妳如果覺得累就睡一下。」

「我不累。」

「妳滿意那間屋子嗎？」

「已經很不錯了啊。」

「我們好好存錢，之後再搬家吧。」

呂淑沉默片刻，說：「只要大家都健康就好。不論住哪裡，健康最重要。」

呂淑說完，吸鼻啜泣。

秀敬注視著前車的煞車燈，眼眶逐漸發熱。要是將這輛車換算成坪數的話會是多少坪呢？雖然這輛車比他們家的小房間還要小很多，但是所有人都並肩而坐，感受著喜悅與安樂。

秀敬把腳慢慢離開煞車板，車子緩緩移動，將他們一點一點帶往前方。翻身後睡醒的宇才伸手打開廣播電台，車內傳出了熟悉的旋律，是梁秀敬的〈愛情像窗外的雨水〉。秀敬跟著音樂低聲哼唱，心情也馬上變得輕飄飄的。

或許就像楊天植說的，出現了奇蹟也不一定。

大家都齊心同念地聚集在一起是奇蹟；

大家都不願放棄決心重新嘗試是奇蹟；

大家都面帶笑容也是奇蹟。

說不定只要認為是奇蹟，一切就真有可能會變成奇蹟。

號誌燈一轉變，秀敬奮力踩下油門。他們乘坐的車子也奮力向前奔馳。

作者的話

一直都很想寫一本關於平台勞工的家庭故事。雖然一開始是寫夫妻故事，但是最終發覺那並不是我想要說的故事。於是，我在重新撰寫的小說中刻意安排了不同年齡層的女性角色，秀敬和呂淑、寶拉和恩芝，想出這些女性角色以後，才終於下定決心要將這本小說寫到最後。

不知從何時起，我經常會遇到不知該如何回答的情形，朋友們要是說：「還是盡快忘掉那些不愉快，好好認真去賺錢好了。」我就會點頭安慰他們，自己能做的也僅此而已。因為在清楚知道生計最重要的情況下，任何話都無法輕易說出口，而那些瞬間經常折磨著我。秀敬就是在這種苦惱下誕生的角色。

呂淑和秀敬的關係則來自於我個人和母親的關係。母親大致上是比較偏柔弱的人，但是有時候又會變得比任何人都還要堅強。每當我感到挫折時，她都會先一笑置之，再出手拉我一把；但是那樣的大而化之總是沒有發揮在她自己的人生上，這點讓我感到十分惋惜。站在自助點餐機前明顯變得無力的模樣、沒有勇氣嘗試開車的模樣也是。呂淑這個角色或許多少帶有我個人在為母親加油打氣的心也不一定。

要是沒有朋友們讓我領悟到原來自我認同是流動的，就絕對不可能想出寶拉這個角色。透過寶拉，我可以發覺原來自己過去被侷限在哪一種偏見當中。

至於志厚和恩芝的故事則是寫起來最困難的。我對於自己是在沒有智慧型手機和社群媒體平台的時代度過青春期一事感到萬幸；另一方面也對於身處在當今這個時代的青少年感到憂心。可是我不希望用大人的角度去刻畫這兩個角色，反而想從他們觀看大人的角度下筆。

書中提及的平台勞工是以經驗、採訪、參考文獻為基礎，結合國內外實例加工而成的模型，並以疫情前能夠從事面對面工作的時期為背景所撰寫。蘊含著應該對平台勞動有認知上的轉變，以及為平台勞工安排妥善制度的心意。

我個人也和這本書裡出現的人物同樣從事非正職的工作，所以每當需要為自己增添附加收入時，自然而然就會想起平台勞動。假如還有家人要養，就會在任何人都可以是「一家之主」的個人基準下，每天以女性一家之主的身分努力賺錢；但是每當自己能為家人做的事和不得不為家人做的事兩者之間的差距愈拉愈大時，就會反覆思考自己所從事的勞動本質。而這樣的煩惱最終往往會連結到寫作，可是真正找到解決對策的情形卻又幾乎從未有過。

也許小說是在展現把大大故事濃縮成小小故事的過程，而讀者則展現把小小故事變成大大故事的奇蹟。雖然故事的結尾有提到，「只要認為是奇蹟，一切就真有可能會變成奇蹟」，但我總覺得這才叫真正的奇蹟。對我來說，「書」就是作者的失敗與讀者的奇蹟恰巧對接的場所。

我想要向一起做這本書的金瑞海編輯表示感謝，您總是會先主動讀到我的心、體恤我，好幾次都讓我受寵若驚；另外，也要深深感謝這本書的兩位推薦人爽快答應幫忙寫推薦文。安瑞炫評論家是一位觀點犀利的人，我對他有著一份信任，總是能點醒作者沒有察覺到的事物；而總能寫出讓人對小說產生無限愛意的文章的朴相映作者，我則是帶著一顆小粉絲的心情向她深表謝意。

願世上所有家庭都能一同攜手防範不幸未來，也由衷期盼家庭的型態可以變得比現在更加多元。

二〇二一年 春

李書修

*受到諸多幫助的書籍（出版年份為原文書出版年，未有繁體中文版之書名皆為暫譯）

Jeremias Prassl（二〇一九）・《零工經濟的未來》（Humans as a service）・Oxford University Press UK。

Alexandrea J. Ravenelle（二〇一九）・《接單人生：兼差、斜槓、自由工作，零工世代的職場樣貌與實況記錄》・University of California Press。※二〇二二年PCuSER電腦人文化出版繁體中文版

박정훈（二〇二〇）・《배달의민족은 배달하지 않는다》（外送的民族不外送）・Redsaltbooks。

Diane Mulcahy（二〇一六）・《零工經濟》（The gig economy）・AMACOM。

國家圖書館出版品預行編目資料

平台家族 / 李書修著；尹嘉玄譯. -- 初版. -- 臺北市：臺灣東販股份有限公司, 2023.08
336面；14.7×21公分
譯自：헬프 미 시스터
ISBN 978-626-329-893-4(平裝)

862.57 112008648

平台家族

2023年8月1日初版第一刷發行

著　　者　李書修
譯　　者　尹嘉玄
副 主 編　劉皓如
封面設計　鄭佳容
美術編輯　黃郁琇
發 行 人　若森稔雄
發 行 所　台灣東販股份有限公司
＜地址＞台北市南京東路4段130號2F-1
＜電話＞(02)2577-8878
＜傳真＞(02)2577-8896
＜網址＞www.tohan.com.tw
郵撥帳號　1405049-4
法律顧問　蕭雄淋律師
總 經 銷　聯合發行股份有限公司
＜電話＞(02)2917-8022

TOHAN